Theodor Storm

Immensee

und andere Novellen

茵夢湖

史篤姆愛情故事集

提奧多・史篤姆
Theodor Storm

楊夢茹——譯

〈導讀〉

〈茵夢湖〉的寫實與象徵

鄭芳雄

《茵夢湖——史篤姆愛情故事集》所收集的德國寫實主義作家史篤姆的五篇小說。除了〈沉沒水中〉（Aquis Submersus, 1876）屬歷史小說之外，其餘皆屬於早期的憶舊小說。形式上都是以故事中的故事所建構的中篇（Novelle）。其中以〈茵夢湖〉（Immensee）最為出色，這部小說甚早隨著英文翻譯流傳至東南亞，迄今儼然成為世界文學名著，在國內幾乎成為家喻戶曉的愛情童話故事。其廣受讀者喜愛的原因不外情節簡單、輪廓分明，青梅竹馬的世界洋溢著田園牧歌的柔情和花草的芬芳，以及主題上描寫一個純潔的愛情美夢，蒙上一層來自現實功利社會的憂戚，導致愛情理想破滅，成為書中那位終身不娶的孤獨老人——小說主角，同時也為讀者留下永恆的追憶。

作者身處產業革命時代的現實社會，仍憧憬浪漫主義文學的詩歌童話世界，故於小說中擅長運用象徵隱喻手法，就像那朵飄在夜色茵夢湖上的白蓮花，顯然是浪漫象徵的諧仿（Parodie），讓人聯想到浪漫詩人諾瓦利斯（Novalis）小說中的藍花（blaue Blume）：小說主角夢見它，追上去一看，藍花花瓣中竟然出現一個女孩的臉龐對著他微笑，愛的無止境的追求使他成為詩人。相較之下，諾瓦利斯的愛是多麼的純潔而忠貞，只為追思已故未婚妻而寫詩，哪像史篤姆，不但生兒育女又續絃，婚姻生活比〈三色堇〉中有關繼母之難於融入家庭的情節還複雜。

傳記資料顯示，〈茵夢湖〉敘述作者本人的愛情故事，然而讀者不禁要追問，敘述框架裡的老人造型，以及出現在他回憶裡那十個導致失戀悲劇的場景，究竟反映多少作者身世的真實面，換句話說，小說中象徵式的書寫究竟含有多少杜撰和寫實？解答這問題，不妨先瞭解作者的生平和寫作背景。

史篤姆（Theodor Storm, 1817-1888），世居德國北部靠近丹麥邊境濱臨北海的小城湖森（Husum），現實生活中所扮演的社會角色是律師和法官，早年即開始寫作，由詩歌小品入手，三十歲以後始大量撰寫感傷憶舊的中短篇寫實小說，為德國十九世紀抒情詩人和寫實小說重要作家之一。其詩承襲艾欣朵夫（Eichendorff）、海涅、莫里克（Mörike）等浪漫及後浪漫主義之傳統，以描寫北德自然景物抒情見長。文字簡樸、音律自然，直接訴諸情感。一八四三年施氏大學畢業，初任律師，始與史學家孟森（Theodor

Mommsen）——後來因寫《羅馬史》（Römische Geschichte, 1856）成為德國第一位諾貝爾文學獎得主——及孟森之弟聯合出版《三友詩集》，並蒐集鄉里民歌、童話，用低地德語方言撰寫詩歌和民間故事，頗具鄉土文學色彩。

史氏的詩作多半屬於「情調詩」（Stimmungsgedicht），偏愛描繪德國北部家鄉海景和海邊草原，尤其喜歡憶舊懷古，追憶少年往事，常以憂傷筆調，勾畫場景，營造氣氛，藉以捕捉昔日難忘的印象和永恆的一刻。值得注意的是，此種抒情詩的題材與體式，也融入小說敘述，正如他所說「以寫詩的方式寫散文」，因此他所寫的小說都屬中短篇，且敘述中常出現詩歌，這種散文敘述夾雜詩歌抒情的文體，乃承襲自諾瓦利斯、蒂克（Tieck）、艾欣朵夫等人的德國浪漫小說傳統，符合史雷格（Fr. Schlegel）所倡的「綜合詩」（Universalpoesie）。

然而史篤姆的小說主題仍脫離不了寫實主義的時代性。他通常處理階級的隔閡（〈沉沒水中〉）以及個人面對愛情婚姻、人際社會不可駕馭的矛盾，這幾乎是此書五篇故事的共同主題。〈茵夢湖〉中吉普賽女子的悲歌：「只有今天我貌美如花，明日我將孤獨死去」不只暗示孤單老人的命運，更表達女主角伊莉莎白婚後內心的隱痛和空虛，悲歌預言失去了純真的愛，男女雙方均遭遇不幸的命運。敘述者藉由老人自我捨棄的心境，彰顯愛情的崇高理想，同時貶抑、批評中產階級只知追求物欲而欠缺心靈生活。

小說題材主要根據作者在學生時代的一段戀情：一八三六年的聖誕節，十九歲的史篤姆到漢堡一位親戚家過節，在親切溫馨的聖誕燭光下，他認識了一位年方十歲的女孩貝爾塔・布罕（Bertha von Buchan），一見鍾情。後來愛之彌深，為她遙寄詩歌，撰寫童話，正如〈茵夢湖〉中男主角熱戀伊莉莎白所為。對於這位充滿浪漫主義幻想的年輕時作家來說，愛就是回到天真無邪的童年時代，回到永恆的大自然，那兒有森林、花草、小溪、湖泊，有詩歌有童話。

這段戀曲譜了六年之後，史篤姆大學畢業回鄉，便向年方十六歲的布罕小姐正式求婚，不幸女方卻以年幼為由，未能做決定。等到女方母親向他提及時，他已抽身而退，原因可能出於疑心，或內外環境因素的干擾。後來他於一八四六年娶了表妹為妻，完全不像小說中那位單身學者的脾氣。倒是那位布罕小姐卻一輩子念念不忘於他，終身未嫁，過著孤零零的生活，直到一九〇三年才過世，身邊不僅珍藏了韶華歲月史篤姆寫給她的熱情詩歌和求婚書，還蒐集了他的全部作品，聊慰孤寂芳心。這種精神化的愛情和從一而終的孤零身世，作者卻用男女角色倒置手法，安插在男主角萊哈德身上，用以描寫他（其實是她）老人晚年的心境（見小說第一節及結尾標題為「老人」的情節〉。其實，此一作者自我美化、「妳」「我」倒置的手法，歌德早在其情詩〈歡迎與離別〉（Willkommen und Abschied, 1771）裡也運用過。有趣的是，同樣面對始亂終棄的初戀情人，歌德對布里翁（Friederike Brion）不僅心懷愧疚，同時常將她形塑成純情的正面人物（如拯救浮士德的瑪格麗特），而史篤姆卻把布罕塑造成向勢利低頭、委屈嫁人的負心人。

有別於〈木偶保羅〉、〈沉沒水中〉和〈三色菫〉之直接敘述寫實，〈茵夢湖〉全篇故事是由過去印象深刻的回憶片段組合而成，一幅幅往事形同若隱若現的畫面，反映整個回憶過程，象徵性地暗示愛情不幸的結局。

除寫實成分之外，象徵情節的充分運用是〈茵夢湖〉書寫的一大特色，作者善於運用想像力，將真情實景藉由具體的象徵客體表達在因果連貫的故事情節。老人回憶的第一幕，伊莉莎白因依戀母親而不能決定與萊哈德共赴象徵愛情的印度之旅；次幕眾小孩在森林野餐聚會，唯獨萊哈德與伊莉莎白採不到草莓（註：蘑菇與草莓做為性的象徵物），再再影射兩人愛情花開不結果的下場。

作者史篤姆在基爾大學唸書期間確實認識一個波希米亞女子，而此一曖昧的經驗也生動地重現於男主角在酒店邂逅吉普賽歌女一節：時逢聖誕佳節，萊哈德隻身在外，頗感寂寞，面對吉普賽女子對他的熱情引逗，不無心動，正當他陷入迷失徬徨之際，幸好傳來家鄉聖誕包裹寄達的訊息，目睹母親和伊莉莎白合寄的禮物，讀過情人溫馨的書信，眷念思鄉之情油然而生。此景為作者刻意構設的重要情節之一，用以隱喻愛情的力量足以拯救於迷失，具有幫助男主角突破黑暗困境走出光明的救贖力。換言之，情人的呼喚使他免淪於吉普賽歌曲所暗示的慘境，而具有絕地逢生之意。詩句中「那孩子站在路旁，招手要他回家」，這裡的「孩子」（das Kind）在德語裡是愛人的暱稱，她向迷失於十字路口的萊哈德招手，示意及時懸崖勒馬。

然而情人眼裡出西施的幻想仍敵不過冷酷現實。伊莉莎白在聖誕節書信中透露兩件不祥的消息，讓男主角感到惴惴不安：一件是小紅雀之死，另一件是自他離別後，她母親極力撮合她和萊哈德的朋友艾立希在一起，讓她覺得難堪。前者，紅雀原是萊哈德臨別前送她的信物，以便代他陪她解悶。鳥之死象徵著愛的終結，因為「鳥」做為情郎的象徵題材不僅常出現在德國民歌、詩詞裡，甚至在中國《詩經》〈關雎篇〉亦可找到民歌典故。難怪紅雀之死令她痛哭。後來紅雀為艾立希所贈送的金絲雀（象徵富貴）所取代，裝在華麗的金籠裡，吊在窗邊，為伊莉莎白所悉心照顧，此景看在返鄉的萊哈德眼裡，其傷心難過不言可喻。此種象徵性情節常出現於史篤姆的小說中，用來彰顯實景的氣氛。從這個例子讀者不難見證到所謂的「情調小說」（Stimmungsnovelle），學界認為這是史篤姆憶舊小說的特色，這其實也是他早期寫詩抒情寫景的特色。

作者基於自己求婚被拒的經驗，掌握對戀人心理的細膩觀察，將其呈現在男主角放假返鄉與女友的重逢：「她臉紅了，一句話也沒說，他握住她表示歡迎的手，她試著輕輕抽回。他狐疑地盯著她，以前她不曾這樣，現在顯得他倆之間有點陌生」。情侶之間的疏離感來自第三者——茵夢湖少莊主的介入，也因而造成男女雙方別後整整兩年都未通音訊。儘管女方臨別時勉強點頭承諾等他回來，但在母親的壓力和新男友的殷勤和利誘下，一時「無法下定決心」，後來終於身不由己答應下嫁有錢人。

茵夢湖的邀訪與舊情人的重逢，屬這部中篇小說所要敘述的聞所未聞的事件（unerhörtes Ereignis），也是整篇故事的高潮。重逢的必要性乃建立在男女主角彼此日夜相思的張力：男方極想知道長年信誓旦旦的情人為何捨棄他而就嫁別人，而女方也急欲告知其心上人，她的婚事乃母親所逼迫。兩人一見如故，彼此對大自然和民歌、詩詞的愛好，引起雙方心靈的共鳴，也帶回昔日的快樂。這是勢利的母親和資產階級的夫婿艾立希所無法瞭解的。此正凸顯出浪漫主義思想和當時產業革命之後的現實社會之間的矛盾與對立。

一到農莊，萊哈德第一眼便瞧出伊莉莎白臉色蒼白、鬱鬱寡歡，與他母親和艾立希的活潑健壯恰成對比。直到黃昏，在落霞餘暉映照下，兩人並肩讀詩，與情人相倚誦至〈母親強作主，要我嫁別人〉詩句時，他才明白她的處境，以及她內心的隱痛，她心靈的創傷和虛弱的身體，皆導因於錯誤不幸的婚姻。

作者善用象徵性的手法暗示情節內涵和心靈的感觸。尤其男主角夜訪睡蓮一節，從心理分析的觀點來看，可解釋為純潔愛情的追求擺脫不了情慾衝動的糾纏。就像男主角尾隨在伊莉莎白身後，沒入花園深處，然後跳入湖心，欲親近蓮花，同時自覺「被一張網纏住了，光滑的水草莖從湖底探出來，攀爬上他光溜溜的肢體」。他覺得驚慌，於是掙脫水草，急速游回岸邊。白睡蓮是伊莉莎白的化身，象徵純潔的愛。無可否認，當晚男女主角在湖邊花園的會面，應發生親密的關係。也正因為如此，更讓男主角體會到，欲得到純潔的她，而無其他情慾的糾纏和家庭社會關係的牽累，已是不可能。

在男主角的愛情理想和道德觀的驅使下，他終於戰勝了自己，毅然擺脫為物慾所薰染的生活現實，勇敢地離開伊莉莎白。他唯一的安慰便是永恆的回憶，也藉此回憶，化解了吉普賽女孩預卜的厄運，正如書末老人四周黑色的湖面一直浮現著那朵白色的蓮花。藉由人生的回憶和靜觀，他克服了情愛人生的自然性，而產生如阿多諾所說的莊嚴感。對作者來說，藉由現實生活的捨棄、藉由純粹的回顧與觀賞，成就此部〈茵夢湖〉的審美境界。

同樣面對已嫁他人婦的舊情人，〈沉沒水中〉小說裡的畫家就因不懂得捨棄，而造成被詛咒的命運，就在強行擁抱卡塔琳娜的那一刻，他們的小男孩就不幸「因為父親的過錯而淹死（沉沒水中）」（C.P.A.S.）。畫家描繪小孩慘白的臉孔時，在畫像上他不忘「添了一朵白睡蓮讓他握在手上」。同樣茵夢湖上那朵蓮花所象徵的愛，就因為畫家不懂得捨棄，無法對人生做純粹的觀照，因而小說敘述者認為他不夠格「躋身偉大畫家之列」，這是作者史篤姆做為詩人的審美體驗。

本書所收集的故事皆已拍成電影。而〈茵夢湖〉之所以特別感人，因為它是作者用自己的血淚所凝成的故事，屬尼采所喜歡的「以寫書之」的文學。小說之所以讀來像單純的童話，因為作者用的是浪漫派象徵性的語言。

（本文作者為台大外文系退休教授）

〈譯者序〉

實境與夢境——從〈茵夢湖〉談起

楊夢茹

〈茵夢湖〉是很早就譯介到台灣的中篇小說，作者是在德國文壇占一席地位的史篤姆（Hans Theodor Woldsen Storm, 1817-1888），此間卻屢見以中英文對照的形式呈現，實在不能不令人嗔怪。

重新推出屹立於世界文學舞台上的好書，譯自原文，以原貌饗讀者的文學情味，這個理念及行動值得喝采。

為了避免因篇幅因素而把德文小說變身為中英對照的荒謬，這本書除〈茵夢湖〉之外，商請我的老師 Thomas Rogowski 挑選四個風格相近而且受歡迎的中篇，加強中文讀者對史篤姆的認識。

一八一七年，史篤姆生於德國北海沿岸的胡森（Husum），父親是律師，母親和當時多數女性一樣，操持家務並撫育兒女。史篤姆很早就展露文學性情，十五歲時寫下第一首詩，隔年並發表於當地的一份周報上。二十歲上基爾大學讀法律系，一隻健筆寫童話也賦詩。

相形之下，他的感情之路就沒這麼單純了。大學一年級時，他與小三歲的女子訂婚，一年後婚約便解除了；一八四二年，他的心湖出現了另一位女子的倩影，但對方拒絕與他訂婚。所幸史篤姆不受影響，順利畢業並且通過國家考試，取得律師資格。

在父親的律師事務所正式工作後一年，他與表妹 Constanze Esmarch 訂婚，兩年後結為連理。史篤姆夫人花容月貌，父親常任市長，然而門當戶對卻未為他倆這樁婚姻打下幸福美滿的基礎。新婚甫一年，史篤姆便與 Dorothea Jensen 情好日密，熾烈的情感讓他詩興遄飛，一首首激昂的情詩在筆尖下跳著精靈般的舞蹈。

耐人尋味者，這樁地下情在元配過世後一年得見天日，一八六六年史篤姆再婚，婚前婚後他對 Dorothea Jensen 始終不渝，兩人生有一女。維持了十九年的第一段婚姻雖然有七名子女誕生，但兩位當事人都不很滿意。

史篤姆是一個深耕生活樂趣的人，枯燥的法律條文與小說詩歌和諧並行，既不造成衝突，也未產生矛盾。他又因熱中歌唱，在家鄉成立了歌唱協會。第一篇小說〈茵夢湖〉問世的一八四九年，他行有餘力投入政治活動，支持什勒斯維希—霍爾斯坦（Schleswig-

Holstein）的獨立運動。鮮明的政治傾向後來甚至影響了他的生計，一八五二年他因不願對丹麥王室效忠而被撤銷了律師委任狀，只好於隔年遷往柏林找工作。

柏林居，大不易，幾經周折才謀得普魯士法院陪審推事一職，逐漸由無薪熬到有給，史篤姆的生活也隨之改善。德國與丹麥之間十多年來硝煙不斷，終於在一八六四年普魯士與奧地利的聯合軍隊獲得關鍵性勝利後宣告結束，這改善了史篤姆的處境，隨後被選為胡蘇姆的行政官的他，趁機辭去了普魯士的公職，返回睽違的故鄉。

〈茵夢湖〉受歡迎也受重視，從此史篤姆在文化圈具備了「詩人」的身分；但他並不愛受人矚目，排拒書迷在公開場合稱他為詩人。冬夜坐在溫暖的壁爐前為孩子們朗讀故事，夏天在繽紛的花園裡消磨時光，才是滋養他心靈的養分。他喜歡散步，街坊鄰居常見他穿戴整齊、老年時些微佝僂的身影，穿梭在巷陌之間；他筆下的故事常見曲巷幽徑、花園、森林、港口、堤岸以及海濱，許是寧靜步行時眼前所見，並在腦海中研磨調味而成的細節。

史篤姆嚮往也追求田園生活，執筆為文時卻不以安逸為尚，一八五九年發表的幾個中篇，順勢將他的社會批評也織進人物故事中，尤其具可看性。〈城堡〉是他一八六二年時簽約寫下的作品，他於文中明白表達自己的民主思維。一八七四年出爐的〈木偶保羅〉

是他唯一以青少年為主題的小說，文中亦充分反映出他的社會觀察及批判；同一年寫下的〈三色堇〉以女性觀點出發。一八七六年付梓的〈沉沒水中〉的靈感源於前一年秋天旅行途中所見，描述一樁悽愴的愛情，也對階級不平等痛下針砭。

因此，我們讀〈茵夢湖〉時，應該留意表面柔弱、聽憑母親安排婚事的伊莉莎白，其實有一顆務實且堅強的心，因為她一不受若隱若現的往昔情愫牽引，二主動告知萊哈德「我心裡很清楚，別撒謊；你永遠都不要再來」。箇中顯現的成熟與冷靜，超乎同時代大部分文人塑造的女性角色的刻版印象。這一次她要當自己的主人，那枚決定他倆命運的棋子應該如何走，由她，而非他來下。

〈城堡〉中所點出的階級差異同樣影響了男女主角的發展，坐擁城堡並受到相關制約的女主角，從被社會習俗束縛到掙脫，我們看到若非天時地利人和，否則她恐怕很難追求到真愛。再者，那個勇於改變現狀的人不是她，而是她無事一身輕的叔叔，以及獨吞遭受歧視之苦澀，猶且不忘力爭上游，最後又敞開胸懷的男主角。

〈木偶保羅〉更進一步把距離拉大，直言保羅娶了一個江湖賣藝的女子麗絲萊得經受多少考驗，首先是木偶戲演員這行業缺少保障與尊重，其次為一般人咸認居無定所的女子不可能成為賢妻良母。閒言閒語始於小倆口打算結婚，連岳父的葬禮都有人搗蛋——這屬於外在的問題。沉積於內在的，主要表現在一、保羅並未開口與岳父大人要當時普遍存在的嫁妝，因為他根本就認為對方拿不出來；結果他出乎意料得到一筆豐厚的現金，並以此為創業基金。二、麗絲萊是天主教徒，卻於婚後數年即不再到鄰城的天主堂參加復活節懺悔；頤養天年的老父意欲重登舞台時，她與夫婿唱起雙簧，佯裝聽不懂父親希望她說出口的暗示，間接釀成災禍。

〈三色堇〉以再婚為主題，掀開丈夫與亡妻以及新娶妻子之間難求圓滿的關係，從而提出從來就不討好的繼母與繼子女相處的問題。史篤姆的筆觸之廣總是令人驚嘆。〈沉沒水中〉男女主角的遭遇令人心痛，隱密含蓄的文字力道無窮，人世不公與滄桑浮沉其間。掩卷時不知該為主人翁之懵懂輕輕嘆息，或者譴責不易掙脫的陳規陋俗？

從收在這本選集中的五篇故事，我們約略可勾勒出史篤姆文學世界的輪廓：甜美的表象下蘊藉著風波，平靜的生活中不無隱憂，社會支架的內裡鏽蝕處處。以舒緩的筆調鋪寫人間悲喜，經營文字與意境的同時，再巧妙地將知識層面的寓意縫綴進去，史篤姆的用心與企圖，恰與中文讀者所熟悉的風格相似，皆為一杯溫潤的好茶，留予大家細品慢啜。

感謝我的老師 Thomas Rogowski 支援，從遴選佳篇到指導我翻譯，他熱心又專業，尤其在幫我撥開作者高明的文字雲霧時最見功力。

目次

茵夢湖 Immensee

老人

一個晚秋的午後，一位穿戴講究的老人慢慢地走在街上，看樣子他剛散完步，這會兒正走回家；因為他腳上那雙過時的帶釦鞋上滿是灰塵。他手挽著一根鑲有金鈕釦的手杖，有一雙彷彿與已逝青春糾纏不清的黑色眼睛，與一頭斑白的髮絲形成鮮明對比。他靜靜地四下張望，或者朝城裡望過去，眼前的小城正籠罩在夕陽餘暉中。

他看似從外地來；因為過往的人中只有少數幾位和他打招呼，雖然看在他那雙嚴肅的眼中，有些人打或不打招呼根本沒兩樣。他終於靜靜站在一棟山墻向街的高大屋宇前，目光再一次投往城的方向，這才走進前廳。屋內有一個可以觀察前廳的小房間門鈴響起時，小房間窗戶上的綠色窗簾拉開了，窗簾後露出一張老婦人的臉龐。

男人對她揮了揮手杖，「不用開燈！」他說話帶著點南德口音；於是女管家又把窗簾拉起來。老人先穿過前廳，然後穿過一間牆邊有幾個擺放瓷瓶的橡木櫃的起居室；穿過對面的門之後，他來到一條小小的過道上，那裡有一道窄窄的樓梯，可通往屋後樓上的房間。他緩慢地爬上樓梯，打開樓上的一扇門，然後走進一個非常寬敞的房間。房間頗有居家的氣息，也很安靜；書架與書櫃幾乎占滿一整面牆；另外一面牆上則掛著相片和風景照；一張鋪著綠色桌巾的桌子上散置幾本打開的書，桌前是一張有紅色天鵝絨坐墊的笨重扶手椅。老人把帽子和手杖放在角落之後，就坐在扶手椅上，散步累了，他以及他布滿皺紋的手都需要歇一下。

他就這麼坐著，天色漸黑。月光穿過窗玻璃映照在牆上一幅畫上，那一線光亮慢慢挪移，男人的目光不由自主地跟著移動。現在他來到一幅鑲著細黑框的小畫像前，輕聲說道：「伊莉莎白！」當他說出這個名字時，時間隨著倒轉——他回到了年少時光。

青梅竹馬

不多久他眼前浮現一個模樣嬌憨的小女孩，她叫做伊莉莎白，約莫五歲；他自己比她年長一倍。她的脖子上繫一條紅色絲巾，與她的棕色眼珠相互輝映。

「萊哈德，」她叫嚷著，「我們放假，放假了！今天一整天都不用上學，明天也一樣。」

萊哈德快手快腳的，把挾在腋下的算數板放在大門後面，然後兩個小孩穿過屋子走進花園，再走出花園小門來到草地上。意外的假日讓他倆高興得像什麼似的，在伊莉莎白的協助之下，萊哈德用草皮搭起了一間屋子；他倆希望夏天的晚上可以住在那裡面；但眼下還缺一張長椅。他馬上著手動工；釘子、榔頭以及不可缺的木板早就放在地上了。這時，伊莉莎白沿著土堤走，把採集到野生錦葵的圓形種子放進圍兜裡；她想用那些種子編鍊子和項圈；有幾根釘子是彎的，萊哈德好不容易才釘好了長椅，再度走到有陽光照射的地方時，她已經走到遠遠草地的另一個盡頭了。

「伊莉莎白！」他呼喚著，「伊莉莎白！」她出現了，鬈髮飛呀飛。「來，」他說，「我們的房子蓋好了，妳看妳出了一身汗。進來，我們可以坐在長椅上，我說個故事給妳聽。」

於是他倆走進屋子，坐在新的長椅上。伊莉莎白拿出圍兜裡的小環，拉出長長的細繩；萊哈德開始講故事：「從前有三個織女……」

「哎呀，」伊莉莎白說，「這我都可以背了，你不行每次都講一樣的故事。」

萊哈德只好打住，不說那三個織女的故事，換一個被扔到獅子穴裡的可憐男人故事。

「到了晚上，」他說，「妳知道嗎？一片漆黑，獅子睡著了，但牠們在睡夢中也會打哈欠，並且伸出紅色的舌頭；那個男人很害怕，因為他心想明天就快到了。突然有一道光照過來，他抬起頭，看見有一位天使站在他面前。天使向他揮手，然後筆直地走進岩石裡。」

伊莉莎白認真聽著，「一位天使？」她說，「那他有翅膀嗎？」

「只是一個故事而已，」萊哈德回答，「事實上根本沒有天使。」

「哦，萊哈德！」她說著盯著他的臉瞧。當他看出她眼中的疑惑時，她懷疑地問道：「為什麼他們老是說沒有天使？媽媽、阿姨，還有學校的人？」

「我不知道，」他答道。

「可是啊，」伊莉莎白說，「連獅子也沒有嗎？」

「獅子？有沒有獅子？在印度有；祭司在崇神祭典上把獅子拉到車前，騎乘牠們穿越沙漠。等我長大後，我要去那邊，那邊比我們這裡漂亮好幾千倍呢；那裡沒有冬天。妳要跟我一起去嗎？」

「好，」伊莉莎白說，「但我媽也要一起去，你媽媽也是。」

「不要，」萊哈德說，「她們太老了，不行一起去。」

「但我不可以一個人去。」

「到時候就可以了。那時妳就是我的太太了，誰都不能命令妳做什麼。」

「但我媽媽一定會哭。」

「我們還會回來呀，」萊哈德激動地說，「回答我：妳想和我一起旅行嗎？不然我就一個人走囉，再也不回來。」

小女孩快要哭出來了，「別這樣瞪著我，」她說，「我想一起去印度。」

萊哈德開心得像什麼似的，牽起她的手，把她帶到草地那裡。「去印度！去印度！」他唱起來，與她一起轉圈圈，然後突然鬆手，並且嚴肅地說：「但這件事還不行，妳沒有勇氣哩。」

「伊莉莎白！萊哈德！」花園小門那邊傳來呼喚聲，「在這裡！在這裡！」兩個小孩回答，手拉著手蹦蹦跳跳回家去。

森林裡

這兩個小孩一起長大；她對他而言有時太安靜，而她常覺得他太急躁了些；但是他倆卻沒因此而不玩在一起，幾乎一起度過所有的閒暇時光；冬天時待在兩人母親的房間裡；到了夏天就待在灌木林和田野上。如果哪一次萊哈德在學校裡看見伊莉莎白被老師罵了，他會氣沖沖地把寫字板丟到桌上，把老師的注意力和火氣轉移到自己身上，沒有人發覺他是故意的。但是萊哈德完全不知道地理課在說些什麼，反而寫了一首長詩，他在詩中把自己比擬為一位年輕貴族，把老師比為一隻灰色烏鴉，伊莉莎白則是與貴族訂了婚的白色鴿子，一旦她的翅膀硬了，她便會對灰烏鴉施加報復。年輕詩人的眼中含著淚水，覺得自己崇高極了。當他回到家時，還買了一個有很多白色羊皮紙的袖珍本子；他在前面幾頁謹慎地寫下他的第一首詩。

不久後他去上另一所學校，在那裡認識了幾位與他同齡的新同學，但他與伊莉莎白的來往並未受到影響。以前反覆講給她聽的那些童話，他現在開始把她最喜歡的幾則寫下來，寫著寫著，經常把自己興起的聯想也加進去；然而，他並不明白怎麼回事，不是每次都寫得很順利。於是他按照自己聽到的那樣，逐字逐句寫下那些故事。他把寫好的那幾頁交給伊莉莎白，她將之仔細收在藏寶盒的一個抽屜裡；每當他晚上在她家，聽到她唸他寫的本子裡的故事給她媽媽聽時，便感到十分快樂。

七年過去了，萊哈德為了繼續求學將要離開這座城市，伊莉莎白無法想像沒有了萊哈德的日子。有一天他對她說，他會像往常那樣寫故事給她，寄信給他媽媽時一併付郵，如果她覺得那些故事有趣，就要回信告訴他；她聽了這些話心裡很高興。啟程的日子快到了，走之前他又在袖珍羊皮本裡寫了幾首短詩。這個祕密只有伊莉莎白一個人知道，雖然他是為了她才寫，而且本子裡寫的大多為詩歌，詩愈寫愈多，差不多占了半本白色紙張。

到了六月，萊哈德應該要啟程了，大家都希望好好慶祝一下，於是小樹林中舉行了一個又一個聚會。他們坐了幾小時的車到達森林邊緣，拎著野餐籃下車，繼續步行。首先要穿過冷杉林；天氣微涼，天色微暗，地上處處可見細細的針葉。半小時後，他們走出了昏暗的冷杉林，轉進山毛櫸林；這裡光線很好，一片青翠，一道陽光穿過濃密的枝葉照進來，一隻小松鼠在他們頭上的樹枝間跳來跳去。他們在種有樹齡很老的山毛櫸、樹梢葉片形成一個透明圓頂的地方停下腳步，伊莉莎白的媽媽打開一個籃子，一位上了年紀的男士自願管理食物。「所有我四周的人，你們年輕人！」他喊道，「注意聽我要說什麼，每人有兩個乾麵包捲當作早餐；奶油忘在家裡了，配菜你們得自己找，森林裡草莓應有盡有，這是對知道如何找到草莓的人說的。不夠聰明的人就只能啃乾麵包，生活中常有這種事嘛。聽懂我的意思了嗎？」

「聽懂啦！」男孩們說。

「很好，你們看，」老人說，「但我話還沒說完，我們這些老人忙了大半輩子，所以現在都待在家裡，也就是說，待在這高大的樹木下，削削馬鈴薯皮、升火以及布置餐桌，到了十二點，雞蛋也應該煮好了。你們採到的草莓有一半要交給我們，這樣我們就有甜點可上。現在你們到處轉一轉，要老老實實的！」

男孩們扮起各種鬼臉，「慢著！」老人再一次喊，「不必我告訴你們：沒找到草莓，就空手而歸；但你們都聽好了，既然如此，也別想從我們老人家這裡得到任何東西。現在，你們今天已經上了很好的一課，若是再來一些草莓的話，就算過了今天這一關。」

男孩們同意他的說法，兩兩結伴上路。

「來吧，伊莉莎白，」萊哈德說，「我知道哪裡有草莓，妳不必吃乾巴巴的麵包。」

伊莉莎白繫好草帽的綠色帶子，挽起他的手，「走吧，」她說，「準備裝滿一籃子。」

他倆走進森林，愈來愈深入；穿過潮濕幽暗的樹影，四下靜悄悄，只有空中的獵鷹發出尖銳鳴叫；接下來他們穿越一座茂密的灌木叢，萊哈德必須走在前頭，這裡折下一根樹枝，那裡把一根卷鬚壓彎到一邊，才開出一條小徑來。沒多久他聽到身後伊莉莎白在呼喚他的名字，他回過頭去。「萊哈德，」她大聲說，「等等，萊哈德！」他看不到她，好不容易才看到她在距離不遠的地方與灌木奮戰，勉強看得到她漂亮的小腦袋瓜在蕨類的葉尖上搖來擺去。他往回走，帶她走出亂七八糟的蕨類和灌木，來到一處空地，藍色的飛蛾在寂寞的野花間飛舞。萊哈德幫她把臉上汗濕的頭髮攏好，然後想幫她戴上帽子，但她不願意，他說了些好話之後，她才同意。

「你的草莓到哪去啦？」她終於開口問，同時站起身來深吸一口氣。

「這裡本來有草莓的，但那些壞蛋比我們早到一步，不然就是小偷，小精靈也說不定。」

「對，」伊莉莎白說，「葉子都還在嘛；別在這裡講小精靈的事。走吧，我一點都不累，我們繼續找吧。」

眼前是一條小溪，過了小溪又是森林。萊哈德抱起伊莉莎白涉溪而過，一會兒之後，他倆離開了陰暗的落葉樹群，再度置身明亮的陽光下。「這裡應該有草莓，」女孩說，「聞起來好香甜喔。」

他們在太陽照得到的地方找了又找，但一顆也沒找著。「不對，」萊哈德說，「這是杜鵑花的香味啦。」

到處是一叢叢的覆盆子、冬青，杜鵑花和短短的青草蓋滿了地面空隙，空氣中有一股濃郁的味道。「這裡好安靜，」伊莉莎白說，「其他人會在哪裡？」

萊哈德沒有往回走的意思，「等等，這風是從哪裡吹來的呢？」說著他把手舉高，但沒感覺到風。

「噓，」伊莉莎白說，「我想，我聽到他們在講話的聲音。你對著那後頭喊一聲。」

萊哈德把手圈起來大聲喊著：「過來！」

「過來！」有人喊回來。

「他們回答了！」伊莉莎白說著拍起手來。

「不是，不是他們，那只是回音。」

伊莉莎白抓住萊哈德的手，「我覺得好可怕！」她說。

「不，」萊哈德說，「不用害怕，這裡多漂亮，妳坐到那邊樹蔭下的草地，我們休息一下，一定找得到其他人的。」

她坐在一顆山毛櫸下面，豎起耳朵聽四面八方的聲音，萊哈德坐在幾步之外的樹墩上，沉默地往她這裡望過來。太陽就在他們頭頂上，正值熱得發燙的中午時分，金光閃閃的鋼青色蒼蠅在空中拍著翅膀，到處聽得到窸窣聲、嗡嗡聲，森林深處的啄木鳥偶爾發出聲響，其他鳥兒也嘰喳不休。

「聽！」伊莉莎白說，「有聲音。」

「哪裡？」萊哈德問。

「在我們後面，你聽到了沒有？現在是中午。」

「所以城市在我們的後方，如果我們朝這個方向直走，就會遇到其他人。」

於是他倆往回走，放棄尋找草莓，伊莉莎白累了。好不容易樹木之間傳出夥伴們的笑聲，他們又看到地上有一塊白得發亮的布，那是餐桌，上頭堆著滿滿的草莓。老人把餐巾繫在釦眼中，繼續對那些男孩發表道德談話，一邊還忙著切烤肉。

「他們遲到了，」看到萊哈德與伊莉莎白穿過樹林走過來時，男孩子叫嚷起來。

「過來！」老人喊道，「把布裡的東西倒出來，帽子翻過來！讓我們瞧瞧你們找到什麼。」

「又餓又渴！」萊哈德說。

「如果只有這樣，」老人說，並且把一個裝得滿滿的碗舉高，「就繼續又餓又渴吧，你們曉得我們的約定，遊手好閒的人沒得吃。」不過最後他還是答應了他們的請求，於是食物又放回餐桌上，鶇鳥則在刺柏上唱起歌來。

這天就這樣過去了。萊哈德其實找到了一些東西，但不是草莓，是也生長在森林裡的東西。他回到家後，在他的羊皮紙本裡寫著：

這裡的山坡上
風兒完全靜止；
樹枝低垂，
下頭坐著一個小孩。

她坐在百里香中間，
她坐在芬芳之中；
藍蠅嗡嗡叫
倏地飛過空中。

森林如此寂靜，
她機伶地往裡探看；
棕色的鬈髮
迎向陽光。

布穀鳥在遠處笑著，
我突然想起：
她擁有森林女王
亮晶晶的眸子。

她不僅是他保護的人，也是他正展開的人生中所有迷人與曼妙的表現方式。

那孩子站在路邊

平安夜即將來臨。這天下午，萊哈德與大學同學坐在市政廳地下室的酒吧裡，牆上的燈已經打開，因為地下室這會兒有些昏暗，客人很節制地坐在一起，服務生悠哉地倚著柱子。這間地窖的一隅坐著一位小提琴手和一個彈齊特爾琴、美貌的吉普賽女孩，他們的腿上放著各自的樂器，面無表情地看著前面。

大學生這桌響起了一記香檳瓶塞爆開的聲音，「喝，我親愛的波西米亞情人！」一位年輕有貴族氣息的男子一邊嚷著，一邊把滿滿的一杯酒遞給那個女孩。

「我不愛喝。」她說，動也不動。

「那就唱歌好了！」那位貴族說，丟了一枚銀幣到她的腿上。女孩手指慢慢地摩挲她的黑髮之時，提琴手在她耳畔低聲說話；但她搖了搖頭，下巴磕在齊特爾琴上。「我不為他演奏。」她說。

萊哈德手中握著杯子迅即站起身，來到她面前。

「你想幹嘛？」她倔強地問道。

「看妳的眼睛。」

「我的眼睛與你何干？」

萊哈德兩眼閃爍低頭看著她，「我確定妳的眼睛是虛假的！」

她摀住臉頰打量著他。萊哈德把酒杯舉到嘴邊，「敬妳一雙又美麗又罪惡的眼睛！」

說完他喝了一口酒。

她笑了起來並搖頭，「給我！」她說，然後她的黑色眼珠看進他狂野的眼睛，慢慢地啜飲杯中餘酒。接下來她撥起一首三和弦，低沉又熱情的嗓音唱起來：

今天，只有今天

我貌美如花；
明日，哎，明日
一切都會消逝！

唯有此時此刻
你還屬於我；
死去，啊，我將
孤獨死去。

提琴手快拍拉起結尾的節奏當兒，有一個新來的人加入那一桌。

「我去找過你，萊哈德，」他說，「你已經走了，但耶穌聖嬰進過你房間。」

「耶穌聖嬰？」萊哈德說，「祂早就不來找我了。」

「鬼扯！你房間都是冷杉木和蛋糕的味道。」

萊哈德放下酒杯，拿起他的帽子。

「你想做什麼？」女孩問。

「我會再過來。」

她皺著眉，「待在這裡！」她輕聲說，親暱地注視他。

萊哈德有些猶豫，「我辦不到，」他說。

她笑著用腳尖踢他，「去吧！」她說，「你真沒用，你們全都沒有用！」她走開的時候，萊哈德慢慢地從地下室的樓梯拾級而上。

外面街上天色已暗，寒風吹在他發熱的額頭上，到處都看得到窗戶透出來的耶誕樹亮光，時不時傳出有人吹口哨、敲打錫鼓，以及孩子們歡呼的聲音。成群結隊的乞兒挨家挨戶走著，或者爬上樓梯欄杆，希望窗內那些快樂滿足的人能看他們一眼。這中間有一扇門曾突然打開，小客人在燈火通明的房子裡受到責備的聲音直達漆黑的巷子裡；另外一棟房子的大門口則傳出唱耶誕歌曲的聲音，明顯聽得出來其中有女孩子合唱。萊哈德不及細聽，快步走過一條街又一條街。當他走到他那棟房子時，天色完全暗了，他在樓梯上絆了一下，然後進入房間。一陣甜甜的香氣撲鼻而來，他覺得好親切，聞起來像家裡媽媽為耶誕節布置的房間。他哆嗦著手點起燈，桌上有一個好大的包裹，他一打開，再熟悉也不過的節慶蛋糕掉了出來，有些上頭還用糖霜寫著他姓名的第一個字母，除了伊莉莎白，不做第二人想。接下來還有一個小包裹，裡頭有一件手織的衣服、圍巾以及硬袖口，最後，還有媽媽和伊莉莎白的信各一封。萊哈德先拆開後者那封，伊莉莎白寫著：

「用糖寫的漂亮字母是要告訴你，誰幫忙一起烤的蛋糕，硬袖口也是同一個人為你織的。現在我們這裡到了平安夜會變得十分安靜，我媽媽九點半就會把她的紡車放到角落裡，沒有你在這裡的這個冬天非常冷清。你送我的那隻紅雀在上星期天死了，我哭得好傷心，我不是一直都好好照顧著牠嗎？每當午後的太陽照到牠的鳥籠時，牠就會唱歌。你知道，每次牠開懷大唱特唱，我媽媽總在籠子上蓋一塊布，好叫牠閉嘴。房子裡現在更安靜了，只有你的老朋友艾立希偶爾來訪。記得有一回你說，他和他穿的那件老氣橫秋的大衣一個調兒，現在，他一進門我就會想起你的話，氣氛旋即變得好滑稽；別告訴我媽媽，否則她要不高興了。

「猜猜我送了什麼耶誕禮物給你媽媽？猜不出來嗎？我自己啦！艾立希用炭筆畫下了我，我因此得乖乖坐上三回，每次整整一小時。我其實不喜歡別人一個細節也不漏地端詳我的臉，我也不希望被畫下來，但媽媽說服了我；她說，好心的韋納太太收到畫一定很高興。

「萊哈德，你沒有遵守諾言，一個童話都沒有寄來。我常向你媽媽抱怨，她總是說，你現在要做的事比這些小孩子的玩意多得多。我不相信，這不一樣呀。」

萊哈德也看他媽媽寫來的信，兩封信都看完，慢慢地摺起來並且放回信封之後，一股濃烈的鄉愁湧上心頭。他在房間裡來來回回走了好一會兒，他低語，彷彿在和自己對話：

他差點兒就迷路了
不知如何走出去；
那孩子站在路邊
招手叫他回家！

他走到寫字檯，拿了一些錢，然後再度走上街頭。這時街上比先前更安靜，耶誕樹上的蠟燭都已燃盡，小孩的遊行也停了。寂寥的街上颳著冷風，老的、小的坐在自己家中團聚，平安夜的第二樂章正要開始。

萊哈德到了市政廳地下室酒吧附近時，他聽到底下傳上來的提琴聲以及彈齊特爾琴女孩的歌聲，就在地下室入口的門邊迴響著，燈光微弱的寬敞樓梯上有一個黑影搖搖擺擺。萊哈德很快地走過一幢幢黑壓壓的房子，過了一會兒來到一間明亮的珠寶店，買了一個小巧的紅珊瑚十字架之後，循同樣的路線回家。

離他住所不遠的地方，一扇高大的房門旁站著一個裹著破爛衣裳的小女孩，正努力地想打開門，但徒勞無功，這引起了他注意。「要我幫忙嗎？」他問。那小孩不回答，但放開了沉甸甸的門把。萊哈德打開門，「他們恐怕會把妳趕出來，跟我走！我請妳吃耶誕蛋糕。」於是他鎖上門，牽起那個小女孩，她一語不發跟著他進入公寓。

他剛才離開時沒關燈，「這蛋糕給妳，」他說，把他半個寶藏放到她的圍兜裡，但沒給她糖寫的字母。「回家去吧，也給妳媽媽吃一塊。」那小孩抬起羞怯的眼睛看著他，似乎很不習慣這種友善，因此不知該說什麼才好。萊哈德打開門，為她開燈，於是她像隻小鳥似的，帶著她的蛋糕一溜煙跑下樓梯，跑回家去。

萊哈德把爐子裡的火撥旺，再把沾了灰塵的墨水瓶放在書桌上，然後坐下來開始寫信，一整晚都在寫信給媽媽，寫信給伊莉莎白。剩下的那一半蛋糕放在他旁邊，碰都沒碰一下，但他扣上了伊莉莎白織的硬袖口，襯得他穿的那件白色厚呢絨長褸特別好看。冬陽照在結了冰的窗玻璃上時，他還是這麼坐著，他看到對面鏡中一張蒼白嚴肅的臉。

家中

復活節時萊哈德回到家鄉，到達的隔天早晨，他去找伊莉莎白。

「妳長高了耶！」他對著那個美麗瘦削、微笑迎面走來的女孩說，她臉紅了，一句話也沒說。他握住她表示歡迎的手，她試著輕輕抽回。他狐疑地盯著她，以前她不曾這樣，現在，顯得他倆之間有點陌生。即使他在她家待了許久，之後又日日登門，這陌生感一直梗在那裡。當他倆單獨坐在一起，就會出現令他尷尬的空白，於是他彆扭地嘗試說些什麼。為了要讓這個假期有一定的話題，他開始教她植物學，這是他大學生涯前幾個月努力研讀過的學科。習慣聽他話的伊莉莎白覺得很有意思，開開心心地上課。一星期中他們要去田野踏查好幾次，或者到松樹林去，於是，到了下午他倆回家時，綠色的植物標本採集箱總是裝滿了藥草和花。幾小時之後萊哈德會再度出現，與伊莉莎白平分此行的收穫。

一個午後他為了同樣的目的而來，他走進房間時，伊莉莎白正站在窗邊，用新鮮的高山漆姑草裝飾一個他從未見過的金色鳥籠。鳥籠裡住著一隻金絲雀，拍舞著翅膀，嘰嘰喳喳啄著伊莉莎白的手指。萊哈德送的鳥以前也掛在這個地方，「有人把我那隻死去的可憐紅雀變成金絲雀啦？」他心情愉快地問道。

「通常紅雀不會這樣，」坐在靠背椅上紡紗的媽媽說，「你的朋友艾立希今天下午才把牠從他的莊園送過來給伊莉莎白的。」

「哪一個莊園？」

「你不知道嗎？」

「什麼？」

「就是幾個月前艾立希接管了他父親位於茵夢湖的第二間莊園？」

「但你沒和我透露一個字呀。」

「哎，」這位媽媽說，「你也沒問起她男友的事情啊，他是個非常可愛又懂事的年輕人。」

媽媽走出去端咖啡，伊莉莎白背對著萊哈德，仍忙著弄她的小鳥籠。「請再等一下，」她說，「我馬上就好。」因為萊哈德一反平常沒答話，她於是轉過身來。他的眼中突然有一股她以前未曾見過的憂傷，「需要什麼嗎，萊哈德？」說著她走到他身邊。

「我？」他茫無頭緒地問，一雙若有所思的眼睛落在她的眉眼處。

「你看起來好憂愁。」

「伊莉莎白，」他說，「我不喜歡這隻黃色的鳥。」

她驚訝地望著他，不明白他說的話，「你可真奇怪，」她說。

他捧起她的雙手，她靜靜地讓他握著，不一會兒媽媽走了進來。

喝過咖啡後，媽媽坐到她的紡車那裡，萊哈德與伊莉莎白走到隔壁房間，去整理他們的植物。他們數著花絲，細心地攤開葉子和花朵，每一種都選出兩個曬乾，拿一本大開本的書貯放葉子。這是個晴朗的午後，四周安靜極了，只有媽媽的紡車呼嚕呼嚕響著。時不時會聽到萊哈德低低的聲音，說起那些植物的順序及種類，或者糾正伊莉莎白不太高明的拉丁文發音。

「我還缺最近採到的鈴蘭。」所有採集來的標本都確認過也整理好了之後，她如此說道。

萊哈德從口袋裡拿出一本袖珍的白色羊皮紙本，「這裡有一根鈴蘭莖給妳，」他說，同時拿出那個半乾燥的植物。

伊莉莎白看到那些寫了字的頁面時，問：「你還在寫童話嗎？」

「這不是童話，」他答道，遞給她那個冊子。

都是些詩句，大部分寫滿了一整頁。伊莉莎白一頁頁翻過去，看來只讀了標題：〈當她被老師責罵〉、〈當她在森林中迷了路〉、〈復活節童話〉、〈當她第一次寫信給我〉，差不多都是這個樣子。萊哈德饒富興味地看著她，而她繼續翻閱，他看出她清爽的臉蛋上出現一抹淡淡的紅暈，漸漸染紅了整張臉。他想看看她的眼睛，但伊莉莎白沒有抬起頭來，只是最後沉默地把書放在他面前。

「不要這樣還給我！」他說。

她從鐵盒裡取出一顆棕色的米粒，「我要放你最愛吃的草進去，」她說著，把書放回他的手上。

終於來到最後一天假期，也就是啟程的這天早晨。伊莉莎白請媽媽同意她陪她的朋友去搭郵政馬車，郵驛站在離她家幾條街的地方。她走出家門，萊哈德挽住了她的手，接下來他和這位苗條的女孩一起走著，一句話也沒說。愈接近目的地，他愈覺得，尤其是他將離開很長一段時間，心中有些非常重要的話想要跟她說，一些極其珍貴，與他未來人生幸福有關的話，但他掌握不到那些攸關性命的話語，他覺得害怕，於是愈走愈慢。

「你會遲到的，」她說，「聖瑪麗亞教堂的大鐘已經敲過，九點半了。」

但他沒因此加快腳步，他終於結結巴巴開口：「伊莉莎白，未來兩年內妳都看不到我。等到我回來時，妳還會像現在這樣喜歡我嗎？」

她點點頭，親切地看著他的臉。她停了一下後說，「我也為你反抗過。」

「為了我？妳需要反抗誰？」

「我媽媽，昨天晚上你走了以後，我們談了好久，與你有關。她認為你不像以前那麼好了。」

萊哈德沉默了半晌，然後拉起她的手，放到自己手中，他鄭重地望著她無邪的眼睛，說：「我還是和以前那個我一樣好，妳一定要相信！妳相信我嗎，伊莉莎白？」

「相信，」她說。他鬆開她的手，兩人快速走過最後一條街。愈接近道別的時刻，他的臉色就愈添一分欣喜，她都快趕不上他了。

「你想說什麼，萊哈德？」她問。

「我有一個祕密，一個美麗的祕密！」他眼睛發亮對著她說，「等我兩年以後回來，妳就會知道了。」

這時他倆來到郵政馬車這裡，時間不早也不晚，萊哈德再次握住她的手，「再見！」他說，「再見，伊莉莎白，別忘了我說的話。」

她點點頭，「再見！」萊哈德登上馬車，馬匹邁步向前。

馬車在街角轉彎時，他又看見她慢慢走回去的可愛模樣。

一封信

將近兩年之後，萊哈德坐在燈前，到處都是書和紙，他在等一位與他一起讀書的朋友。有人爬上樓梯，「進來！」——是房東，「有您的信，韋納先生！」她馬上就走開了。

自從上次返鄉以後，萊哈德就沒再寫過信給伊莉莎白，也不曾收到她的隻字片語；現在這封信也不是她捎來的，而是他媽媽的筆跡。萊哈德拆開信讀起來：

「在你這個年紀，我親愛的孩子，每年會顯現不同的面貌，因為人的青春期不虞匱之。此地有些變化，如果我夠瞭解你，這件事想必會讓你難過。過去三個月中，艾立希兩次向伊莉莎白求婚均未獲首肯，昨天她終於點頭了。她一直都無法下定決心，現在她總算決定了，她畢竟還很年輕。不久就要舉行婚禮，媽媽將與他們一起參加。」

茵夢湖

又是兩年已過。一個暖和的春日午後，森林內有樹蔭的下坡路段上，一個有一張剛毅、曬成棕色的臉的年輕男子正在健行。他嚴肅的灰色眼珠緊張地眺望遠方，彷彿希望這條一成不變的路徑有點變化，然而事與願違。好不容易有一輛小車慢慢地開上來，「嗨！朋友，」健行者向走在一旁的農夫打招呼，「從這裡可以到茵夢湖吧？」

「一直往前走就是。」那男子回答，同時扶一下他戴的圓帽。

「已經快到了，不到半斗煙的時間，您就到達那座湖啦，那棟莊園就在湖邊。」

「還很遠嗎？」

農夫走過去了，另外那個人則沿著樹木匆匆走著。一刻鐘之後，左邊忽然一棵樹也沒有了，這條小路通往山坡，山頂上鮮少有百歲的老橡樹。山巔上陽光燦爛，氣象恢宏。山下就是那座湖，沉靜，靛藍，幾乎被濃綠、陽光充足的森林包覆，只有一個讓人眺望遠方的開口，一直望到青山的盡頭。斜對面森林裡的綠葉好像覆蓋上一層白雪，那是已開花的果樹，從這裡走出來，那棟紅白相間磚瓦的莊園便屹立在高高的湖岸上。一頭鸛從煙囪處飛了起來，慢條斯理地盤旋於水面上。「茵夢湖！」健行者脫口而出。看起來他現在才抵達他旅途的目的地，因為他動也不動站著，目光穿過山巔上的樹木，再落到自己的腳上，最後投往湖的對岸，那座莊園的倒影在水中輕輕晃漾。接下來，他繼續他的行程。

這會兒走的是下坡路，山下的樹木又足以遮陽了，但也擋住了視線，唯有透過枝枒間的縫隙才偶爾一窺湖上風光。不久山路又稍微陡峭，左右兩邊不復種有樹木，取而代之的是順著山坡種植的葡萄，綠葉又濃又密；路的兩側是正在開花的梨樹，成群蜜蜂嗡嗡飛舞。一位身穿棕色大衣的魁梧男子迎面走來，快到健行者的身邊時，他揮舞著他的便帽，朗聲喊道：「歡迎，歡迎，萊哈德兄弟！歡迎光臨茵夢湖莊園！」

「你好，艾立希，謝謝你的歡迎！」那人如此回應。

然後他倆走到彼此面前，相互伸出手去。「你還是以前我那個朋友嗎？」艾立希近看他老同學那張嚴肅的臉時說道。

「我當然還是我，艾立希，你也沒變嘛，看起來過得更好了，比以前又更快樂了。」

這些話讓艾立希的臉上出現一抹開心的微笑，益發顯得開朗快活。「沒錯，萊哈德兄弟，」他說，萊哈德還握著他的手不放，「從那以後我就抽中了大獎，你知道的嘛。」他搓了搓手，愉悅地說：「有一個驚喜！她不知道，從來都沒想過！」

「一個驚喜？」萊哈德問，「給誰的？」

「伊莉莎白。」

「伊莉莎白！你沒告訴她我要來嗎？」

「一個字都沒說，萊哈德兄弟；她不知道你要來，媽媽也不知道。我悄悄和你寫信，這樣歡欣會更大。你曉得我一向有神不知鬼不覺的計畫。」

萊哈德陷入沉思，愈接近那座莊園，呼吸似乎就變得更沉重。現在，葡萄園終止於路的左邊，被一大塊差不多延伸至湖邊的菜園取代。這時那隻鶴已降落地面，在菜畦之間神氣地散步。「哎呀！」艾立希擊掌叫嚷起來，「這長腿埃及人偷了我矮小的豌豆莖！」[1] 那隻鳥慢慢展開翅膀，飛到一幢位於菜園最後面的一棟新建房屋的屋頂，新屋的牆面滿是欣欣向榮的桃樹和杏樹的枝椏。「這就是酒廠，」艾立希說，「我兩年前才蓋的。農莊是先父加蓋的，至於住屋，則是我祖父所建。一點一點增加。」

說著說著，兩人來到一個很寬敞的地方，這地方的兩側是農莊，農莊後面與莊園毗鄰，莊園的兩翼各連接一堵高大的花園圍牆；花園圍牆後方可見一排深色的紫杉，丁香花枝椏不時垂掛至莊園裡。曬得通紅、滿腦子工作的男人過往時與他倆打招呼，艾立希不時交代這個或那個人一項任務，或是問一下他們當日的工作情形。

他倆走到房子那邊，迎面是高大涼爽的門廊，走到門廊盡頭時，他倆拐進一個稍微暗一點的側道。艾立希打開那裡的一扇門，於是踏進一間寬闊的花園大廳，對面的窗戶被又濃又密的樹葉覆蓋住，以致於大廳兩邊都變成了深綠色；窗戶之間另有兩扇打開的雙扇門，把燦爛的春陽引進來，而且可以從那裡盡情欣賞花園裡一圈又一圈的花圃，以及有綠葉陡直攀沿而上的牆壁，一條筆直寬敞的走道將花園一分為二，穿過走道後即可望見湖水，以及對面更遠處的森林。當這兩位朋友走進花園，穿堂風為他們送來新鮮的空氣。

一位白皙嬌俏的少婦坐在花園前的一個陽台上，她站起身來，朝進來的那兩人的方向走去。才走了一半，她的腳像生了根似的停下來，一動也不動盯著那位陌生人。他微笑著把手伸向她，「萊哈德！」她呼喊著，「萊哈德！我的天，居然是你！我們好久沒見了。」

「好久沒，」他沒能繼續說下去，因為當他聽到她的聲音，他覺得心上一陣疼痛，他看著她，她站在他面前，仍舊是那個輕盈溫柔的人兒，他幾年前在故鄉與她道別的人兒。

艾立希在門邊停步，臉上閃著開心的光芒，「伊莉莎白，」他說，「對吧！妳想不到是他，怎麼想也想不到！」

伊莉莎白和氣地注視著他的眼睛，「你真好，艾立希！」她說。

他深情地握住她纖細的手，「現在他就在我們家，」他說，「我們可別讓他一下子就溜了，他離家在外好多年，我們要讓他有回家的感覺。瞧他看起來多像外地來的，又變得多優雅啊。」

---

1 德語中「埃及人」可作為「鶴」之象徵，因為有些品種的鶴會選在埃及過冬。

伊莉莎白含羞帶怯的目光掠過萊哈德的臉龐，「只是時間的問題，也就是我們沒有一起度過的那段時間造成的。」他說。

就在此時，媽媽挽著一個裝鑰匙的小籃子走進門來，「韋納先生，」她看見萊哈德時說，「不速之客反而更好呀。」現在的對話交織著問與答，均衡進行。女士各做各的活，萊哈德享用為他準備的點心，艾立希點起了煙斗，坐在他旁邊，一邊抽煙一邊聊天。

第二天萊哈德必須和他出去一趟，看看田地、葡萄園、啤酒花花園、酒廠。一切都安排得好極了：在田地裡和爐灶旁工作的人看起來都身強體健、心滿意足。吃午飯時，全家人來到花園廳，這一天就在有時同進同出、有時獨處中度過，由當主人的興致來主導。只有晚餐前那幾小時以及上午的時光，萊哈德待在他的房間裡做點事。好幾年了，他花了不少心力蒐集民間短詩和歌謠，現在他一一整理他的寶藏，並且盡量增加鄰近區域的新收藏。伊莉莎白始終溫柔又和氣，艾立希一如以往對她十分殷勤，而她近乎卑微地心存感激領受他的情意，萊哈德心想，昔日那個開朗的女孩，如今蛻變為一位安靜的婦人了。

他來到此地後的第二天開始，晚上總要到湖邊散步，那條路直通花園的下方，路的盡頭有一座向外突出的棱堡，棱堡上一棵高大的樺樹下有一張椅子，媽媽稱它為晚上專用椅，因為到了黃昏夕陽下山的時分，這塊地方便頻頻派上用場。

有一天晚上萊哈德在這條路上散步後，一場出其不意的雨使得他不得不折返，他在湖邊一棵菩提樹下躲雨，但不一會兒，豆大的雨滴便穿葉打下來，他全身都濕透了，他乖乖待在那裡，然後慢慢踏上歸程。天已幾近全黑，雨勢仍不小，當他快走到那張晚上專用椅的時候，他相信自己看見閃著晶亮水珠的樺樹枝幹間站著一位文風不動的白衣女郎。又走近些的當兒，那人好像要轉身向他的樣子，他覺得那人似乎在等人。是伊莉莎白，他想。但當他加快腳步走向她，想與她結伴穿過花園回到屋子裡去的當下，她卻悄悄轉身，消失在黝黑的側道。他無法跟上去，而且幾乎生起伊莉莎白的氣來，但仍有些懷疑，那人究竟是不是伊莉莎白？但他又沒勇氣去問她，於是，他沒有經由花園廳回去，免得撞見伊莉莎白穿過花園的門走進去。

我母親強作主

幾天之後的傍晚時分，這一家人依照慣例都坐在花園廳，幾扇門敞開著，太陽已經落到森林後方湖的另一邊了。

當天下午一位住在鄉村的朋友寄了幾首民謠給萊哈德，這會兒有人要求他唸幾首詩。於是他回房，立刻拿來一張張工整寫了字的紙卷。

大夥兒圍桌而坐，伊莉莎白坐在萊哈德旁邊。「我們為幸福美滿而讀詩，」他說，「我還沒從頭到尾讀過一遍呢。」

伊莉莎白打開那些草稿，「是樂譜哩，」她說，「那你得唱歌了，萊哈德。」

萊哈德先唸起幾首蒂羅爾區的四句諷刺詩，間或低低哼唱那詼諧的旋律。這個小團體沉浸在輕快開朗的氣氛中，「這些美麗的詩歌是誰寫的？」

「哎，」艾立希說，「從內容就可以聽得出來，裁縫學徒和理髮師，還有諸如此類輕佻的小混混。」

萊哈德說，「這不是誰寫的，而是自然而然形成的，這些詩歌從天而降，像風絮一樣飛過大地，飛到這裡又飛往那兒，在成千個地方唱出來。我們最奇特的作為和苦痛在這些詩歌中都找得到；像是我們也出了力創作了它們。」

他拿起另外一張紙：「我站在高高的山上……」

「我知道這首詩！」伊莉莎白嚷了起來，「儘管唱，萊哈德，我會助你一臂之力。」接著他倆唱起那謎樣的曲調，它實在太莫測高深，簡直無法相信是人想出來的；伊莉莎白用她柔美的嗓音和著男高音唱著。

這時媽媽勤快地做起女紅，艾立希雙手交握，若有所思地聆聽。一曲終了，萊哈德默默地把那張紙放到一邊。湖邊傳來鐘聲，在這個靜謐的晚上更顯悠揚；由不得他們聽或不聽；然後他們聽到一個清越的男孩嗓音唱起：

我站在高高的山上
望進深深的幽谷……

萊哈德微微一笑，「你們一定聽到了吧？就是這樣口耳相傳。」

「這附近常這樣唱歌呢。」伊莉莎白說。

「是呀，」艾立希說，「是牧童卡斯帕，在趕牛群回家。」

他們又側耳傾聽了一會兒，直到農莊上方傳下來的聲音消失為止。「那是原始的聲音，」萊哈德說，「在森林裡進入夢鄉，上帝才知道是誰發現這些詩歌的。」

他抽出另外一頁。

此刻天色又暗下去一些，湖對岸森林上方的紅色夕照有若泡沫。萊哈德打開那張紙，伊莉莎白的一隻手擱在紙上，與他一起看。然後萊哈德唸起來：

我母親強作主，
要我嫁別人；
過去我心所屬的人，
要我忘記他；
此非他所願。

我控訴母親，
他鑄成大錯；
昔日的信誓和尊榮，
如今成為罪與惡。
我該如何是好！

我的一切尊榮與歡愉
卻換來悲哀和痛苦。

哎，但願不曾發生，
哎，我大可去
荒郊野外乞討。

萊哈德唸這首詩的時候，覺得手上那張紙輕得不能再輕地微微顫抖，等到他唸完，伊莉莎白把她的椅子輕輕推回去，不發一語走進花園。媽媽留神她的動態，艾立希想跟上前，但媽媽說：「伊莉莎白在外頭還有點事。」就此打住。

戶外的夜色漸濃，花園裡和湖上皆同。嗡嗡叫的飛蟲不斷打門旁飛過，穿門而入的花香與灌木的氣息愈來愈芬芳。水裡的蛙鳴也傳出來，窗下有一隻夜鶯在歌唱，另外一隻在花園更裡面，月兒高掛樹梢。萊哈德望著小徑上伊莉莎白窈窕身影消失的地方好一會兒，然後把草稿捲起來，向在座者打過招呼後，穿過屋子往湖邊的方向走去。

靜默中森林黝黑的影子投射在廣大的湖面，湖心則籠罩著抑鬱的朦朧月光。當此之時，一陣窸窸穿梭於樹木間，不是風，只是夏夜的氣息。萊哈德沿著湖邊走，他擲出一塊石子，一朵白色睡蓮映入眼簾。他突然想近一步觀賞那朵花，於是他脫下衣服走進水中。湖底平坦，尖銳的植物和石頭割傷了他的腳，他卻怎麼也走不到可以游泳的深處。

腳下忽然一個踩空，水流把他捲了進去，過了好一會兒，他才再度浮出水面。他伸展著手腳，繞著圈子游起泳來，直到他辨識出來時的方位為止。不久他就再度與那朵睡蓮打照面，它孤寂地挺立於大片葉子之間。他緩緩游出去，手伸出水面，濺起的水花在月光下閃閃發亮；但他覺得他與那朵花之間的距離似乎不曾縮短，只有當他四下張望時，湖岸一直都在那裡，而且他後頭有一股愈來愈微弱的香味。他不放棄，奮力往同一個方向游，終於游到藉著月光能分辨出睡蓮是睡蓮，閃耀著銀輝的葉子是葉子的地方。但他立刻覺得好像被一張網纏住了，光滑的莖從湖底探出來，攀爬上他光溜溜的四肢。他四周的水漆黑又諱莫如深，他聽到後頭有魚兒躍起的聲音，驀地感到身處未知的境地，於是用力撕扯纏著他的植物，迅速往岸邊游去，差點兒喘不過氣來。當他從岸上回望湖面，那朵睡蓮和先前一樣孤伶伶立在遠遠的幽黑深處。

他穿上衣服，慢慢走回去。從花園走進大廳時，他發覺艾立希和媽媽正為出門洽談業務幾天而準備，他們打算第二天就出發。

「這麼晚你上哪裡去了？」媽媽對著他說。

「我？」他答道，「我想一訪那朵白色睡蓮，但無法如願。」

「這真叫人摸不著頭腦！」艾立希說，「你和睡蓮有啥見鬼的關係？」

「我以前見過她，」萊哈德說，「但那是好久以前的事了。」

伊莉莎白

第二天下午萊哈德與伊莉莎白步行到湖的對岸，一下子穿過樹林，一下子又走在高凸起來的岸邊。艾立希交給伊莉莎白一項任務，在他和媽媽出門辦事這幾天之中，帶萊哈德看看這附近最美的景致，尤其是莊園上湖的另一岸。於是他倆從這個景點走到下一個景點，後來伊莉莎白累了，便坐在枝葉垂掛的樹蔭下，萊哈德在她對面，倚著樹幹而立。他聽到森林裡布穀鳥的叫聲，突然覺得這一切似曾相識，他微笑注視她。「想不想採草莓？」他問。

「現在不是草莓的季節。」她說。

「就快到了。」

伊莉莎白不說話搖了搖頭，然後站起身來，於是兩人繼續健行。她走在他旁邊，所以他的眼光一再望向她，她的步履輕盈，好似被她的衣裳牽著走。他常不由自主地暫停一步，以便仔細地看看她。他倆來到一個長滿石南，可以看得很遠的地方。萊哈德彎腰採了一些種在地上的藥草。他再次抬起頭來時，臉上的表情充滿了痛苦，「妳認得這種花嗎？」他問。

她狐疑地看著他，「石南，我經常在森林裡採這種花。」

「我在家裡有一本舊書，」他說，「我曾把各種詩歌和曲調都寫在裡面，只是好久沒有這麼做了。書頁之間也夾著一朵石南，只是一朵枯萎的花罷了。妳知道嗎，就是妳送給我的那朵？」

她無言點點頭，然後垂下眼睛看他拿在手上的藥草。他倆就這麼站了好久好久，當她睜開眼睛，他看見她眼中蓄滿了淚水。

「伊莉莎白，」他說，「那座藍色的山後面有我倆的年少時光，現在都到哪裡去了？」

兩人都不再說話，沉默地併肩走到湖邊。天氣很悶，西方出現了烏雲。「可能有暴風雨。」伊莉莎白說著加快了腳步。萊哈德默默地點頭，兩人匆匆沿著湖岸走，一直走到小船停泊處。

划向對岸時，伊莉莎白的手靠在小船的邊緣。他一邊划船一邊看著她，但她的眼睛跳過他，向遠處凝望。他往下看，目光落在她的手上，那隻蒼白的手臂吐露了她不肯告訴他的事情。他看出她美麗的臉蛋上隱藏起來的痛苦，正需要這樣一雙夜晚放在生了病的心口的柔荑。伊莉莎白察覺他在注視自己的手，就慢慢地把手浸入水中。

到達莊園時，他們看見門口站著一位磨剪刀的師傅；一頭黑色鬈髮的師傅勤快地踩踏輪子，嘴裡輕哼著一首吉普賽小曲，一隻戴著頸圈的狗躺在一旁。門廊站著一位衣衫襤褸的女孩，五官很漂亮但精神渙散，伸出手來向伊莉莎白乞討。

萊哈德的手伸進口袋，但伊莉莎白動作比他快，匆匆把錢包裡所有的東西都倒在乞丐打開的手上。然後她急忙跑開，萊哈德聽到她一邊啜泣一邊跑上樓。

他想叫住她，但思量後便停在樓梯上。那女孩仍然站在門廊，一動也不動，手上是才收到的布施。「妳還想要什麼嗎？」萊哈德問。

她嚇了一大跳，「我沒有還想要什麼，」她說，然後轉頭看他，很困惑地盯著他看，這才慢慢地走到門那邊。他大聲說出一個名字，但她聽不到了；她的頭低垂，兩手抱胸走出了莊園。

死去，啊，
我將孤獨死去。

一首老歌在他的耳畔響起，他屏住呼吸片刻之久，然後移動腳步，走回他的房間。

他坐下來工作，但他的心不在上頭。他試了好久但毫無進展之後，走進了起居室。那裡一個人也沒有，只有涼爽、映著綠光的暮色，伊莉莎白的縫紉小桌上放著那條下午繫在她頸項的紅絲帶。他拿起來，那東西弄痛了他，他只好又放下。他靜不下心來，慢慢地走向湖，鬆開那艘小船划了起來，再走一遍最近他與伊莉莎白一塊走過的路。再度返回時，天已經黑了，他在農莊碰到一位想把馬匹帶到草地上的馬車伕；出遠門的人已經回來了。走進門的剎那，他聽到艾立希在花園大廳來回踱步的聲音。他沒去找他，靜靜地站了一會兒之後，悄悄爬上樓梯回房。他坐在窗邊的扶手椅上，一副想聽在紫杉牆下唱歌的夜鶯的模樣，但他只聽見自己的心在跳。樓下一片寂靜，夜晚已然流逝，他竟未感覺到。

他這樣坐了好幾個小時。好不容易才站起來，在打開的窗戶旁躺下。夜露灑在樹葉上，夜鶯不再唱歌。靛藍色的夜空也逐漸受到東方來的一道淺黃色微光擠壓，一陣清風吹來，拂過萊哈德發熱的額頭，第一隻雲雀開始歡呼了。萊哈德突然轉身走到桌邊，他摸索著鉛筆，找到鉛筆以後，坐下來在一張白紙上寫了幾行字。寫完之後，他拿起帽子和手杖，把那張紙放回去，然後小心翼翼打開門，走下樓到門廊那裡。天尚未破曉，肥胖的家貓悠哉地窩在草蓆上，他心不在焉地朝牠伸出手去，牠立刻弓起背來。外頭花園裡的麻雀已在樹上絮絮叨叨，向大家宣布黑夜過去了。他聽到樓上有人開門然後走下樓的聲音，他抬起頭來，看見伊莉莎白站在他面前。她的手放在他的臂膀上，她的嘴唇在動，但他什麼也聽不見。

「你不要再來了，」她終於說出口，「我心裡很清楚，沒撒謊；你永遠都不要再來。」

「永遠不再來，」他說。她的手垂了下去，再也沒說任何話。他走過門廊到門邊，然後再一次轉過身去。她一動也不動站在原地，無神地凝視他。他往前踏出一步，向她伸出雙臂，然後猛地轉身，走出門去。

外面的世界籠罩在清晨的亮光之中，第一道陽光照射出來，與懸掛在蜘蛛網上的露珠相互輝映。他沒有回顧，很快地走出去，那間寧靜的農莊漸漸被他拋到腦後了，在他眼前升起的，是廣大遼闊的世界。

老人

月光不再照在窗玻璃上，天已經黑了，老人仍雙手抱胸坐在扶手椅上，看看房間的這裡或那裡。沉沉暮色逐漸在他眼前漫成一座又大又黑的湖，一波又一波的黑色水流湧上來，愈來愈幽深，最後那一波湖水漂流得好遠好遠，他都快看不到了，在一朵白色睡蓮的闊葉之間，那波湖水孤單地漂來盪去。

房門打開了，一道明亮的光線照進來，「妳來了真好，布麗吉特，」老人說，「請把燈放在桌上。」

然後他把椅子推到桌子那裡，拿起一本打開來的書，專心研讀，這可是他年輕時培養出來的能耐。（一八四九）

木偶保羅 Pole Puppenspäler

我年少時擅長木工，若學業成績稍微進步一些時，便喜歡花更多時間在上頭；於是便發生了這樣一件事，有一天副校長發還我寫的有些錯誤的作業，他罕見地問道，我妹妹生日時，我是否會再做一個縫紉螺旋送她[1]。與他這樣一位傑出的人往來，少不得要幫他做一些木工，但好處多於壞處。他可是藝術木匠以及機械師保羅・鮑爾森呢，又是我們這座城市的民意代表。我的父親拜託他監督我的所做所為是否縝密，而他知道應該傳授我哪些重要技巧，讓我製做小件的作品。

鮑爾森具備豐富的知識，不僅在手工藝品上的成績已獲肯定，對於這行業未來的發展，他也有一定的見解，我馬上就能想到，有些現在被視為新真理的東西，早在四十年

1　縫紉螺旋是一種形似夾子、可旋制，以木料製成，用於縫紉的裝置。使用時以大頭針將布料放在軟墊上，有固定及防止滑動的作用。此物始於十七世紀末，十八世紀時廣為使用以減輕縫衣時的困難，到了十九世紀搖身一變為年輕男子送給未來妻子的禮物。

前他就說過了。不久我獲得他的好感，而他也喜歡看到我不上課時或者放學後，上他那裡一趟。我們不是坐在工作坊裡，就是夏天時——我們交往了好幾年之久——坐在他那座小花園內一棵高大菩提樹下的椅子上。然後我們聊起天來，更多時候是這位年長的朋友引導我談話，我總能學到什麼，並且將我的思維對準生活的重要事物，這些是我日後身為高年級生從課本上學不到的東西。[2]

鮑爾森是佛里斯人，[3]擁有那地方的人特有的五官優點，樸素的金髮下有一個顯得深思熟慮的額頭，一雙沉思中的藍眼。此外，他還有遺傳自他父親的口音，綿軟如歌唱。

這位北方漢子的妻子有一頭棕髮，身形柔弱，講話有如假包換的南德口音。我的母親常對她說，她黑色的眼珠簡直可以把一座湖烤焦，她年輕時想必嫵媚非常。雖然頭髮已冒出了銀絲，但我見猶憐的特質並未全然消失，況且她打從年輕時就很標緻，過不多久便促使我一有機會便去為她獻點殷勤或幫個忙。

「只有那孩子關心我！」她得意地對她丈夫說，「你怎麼就不會吃醋呢，保羅？」

保羅笑了，他開的玩笑以及他的微笑中，流露出真摯的兩心相屬。

除了一個那時住在國外的兒子之外，他倆沒有其他子女，我受到他們兩人歡迎，這也許是原因之一，尤其鮑爾森太太再三向我保證，我和她的約瑟夫一樣有一個滑稽的小鼻子。我也不諱言，後者挺對我的味，他知道如何做出我們城裡少為人知的麵食，[4]而且一定請我去品嘗。所以，他們家對我而言有足夠的吸引力，而我父親也樂見我與有才幹的人家往來，「只要你不成為別人的負擔就好！」是他偶爾提醒我時說的一句話。我倒是不認為我太常去我的朋友家。

有一天在我家，一位來自城裡的老先生要看我最新、而且真的很成功的一件手工作品時，事情發生了。

老先生誇讚我的手藝的時候，我的父親提到，我在鮑爾森師傅那裡學藝剛好滿一年。「原來，原來，」老先生，「木偶保羅的學生呀！」

我從來沒聽說我的朋友有這麼一個綽號，就問，大概有點唐突吧，那到底是什麼意思呢？

老先生只是含蓄地微笑，無意透露任何訊息。

接下來的那個星期天，鮑爾森夫婦邀我去吃晚餐，慶祝他倆的結婚紀念日，我可以

2 德國中學最高的兩年級。
3 佛里斯位於德國、荷蘭之間的北海岸。
4 泛指奧地利以麵粉或粗磨的麥為主做成的食物，如煎蛋餅、麵糝糰子等，但不包括蛋糕及麵包。

幫點忙。正值夏末，我很早就出發上路，因為太太還在廚房裡忙碌，於是鮑爾森和我走進花園，一起坐在那棵高大菩提樹下的椅子上。木偶保羅這個綽號再度浮上我心頭，在我腦海中打轉，因此，我還來不及回答他的話，最後，就在他輕輕責備我心不在焉的時候，我直截了當問他，那個綽號有什麼含意。

他勃然大怒，「誰教你說這個愚蠢的詞？」他大聲說，從椅子上跳起來。但在我能夠回答之前，他重新坐回我旁邊。「算了，算了！」他說，靜心思索一下，「其實是指人生給我的最好的東西。等到我們有空的時候，我再解釋給你聽。」

*

我在這棟房子和花園裡長大，我正派的父親住在這裡，希望將來我的兒子也住在這裡！我是個小男孩，現在看來那是好久以前的事了，但那時候的幾件事情就像彩筆畫的一般，至今仍歷歷在目。

從前我們房門旁有一張白色的小椅，椅背杆和扶手是綠色的，坐在上頭可以順著那條長長的街的一側一直望到教堂，從另一側則望出城外，再看到田野。夏天晚上我的父母親工作完就坐在這裡，好好休息一下；他們來到之前，我習慣將這地方據為己有，在露天下以及朝東朝西看都心曠神怡的景色中，寫我的回家功課。

有一天下午——我記得很清楚，時值九月，就在我們的米夏埃里年度市集結束之後[5]——我正在黑板上寫我的代數習題，一眼瞧見一個怪模怪樣的人出現在下面的街道上。一輛由一匹小而粗魯的馬拉著的兩輪手推車，一位高大笨拙、臉上線條很僵硬的金髮女士，一個約莫九歲的女孩，她長著黑髮的小腦袋不時轉來轉去，一個矮小滑稽的男人手上握著韁繩，戴一頂綠色的鴨舌帽，黑色的短髮像矛似的從頭上衝出來。

馬匹頸子下鈴噹叮叮作響之中，他們朝我們駛來。他們來到我們家門前時，手推車停了下來。「喂，你，」那位女士對我喊，「裁縫師客棧在那裡？」

我早就放下了手中的石筆，連忙跳起來，巴巴地跑到車子那裡。「你們就在它的前面，」我一邊說，一邊指著那棟有一棵修剪成四方立體菩提樹的老房子，就是那間，您知道，正對面那邊。

坐在板條箱之間的俏姑娘站起來，小腦袋伸出褪了色的大衣兜帽，睜大眼睛看著

---

5 九月二十九日，天主教紀念大天使米迦勒的日子。

我。那個男人說：「坐好，姑娘！」及「多謝，小伙子！」鞭一下那匹小馬，然後駛到我指的那棟房子門前，繫著綠圍裙的客棧胖店東已經出來迎接了。

新來者不是經常投宿客棧的手工業者，這我看得出來；但也有比較討我喜歡的人來租用房間。現在回想起來，就是那些與那棟房子的名聲不盡相符的人。[6]客棧的二樓直到今天還是沒有一般的窗戶，[7]只有簡單的木板可以對著街打開，過往的音樂家、走繩演員或者馴獸師，也就是那些在我們城裡表演的人下榻在這裡。

的確，隔天早晨我站在房間裡的窗戶前，扣上我的書包時，對面的天窗推開了，黑色頭髮向上衝的小個子男人探出頭來，並把兩隻手臂伸向清新的空氣；之後他的頭才縮回陰暗的房間，接下來我聽到他叫喚：「麗絲萊！麗絲萊！」他的臂膀下冒出一張玫瑰色的小臉，一頭黑髮蓋住了她的臉，像極了一頭獅鬣。那位父親對我比畫一個手勢，一邊笑一邊撥弄她絲絨般的鬈髮。他對她說了什麼，我聽不明白；不外乎：「看看他，麗絲萊！還認得他嗎，昨天那個男孩？可憐的小丑，現在他得帶著那個大書包小跑步上學去囉！瞧妳這小姑娘多幸福，只要跟著我們的栗馬到處跑就好啦！」那小孩無限同情地朝我看過來，我鼓起勇氣友善地對她點一下頭，她很嚴肅地也對我點了一下頭。

沒多久那位父親就把頭縮回去，消失在閣樓內。現在那位金髮婦人來到那孩子旁邊；她摁住她的頭，梳起她的頭髮。看起來梳頭時必須保持安靜，而且麗絲萊動都不准動一下，雖然梳子不只一次掉在她的脖子上，弄疼了她，因為她的嘴都嘟起來了。只有她把一根長長的黑髮拋向外頭的菩提樹，讓它隨晨風飛走時，她把手舉起了一次。陽光正穿過秋天的霧照射在客棧上層，所以，我透過窗戶可以看到那根閃閃發亮的頭髮。

現在我的目光也能進入之前不透光的那間閣樓，清楚看見那男人坐在一個比較陰暗角落的桌前，手中有像金或銀在發光的東西，接下來我又看到一張大鼻子的臉，我儘量睜大眼睛看過去，但仍沒瞧出個所以然來。忽然間我聽到一個類似木頭扔到板條箱內的聲音，那男人這會兒站起來了，倚著兩扇天窗中的一扇，再次朝街上望。

這時那位婦人幫幼小的黑髮姑娘換上一套發白的紅色洋裝，把她的髮辮像皇冠一樣盤在圓圓的頭顱上。

我依舊望著對面，「一次，」我心想，「她可以再點一次頭。」

6 客棧名為「裁縫師」，意指裁縫師是主要或唯一的客源。十八、九世紀的裁縫師是個有公會組織的行業，從訂價、工作條件和許可，乃至養老問題等，皆有規範可循。相形之下，不具組織公會權利的行業如演員、音樂家及木偶戲演員等，無論社會地位或生活保障皆遠不如裁縫師。

7 德國的樓層從「二」樓開始數，所以此處的二樓相當於臺灣的三樓。

「保羅，保羅！」我突然聽到樓下傳來母親呼喚我的聲音。

「是，是，媽媽！」

我膽戰心驚，「怎麼，」她繼續喊著，「你的數學老師會告訴你現在幾點了！你難道不知道七點的鐘早就敲過了嗎？」

我連滾帶爬立刻下樓去！

我的運氣不錯，數學老師剛好到達，正忙著採摘他的貝爾加莫梨，學校裡半數的同學都出現在他的花園裡，手和嘴巴都在幫忙。直到九點鐘，我們才坐在黑板前自己的板凳上，背曬得發燙，臉上一派輕鬆。

十一點鐘我口袋裡裝滿了梨離開學校，城裡那位負責宣布事情的胖胖的人迎面走來。[8]他拿鑰匙敲打他擦得啵亮的黃銅盆，用低沉的聲音呼喊著：

「來自慕尼黑首府的機械師兼木偶戲演員約瑟夫．田德勒先生昨天來了，今天晚上將在射擊協會大廳展開第一場表演。劇目：席格弗里伯爵領主和聖潔的喬薇娜，四幕歌唱木偶戲。」

接著他清清嗓子，很威風地踏步前行，方向與我回家之路正好相反。我跟著他走過一條又一條街，為的是要聽那迷人的宣告，因為我連喜劇都未曾看過，遑論木偶戲。當我終於掉轉回頭，一眼瞧見前面有一件紅色小洋裝，真的，就是那個木偶戲小演員，雖然她的外衣褪色了，但在我眼中她簡直籠罩了一層童話的光環。

我鼓起勇氣和她說話：「想不想散步，麗絲萊？」

她的黑眼珠懷疑地盯著我，「散步？」她慢吞吞地重複了一次，「哦，你呀——你真沒概念！」

「妳想去哪裡？」

「我想去布店！」

「妳想買新衣服嗎？」我笨里笨氣地問。

她大笑出聲，「走！走吧！不，只要一小塊零布頭！」

「零布頭，麗絲萊？」

「當然，只要一點剩餘的布幫木偶做衣服，要不了多少錢！」

我突然心生一計，那時我有一位老伯父在這裡的市場開了一間布店，而他店裡的夥計是我的好朋友。「跟我來，」我壯起膽子說，「不會要妳花錢的，麗絲萊！」

8 在沒有擴音器和報紙的年代，每座城市都雇用一個負責穿越大街，手上經常還拿著一個鐘，沿途大聲宣布重要訊息的人。

「是嗎？」她又問，然後我倆一起跑到市場，去伯父的店。老嘉比埃里一如往常穿著有許多深色小點的圍裙站在櫃台後面，我把我們的要求一五一十說出來，他悠哉地在桌上堆起一堆「存貨」。

「看，火紅色多漂亮呀！」麗絲萊一邊說，一邊渴望地朝一塊法國薄印花平布點點頭。

「她用得著嗎？」嘉比埃里問。

她當然用得著！還得為晚上的席格弗里騎士剪裁一件新背心呢。

「應該還要一些綬帶吧，」老人家說，同時拿出各種小塊的金色、銀色布頭，接下來又拿了小塊的綠色和黃色的絲綢和帶子，最後是好大一塊長毛絨布。「儘管拿，孩子！」嘉比埃里說，「如果喬薇娜的皮裘褪色了，就給她一塊獸皮！」然後他把所有的好東西都包起來，摟住那個小女孩。

「這些都不要錢嗎？」她不安地問。

不要，一毛錢都不要。她的眼睛發光，「太感謝了，大好人！哎呀，爸爸看到多高興呀！」

我倆手牽手，麗絲萊腋下夾著她的小包裹，離開了那家店。當我們走到我家附近時，她放開我的手，黑色的辮子甩上後頸，跑到對街的裁縫師客棧裡去。

吃過午飯以後，我站在我家門前，心跳加速考慮斗膽央求父親給我買今天首演入場券的錢；最便宜的座位我就滿意了，[9]兒童票一張只要兩先令。就在我準備好要行動之前，麗絲萊從對街飛奔向我。「爸爸送的！」她說，一眨眼她又跑了。我手上多了一張紅色卡片，上面印著大寫字母：第一排。

我抬眼看，對面那個小個兒黝黑的男人正從閣樓天窗對我伸出雙臂。我朝他點點頭；木偶戲演員一定都是好人！「今天晚上，」我自言自語，「今天晚上，而且——第一排！」

*

你知道我們南街上的獵人協會；[10]那時門上畫了一個真人大小的獵人，戴著有羽飾的帽子，扛著槍；另外，當時那個舊板條箱比今天還要破爛，更搖搖欲墜。協會的會員只

9 意指最後幾排、通常無座椅的位子。
10 指職業獵人，或者以弓箭射擊為嗜好的非專業人士，共同組成的協會。

剩下三位，幾百年前地方上的老公爵贈予的銀杯、裝火藥的牛羊角以及最佳獵人獲頒的項鍊一一被賤賣；[11]那座通往人行道的大花園，你知道的，被租出去當作綿羊和山羊的草地。那棟老舊的兩層樓房再也無人居住，也派不上用場，兩旁的房子朝氣蓬勃，它卻飽受風吹雨淋而變得斑駁，隨時有坍塌之虞。有時候會有走江湖賣藝或變戲法的人，在幾乎獨占一整層樓的那間荒涼、刷成白色的大廳內表演；樓下那扇上頭繪有獵人的大門，打開時會吱嘎作響。

天色漸漸晚了，時間愈逼近，愈讓人心煩氣燥，因為我父親非要等到鐘響前五分鐘才放行，他認為絕對有必要訓練我的耐心，這樣我才會安安靜靜地坐在劇院裡。

我終於抵達現場。大門大開，所有人都往裡面走，那年頭大家都還喜歡這類的娛樂，到漢堡需長途跋涉，能藉著當地可資欣賞的美好事物開心一下的人也不多。當我爬上了樺木旋轉樓梯，一眼瞧見麗絲萊的媽媽坐在大廳入口處的售票口，於是我大踏步走向她，以為她會像看到熟人一樣與我打聲招呼，沒想到她一語不發，呆滯地接過我的票，彷彿我與她的家人一點關係也沒有。我感到些微受挫，走進大廳，大家都翹首盼望即將開演的節目，壓低音量與鄰座大聊特聊；有三位城裡的音樂家胡亂彈奏著樂曲。我的眼睛首先落在大廳內音樂家座位上方的紅色布幔上，掛在中間的一幅畫上有兩支長喇叭，呈交叉狀放在一把四絃琴上；還有我那時候覺得很特別的，是每個喇叭的吹嘴都掛著一副面具，或陰森，或呵呵笑，眼珠則被挖空。最前面的三個位子已經有人坐了，我擠到第四張凳子那裡，看見一位同學坐在他的父母旁邊。我們身後的座位愈來愈高，以致於最後一張凳子，即所謂的樓層座位，只能站著看表演，幾乎距離地板有一個人的高度。那裡看起來也挺舒適，我無法看得一清二楚，因為兩側牆壁上少數幾個鐵皮燭台上點起燒油脂的燈，照明效果十分有限，況且大廳沉重的擱柵也讓室內顯得昏暗。我的鄰座想告訴我一樁學校裡發生的事情，我真不懂他怎麼會有這種念頭，我只望著被指揮台以及演奏台的燈照得燦亮的布幔。現在，布幔緩緩飄動，隱藏其後的神祕世界開始動了起來，又過了一會兒，響起一陣鐘聲，觀眾群中傳出如雷掌聲之際，布幔迅速升起。

看舞臺一眼便將我帶回千年以前的時光，我看到一座中世紀城寨的內苑，有塔樓也有吊橋，兩個小個子男人站在中間，興致高昂地聊著天。其中留著黑鬍子，戴著銀色羽毛頭盔，紅色袍子上罩著繡金線大衣的，是伯爵領主席格弗里。他即將騎馬征討黑人異教徒，正命令站在一旁穿著繡有藍銀雙色緊身上衣，名叫郭洛的年輕管家，好生保護留

11 這裡的獵槍指裝子彈的前膛槍，不同於裝鉛彈的火槍，前膛槍的子彈與火藥分開來別裝在前膛；之所稱為「角」，是因為普遍用牛角製成。

在城寨裡的伯爵領主夫人喬薇娜。不忠誠的郭洛卻幹了壞勾當，唆使他的主人單騎赴凶險的戰場。談話的當兒那兩個人的頭轉來轉去，激烈地揮劍。接著從外頭的吊橋後方傳來拖得長長、細微的喇叭聲，一身天藍色長禮服的美麗喬薇娜從塔樓後面跌出來，雙手搥打她丈夫的肩膀：「喔，我最心愛的席格弗里，但願殘忍的異教徒不會屠殺你！」說這些話沒什麼用，小喇叭再次吹起，伯爵抬頭挺胸，威武地走上內苑的吊橋；外頭武裝部隊開拔的聲音清晰可聞。陰險的郭洛現在是城寨的主人了。

好戲繼續上演，如同讀本裡所說的一樣。我著了魔似地坐在椅子上，那奇特的動作，精緻或尖細的木偶嗓音，真的是從他們的嘴裡發出來的。那些小小的形體內有一股巨大生命力，將我的目光吸引過去。

第二幕更精采。城寨上的僕人中有一個身穿黃色棉織布，名喚卡斯帕的，如果這小伙子的表現不叫活靈活現，那麼就從來沒有什麼堪稱生動活潑的了。他說的笑話無與倫比，整座大廳笑聲震天；他腫如香腸的鼻子怎麼看都需要一個關節來支撐；因為每當他愚蠢又狡猾地爆笑開來時，鼻頭便搖來擺去，好像開心得失去控制。他的闊嘴裂開，下頦骨喀嚓一聲，猶如一隻年老的貓頭鷹，尖叫著「哎喲喂」。他就這樣反覆出現在舞台上，然後換一個地方站，只用大拇指說話，他不時表情豐富地旋轉大拇指，規律得像在唸「這裡沒有，那裡沒有！你得不到，所以你一無所有！」接下來他偷瞄——極盡挑逗之能事，剎那間全體觀眾的腦海中只有那雙斜睇的眼睛晃過去。我全心全意迷上這可愛的傢伙！

節目終於結束了。我回到家，坐在客廳默默吃母親為我保溫的回鍋肉。父親坐在扶手椅上抽煙斗，「喂，小伙子！」他叫我，「他們演得好嗎？」

「我不知道耶，爸爸，」說著我繼續埋頭吃東西，我還陷在迷惘之中。

他用慧黠的微笑看著我好一會兒，「聽著，保羅，」他說，「最好別常去看木偶戲，不然上課時會不專心。」

父親說的不無道理，接下來兩天的代數作業我寫得一團糟，連數學老師都警告我第一名的位置快坐不穩了。如果我的腦筋正想計算「a + b = x」，聽在我的耳朵裡竟變成了美麗喬薇娜精緻的細嗓子：「喔，我最心愛的席格弗里，但願殘忍的異教徒不會屠殺你！」有一次——幸好沒有人看見——我甚至在黑板寫下「x + 喬薇娜」。夜裡我的臥室傳出一聲響亮的「哎喲喂」，穿著黃色棉織布的可愛卡斯帕一邊說，一邊跳上我的床，用枕頭罩住我頭的兩側，大叫、扮鬼臉，對著我點頭。「哎，親愛的兄弟！哎，親愛的小兄弟！」他用鼻子來蹭我的鼻子，我因而醒了過來，這才明白原來只是一場夢。

這一切我都藏在心中，在家連開口哼一句木偶戲的曲調都不敢。當那個人下星期天再一次沿街敲著他的盆子，大聲宣布：「今天晚上在獵人協會：浮士德博士的地獄之旅，四幕木偶戲！」的時候，我再也按捺不住，和貓兒繞著熱粥打轉一樣，我忐忑地跟在父親後頭，最後他總算讀懂了我無言的眼神。

「保羅，」他說，「你一定會難過得要命，也許讓你好好看個飽，就是最好的治療方法。」說著他把手伸進背心口袋，給了我兩先令。

我立刻跑出去，一直到了街上我才弄清楚，距離那齣喜劇開演還有八小時呢。於是我從花園後頭走上人行道，抵達獵人協會已打開圍籬的花園時，忍不住想走進去；說不定樓上有幾個木偶正從窗口望出來，因為舞台就位於這棟房子的後方啊。但我得先通過花園種滿菩提樹和栗子樹的前半段，我變得有些膽怯，不敢繼續走下去。突然間一隻拴在那裡的大山羊撞了一下我的背，我向前飛奔了二十步。這挺管用；我四下張望，發覺自己已經站在樹下。

那是個令人垂頭喪氣的秋日，地上有幾片飄落的黃葉，遠處傳來幾隻往潟湖方向飛的海鳥的叫聲，看不到任何人影，也聽不見任何聲音。我慢慢走過坡道上蔓生的雜草，來到把花園與房子區分開來的一座狹長石院。沒錯！那上頭有兩扇可以往下看到莊院的大窗戶，鉛鑲嵌的小窗戶[12]後面卻陰暗又空無一物，看不到一個木偶。我站了一會兒，周遭的死寂讓我覺得脊背發涼。

接下來我看到，下頭莊院那扇厚重的門往裡開了大約一個手掌的寬度，有一個黑色小腦袋瓜正從內向外張望。

「麗絲萊！」我喊道。

她睜大她的黑眼珠瞪著我，「願上帝保佑你！」她說，「我不知道外頭在吵什麼！你從哪裡來的呀？」

「我？我散步，麗絲萊！但請告訴我，你們現在就在演戲了嗎？」

她笑著搖搖頭。

「不然，妳在這裡幹嘛？」我追問，同時走過石院到她身邊。

「我在等爸爸，」她說，「他到市區去了，買緞帶和釘子；是為今晚準備的。」

「這裡就妳一個人呀，麗絲萊？」

「喔，沒有啊，你也在這裡嘛！」

---

12 指中心凸出、由許多牛眼形小塊玻璃用鉛鑲嵌成的玻璃窗。

「我的意思是，」我說，「妳媽媽在上頭的大廳裡嗎？」不在，媽媽在客棧修補木偶的衣服；所以，麗絲萊孤身一人在此。

「聽好，」我重新開口，「妳可以幫我個忙，你們下面那些木偶中有一個叫卡斯帕的，我很想靠近一點看看它。」

「你是說傻子卡斯帕？」麗絲萊問，似乎考慮了一下。「哎，可以啦，不過爸爸一回來你就得消失！」

說這些話的當兒，我倆走進了屋子，匆匆爬上那很陡的旋轉樓梯。大廳很暗，因為窗戶都朝莊院開，被舞台遮住了；只有布幔的縫隙透了些許亮光進來。

「來吧！」麗絲萊說，並且把牆邊用毯子縫製出來的衣服堆高；我倆躡手躡腳走過去，我就站在那座奇幻殿堂裡。然而，在這裡的日光下從後面觀察，它看起來十分乏善可陳；一個由細長的木條和板條構成的架子，上頭掛著幾塊沾染上各種顏色的平紋亞麻布；那就是搬演聖潔喬薇娜的人生、讓我眼花撩亂的舞台。

但我抱怨得稍早了些；就在一根把布景固定在牆後的鐵線旁，我看到有兩個奇妙的木偶滑來滑去，它們背對著我，所以我沒一下就認出它們來。

「其他的木偶在哪裡，麗絲萊？」我問；因為我很希望一次把全部木偶都看個夠。

「這裡，箱子裡！」麗絲萊說，小拳頭在放在角落的一個板條箱上敲了敲；「那兩個已經穿上戲服了，儘管走過去看看，卡斯帕的朋友也在那裡！」

真的，就是它。「它今天晚上也要上場嗎？」

「當然，它每次都要演！」

我雙臂交抱站在那裡觀賞我可愛風趣、平凡的卡斯帕，繫緊七條繩子的它搖搖晃晃，頭向前垂下，大眼睛瞪著地板，而它的紅鼻子則像寬闊的鳥喙橫在胸前。「卡斯帕，卡斯帕，」我自言自語，「你吊在那兒多可憐。」他答道：「等等，親愛的兄弟，今晚等著瞧！」只是我心裡這麼想，還是卡斯帕真的在和我說話？

我前後左右看一看，麗絲萊已走開，她在門口守候，看她父親何時回來。我聽到她從大廳出口那裡呼喊：「你最好別碰那些木偶！」好，但我放不開手。我悄悄爬上一旁的椅子，扯起那些繩子，一根接一根；下巴闔了起來，兩手高舉，現在神奇的拇指也來抽動，宛如在射擊。原來一點都不難，我沒想到演木偶戲其實很簡單。雙手只能前後擺動，可是卡斯帕在最近演的那齣戲中也能向旁邊伸展，對，它甚至可以雙手舉到頭上！我拉扯所有的線，試著用手折彎它的臂膀，但沒辦到。突然它體內劈啪一聲，「停！」我心想，「不要碰木板！不然你就完了！」

我悄悄地下了椅子，同時聽到麗絲萊從外頭進入大廳的聲音。

「快，快走！」她喊著，黑暗中將我拉到旋轉樓梯那裡，「放你進來其實不太對，」她繼續說道，「是吧，不過你玩得很開心唷！」

我在想剛才那記清脆的劈啪聲，「哎，又沒怎麼樣！」我安慰著自己並走下樓梯，從後門走到戶外。

搞清楚了很多事情，卡斯帕真的只是木頭做的玩偶，但麗絲萊——她說的話真是可愛極了！她二話不說就帶我上去看木偶，多友善啊！尤其是她自己也說了，這可是背著她父親，並不完全守規矩的行為哪。我必須厚著臉皮承認，這個祕密舉動對我而言並非不恰當，正好相反，我因此覺得很刺激。當我走過花園裡的菩提樹和栗子樹，再度漫步於人行道上的時候，臉上想必出現了一抹沾沾自喜的微笑。

就在我自鳴得意的當兒，我時不時就會想到木偶身體內發出的那一記輕響。我一整天都打算要讓這個令我感到不舒服的聲音消失，但始終沒能辦到；現在那聲音已經變成從我自己心裡發出來的了。

鐘響，告訴我們已經七點了。今天，星期六晚上的獵人協會全部坐滿，這次我站在後面，距離地面有五英呎高，是兩先令的座位。鐵燭台上點著燒動物油脂的燈，城市音樂家與他的夥伴亂拉一陣小提琴，布幔已拉了上去。

出現一個哥特式的高圓頂房間，穿黑色長袍的浮士德博士坐在一本打開的大書前面發牢騷，他滿腹經綸卻很少派上用場，連條完整的裙子都沒有，還有沒完沒了的債務，因此，現在他要與地獄聯繫。

「誰在呼喚我？」他的左邊，從房間的圓拱傳來一個可怕的聲音。「浮士德、浮士德，別管它！」右邊傳來一個悅耳的聲音。然而浮士德獲得了惡魔般的巨大力量。「天哪，天哪，你可悲的靈魂！」天使的聲音宛如風中一聲嘆息；左邊傳來貫穿房間的尖銳笑聲。有人在敲門，「對不起，是校長閣下嗎？」浮士德的助理華格納走了進來，請求他幫忙看一看他不太高明的作業，好讓他的學業進行得順利一些。「有一個年輕人，」他說，「來找我，他叫卡斯帕，看起來非常有才幹。」浮士德憐憫地點點頭，說：「很好，親愛的華格納，我答應你的要求。」然後他們兩個一起走開。

「哎喲喂！」有人喊著，是它，大跨步跳上舞台，背上的背囊蹦了起來。

「上帝保佑你！」我心想，「它健康如昔，和上星期天跳上美麗喬薇娜的城寨時一樣矯捷！」奇怪的是，一上午我都把它想成一個微不足道的木製玩偶，他才開口說一句話，魔力於焉重現。

它在房間裡急促地走來又走去，「要是爸爸現在看到我的話，」他大聲說道，「他有理由高興，他老是說：『卡斯帕，做讓你意氣風發的事！』哦，現在我就意氣風發，因為我可以把我的東西丟得高高的！」接著他擺出姿態，用力將他的背囊拋向空中，背囊果真飛了起來，因為有線繫著，一直飛轉到圓拱屋頂上；但是，卡斯帕的雙手緊緊附著於身上，猛然又拉又推，卻搆不到一隻手的高度。

卡斯帕不再說話，也不再有任何動作。舞台後方發出一陣騷動，有人在輕聲但激昂地說話，顯然接下來要演的那一段必須喊停。

我的心跳停止，真糟糕！我多希望跑掉，但我不好意思，甚至麗絲萊都可能因為我的緣故而受罰！

卡斯帕在舞台上突然哭天搶地起來，他的頭和手軟綿綿地垂下去，助理華格納再度現身，並且問他，為何如此悲傷？

「哎呀，我的牙齒，我的牙齒！」卡斯帕大叫。

「好朋友，」華格納說，「讓我好好看一下您的嘴巴！」他抓住那巨大的鼻子看進下顎裡的時候，浮士德博士也再度走進房間。「對不起，校長，」華格納說，「我工作的時候不需要這個年輕男人，他必須立刻被送到野戰醫院！」

「那是客棧嗎？」卡斯帕問。

「不是，好朋友，」華格納答道，「那是一間屠宰場，您的一顆智齒將在那兒被拔掉，這樣疼痛就會終止。」

「哎，老天爺！」卡斯帕悲嘆，「我這可憐蟲偏偏遭逢如此不幸！您說一顆智齒，助理先生？我們家的人根本沒有智齒！我的傻里傻氣也會跟著終止嗎？」

「當然，我的朋友，」華格納說，「僕人有智齒真讓我目瞪口呆，那玩意專屬我們當老師的所有，不過您還有個姪子，他也登記了要在我這裡工作。也許，」說著他轉向浮士德博士，「校長先生會同意！」

浮士德博士的頭搖了搖，很莊嚴地。

「按照您的意思做吧，我親愛的華格納，」他說，「別再拿小事來擾亂我研究巫術！」

「聽著，親愛的，」我前面一位倚著欄杆的裁縫師對著他的鄰座說，「戲裡沒有這段呀，我知道，因為前不久我才在肥皂村看過這齣戲。」那個人卻只說：「閉嘴，萊比錫人！」[13]還碰了一下他的腰。

13 裁縫師帶薩克森口音，而萊比錫是薩克森的首府。

這時第二位卡斯帕登上了舞台，他的長相與他生病的叔叔極其相似，口音等也一模一樣，只不過他的拇指很不靈活，大鼻子裡好像也沒有活節。

戲繼續演下去，我心上的石頭也落了地，不一會兒我全都拋到腦後。穿著火紅色大衣、額頭上有角的魔鬼梅菲斯托現身，浮士德用他的鮮血在可怕的契約上簽名：「你要為我服二十四年的勞役，我希望擁有你的身體與靈魂。」

就在此時兩人都穿上了魔鬼的魔術大衣飛了起來。有一隻拍著蝙蝠翅膀、極其醜陋的癩蛤蟆從天而降，飛到卡斯帕身邊，「我得騎這隻可怕的麻雀到帕爾瑪[14]嗎？」他喊道，當那個東西搖晃著腦袋點頭的剎那，他騎了上去，隨那兩個人一起飛走。

我站在最後面靠牆的地方，這樣視線才不會被前面的人擋住，現在要演最後一幕了，布幔拉了上去。

期限終於到了，浮士德和卡斯帕再次來到他們的故鄉。卡斯帕現在是夜間守衛，他走過黑暗的大街小巷報時：

聽啊，先生們，容我告訴各位，

我老婆揍了我；

小心女人的棍子！

十二點囉！十二點囉！

遠處傳來半夜鐘敲十二點的聲音，浮士德蹣跚步上舞台，他試著禱告，但喉嚨間只有啜泣和牙齒的咯吱咯吱聲，天上在打雷：

浮士德，浮士德，你永遭天譴！

就在這個時候，三隻黑髮魔鬼風風火火地飛下來，我覺得有一塊細木條移到我的腳邊，我的手一伸，彎下身試圖站穩之時，我想我聽到陰暗中有一個聲音；湊近一點兒聽，聽起來像一個孩子在抽抽噎噎。「麗絲萊！」我想，「大概是麗絲萊！」我鑄下的大錯如一塊石頭敲醒了我的良知；我現在才沒閒情關心浮士德博士和他的地獄之旅呢！

我的心狂跳，死命擠過觀眾群，從旁邊的木條支架滑下去。我很快潛入下面的那個

13 裁縫師帶薩克森口音，而萊比錫是薩克森的首府。

房間，我應該可以沿著房間的牆壁向前直走，但實在很暗，以致於我不斷碰到放在地上的細木條和大塊木料。「麗絲萊！」我呼叫，剛剛還聽到的抽噎聲戛然而止，並且看到那邊角落裡有個什麼東西在移動。我繼續摸索著走到房間盡頭，她——蹲在那裡縮成一團，小小的頭顱伏在大腿上。

我扯一下她的衣服，「麗絲萊！」我輕聲說，「是妳對不？妳在這裡幹嘛？」

她不回答，兀自啜泣起來。

「麗絲萊？」我再問，「妳需要什麼？妳到底說句話呀！」

她稍微抬起頭來，「我有什麼好說的！」她說，「你自己很清楚，你把卡斯帕弄壞了！」

「對，麗絲萊，」我小聲答道，「我也相信是我弄壞的。」

「是呀，你！虧我還提醒過你！」

「麗絲萊，我能做什麼？」

「哼，做什麼都沒用！」

「但會變得怎麼樣呢？」

「嗯，同樣都沒怎麼樣！」她開始放聲大哭，「只不過我回家後——挨一頓鞭子罷了！」

「妳要挨打啊，麗絲萊？」我覺得我完蛋了，「妳父親真的這麼嚴格嗎？」

「哦，我的好爸爸唷！」她哭著說。

所以是媽媽囉！噢，除了痛恨我自己之外，我多麼恨這個總是一張臭臉坐在售票口的婦人啊！

我聽到舞台那邊傳來第二個卡斯帕的叫嚷：「戲演完了！來，葛蕾特，我們跳最後一輪舞吧！」就在此刻，頭頂上開始有腳下踢踏的聲音，坐在椅子上的人都哇啦哇啦往下擠到出口；跑第一的是城市音樂家及他的樂器，我聽出是低音提琴，兩個都撞到了牆壁。然後漸漸安靜下來，舞台上現在只有田德勒夫婦交談及幹活的聲音。他倆於片刻之後也來到觀眾區，好像先清理了音樂演奏台，接下來是牆邊的燈，因為四周愈來愈暗了。

「真不知道麗絲萊在那裡！」我聽到田德勒先生對他在清理另一邊牆壁的妻子說話。

「她會在那裡呢？」她又開口了，「她是個倔強的小孩，應該是跑回客棧了吧！」

「太太，」那男人回答，「妳對那孩子也太嚴了，她其實很溫順！」

「誰說的，」她大聲說，「她應該受罰，她明明知道那個漂亮木偶是我先父的，你再也修不好了，第二個卡斯帕只能充充數！」

他們一來一往的交談在空盪盪的大廳迴響。我蹲在麗絲萊旁邊，我倆手牽手坐著，吭都不敢吭一聲。

「所以我活該，」那婦人又開始說，她現在就站在我們的頭頂上，「今天得忍受你又把那天殺的東西拿出來表演！我先父在世最後幾年不再想碰的東西！」

「算了，算了，」田德勒先生在另一面牆那裡說話，「妳的父親很特別，那個木偶到哪裡表演票房都很亮眼；我是說，對世界上許多不信神的人而言，它可是個好教材，好範例！」

「我們今天是最後一次派它上場，現在別再跟我提它！」婦人回答。

田德勒先生一語不發。——好像只剩下一盞燈是亮的，那對夫妻正走向出口。

「麗絲萊，」我附耳說，「我們會被關在裡面。」

「管它的！」她說，「我不能，我不走！」

「那我也留下來！」

「但你爸媽會擔心！」

「我還是要跟妳在一起！」

大廳的門這時關上了；然後他們走下樓梯，我們繼而聽到外面街上的那扇大門也關了起來。

我倆坐在那裡，整整一刻鐘這麼坐著，一句話都沒說。幸好我突然想到口袋裡還有兩個小麵包，是我用苦苦向母親哀求得來的一先令在路上買的，但我一看表演就完全忘了。我塞一個小麵包到麗絲萊的小手上，她默默接過去，一副她明白這是我張羅來的晚餐似的。我倆津津有味地吃了一會兒，把東西吃完了。我站起身說：「我們去舞台後面，那邊比較亮，我想，外頭的月亮已經升起來了！」於是麗絲萊耐著性子讓我領著她穿過布滿地上的細木條，走出大廳。

當我倆從化妝間的後面悄悄進入舞台，明亮的月光從花園那裡照進窗戶。

在今天早上只有兩個木偶吊掛的鋼絲繩那裡，現在我看到了所有上過場的木偶。臉頰瘦削又蒼白的浮士德博士、長了角的梅菲斯托、三個黑髮小魔鬼掛在這裡，有翅膀的癩蛤蟆旁邊則掛著那兩個小卡斯帕。慘白的月光照耀下，它們靜靜地掛著，我覺得簡直與死人沒兩樣。所幸卡斯帕一號的大鼻和闊嘴重新掛回他的胸前，不然它非盯著我瞧不可，我想。

麗絲萊和我茫無頭緒，要隨意站在舞台支架呢，或者到處爬一爬，一會兒之後，我倆都靠在窗板上。要變天了，月亮那邊的天空出現一大片烏雲，下頭花園那裡可以聽到樹葉被風吹得東倒西歪的聲音。

「看，」麗絲萊若有所思地說，「有一大片烏雲呢！我親愛的老姑姑就不能從天上看到我了。」

「什麼樣的老姑姑，麗絲萊？」我問。

「那個我跟她住，一直到她死為止的姑姑。」

我倆再度望著夜色。強風吹打著房子以及那些小而不夠密的窗玻璃，我後方鋼絲繩上那群沉默木偶的木頭身子開始搖擺。我不得已轉過身去，看它們在穿堂風中搖晃，頭、僵硬的手以及腿晃得纏攪在一起。故障的卡斯帕的頭突然往後仰，白色的眼珠盯著我，我心想，靠旁邊一點走比較好。

離窗戶不遠的地方是看起來應該可以保護這些懸掛舞者的布景，有一個很大的板條箱；箱子打開著，裡面有幾張羊毛毯，猜想是包木偶用的，現在則很隨便地被扔在地上。

我才走到那裡，就聽到窗戶邊傳來麗絲萊打了一個好大的哈欠。

「妳累了嗎，麗絲萊？」我問。

「喔，不，」她答道，此時她的小手都快縮在一起了，「但我好冷喔！」

真的，變冷了，我在這個大房間裡也覺得冷。「過來！」我說，「我們鑽進毯子裡好了。」

她立刻來到我身邊，乖乖地讓我為她蓋上一床毛毯，她看起來像一隻蝴蝶玩偶，只不過上面那張可愛的小臉蛋還在向外張望。「你知道，」說著她兩隻疲憊的眼睛注視著我，「我爬進板條箱，那裡很暖和！」

於是我也想到，相對於四周一片荒涼，這裡甚至有點像一間舒適的房間，與一間小密室差不多。沒過多久我們兩個可憐的笨小孩就在板條箱裡，裹上密密實實的毯子，緊緊靠在一起。我們的背和腳頂著邊牆，聽到遠遠傳來厚重大廳門的接縫吱嘎作響，但我倆好端端坐著，而且挺舒服。

「妳還冷嗎，麗絲萊？」我問。

「一點都不冷！」

她的小腦袋瓜落在我的肩上，雙眼已經閉了起來。「我的好爸爸會怎麼樣，」她仍在咕噥，然後我聽到她睡著的均勻呼吸。

從我的位置可以從上頭的玻璃看到一扇窗戶，月亮掙脫她躲藏了一陣子的烏雲層，再度露面，那位親愛的老姑姑，現在又可以從天上往下望，而且我相信她會喜歡。一道月光灑在在我旁邊休息的人的小臉上，黑色眼睫毛猶如鋪在腮幫子上的絲質流蘇，小小的紅唇輕輕呼著氣，偶爾胸膛發出一記抽噎，不過也終止了；老姑姑正在天上溫柔地凝視。我不敢動，「如果麗絲萊是你的妹妹，」我心想，「若是她能永遠在你身邊，有多好哇！」我沒有手足，我並不想要哥哥或弟弟，卻常常想像有個妹妹的生活，而且永遠無法理解，我那些真的有姊妹的同學，為何要和他們的姊妹爭吵或打架。

我應該就是懷著這樣的想法進入夢鄉的，因為我還記得做了一些亂七八糟的夢。我夢見我坐在觀眾席中間，牆上的燈已點上，但除了我之外，其他的椅子空空的。我的頭上方，就是大廳的擱柵下，卡斯帕騎著那隻可怕的麻雀在空中飛來飛去，出其不意說：「壞弟弟！壞弟弟！」或者悽楚地叫道：「我的手！我的手！」

我被頭頂上的一陣笑聲給吵醒了，或許是被突然刺進眼中的燈光喚醒。「來看看我這個鳥巢！」我聽到爸爸的聲音，然後稍微粗聲粗氣一些：「起來，兒子！」

這個聲音始終能讓我機械性地一躍而起，我奮力睜開雙眼，看見爸爸以及田德勒夫婦站在板條箱旁。田德勒先生手上拿著一盞提燈，我費勁想爬起來，卻因為麗絲萊而困難重重，因為她仍在熟睡，小小身軀整個壓在我的胸膛上。有兩隻瘦骨嶙峋的手伸出來，要把她拉出板條箱，而我又看見田德勒太太的臭臉俯視著我們，於是火速用手護著我的小女友，險些把這位好心女士的義大利舊草帽扯下頭。

「哎，哎呀，小鬼！」她叫嚷著並退後一步，我從板條箱裡爬了出來，然後好整以暇敘述了上午發生的事情，並沒有刻意保護自己。

「好吧，田德勒太太，」我報告完畢時，父親一邊說，一邊在我屁股上打了一下，「您大可交給我來辦，讓我自個兒處罰我兒子。」

「哎呀，哎呀！」我匆促說道，好像有人預告一樁妙不可言的事會發生。

這時麗絲萊也醒了，她爸爸抱著她。我看到她的手繞著他的脖子，一會兒對著他的耳朵嘰哩咕嚕，一會兒又溫柔地看著他的眼睛，不然就像在保證什麼似的點點頭。與此同時，這位木偶戲演員也握住我父親的手，「敬愛的先生，」他說，「孩子們都為對方求情，媽媽，妳也別誓不甘休了！這次我們就算了！」

田德勒太太此時仍一動也不動地從她的大草帽底下瞪眼出來，「你等著瞧，沒有了卡斯帕你該怎麼辦！」說著向她的丈夫投射凌厲的一瞥。

我瞧見父親眨了一下眼睛，似笑非笑，讓我升起了一線希望，這回要面臨的暴風雨將只會是過境。現在，他甚至允諾第二天幫受傷的木偶診治，田德勒女士的義大利草帽優雅地擺動了一下，於是我確知，我們兩個都不會受責罰了。

不久我們便走在黑暗的巷弄裡，手拿提燈的田德勒先生一馬當先，我們小孩手牽手跟在大人後頭。然後，「晚安，保羅！哎，我好想睡覺喔！」於是麗絲萊走開了，我壓根沒注意到我們已經來到我們家了。

第二天上午當我從學校回到家，在我家的工作坊遇見田德勒先生和他的女兒。「嗨，田德勒先生，」正在檢查木偶內部的父親說，「如果咱們兩個技師沒辦法讓這個小伙子康復的話，豈不糟糕。」

「是嘛，爸爸，」麗絲萊說，「這樣媽媽就不會再罵人了。」

田德勒先生親切地撫摸那孩子的黑頭髮，然後轉向我又拆又卸在修理的父親。「唉，敬愛的先生，」他說，「我可不是技師，只因我演木偶戲才有了這個頭銜；我其實是木雕師，來自貝希特斯加登。[15]我已逝的岳父，您想必對他有所聽聞，他才是真正的技師。所以，我的瑞瑟到現在仍為她身為有名木偶戲演員蓋塞布雷希勒氏[16]的女兒感到欣喜，卡斯帕就是出自他的手藝，我那時只是雕刻臉部而已。」

「哎，田德勒先生，」我父親答道，「那也是藝術的一種呀。然後，直言無妨，我兒子幹的壞事讓演出露了餡，您二位為何馬上就知道該如何應付過去呢？」

他們的談話開始讓我覺得不太自在，田德勒先生和悅的臉上卻突然出現木偶戲演員特有的詼諧。「對，敬愛的先生，」他說，「我們當然要有備用方案啦！我們有一個雙胞胎兄弟，二號傻子，聲音和這個差不多。」

我拉拉麗絲萊的衣服，開開心心地與她一起走向花園。我倆坐在菩提樹下，濃密的樹葉為我們張起了綠色頂棚，莓果圃那裡的紅色丁香尚未盛開，但我仍記得清清楚楚，那是個陽光燦爛的九月午後。母親從廚房走出來和木偶戲演員的小孩聊天，她當然有點好奇。

那孩子叫什麼名字，她問，是不是一天到晚從這座城市搭車到下一座城市？

沒錯，她叫麗絲萊——我跟母親說了好幾遍了——這是她第一次出遠門，她還不太會說標準德語。[17]

她有沒有上學啊？

她當然上過學，但縫紉與織東西是和她的老姑姑學的，她也有一座這樣的花園呢，她倆也一起坐在椅子上；現在她跟著媽媽上課，但她嚴格得不得了！

我的母親贊同地點點頭。她又問麗絲萊，她的父母將在此地停留多久？

15 Bechtesgaden，位於德國巴伐利亞州東南部的阿爾卑斯山腳下。

16 十八世紀活躍於法蘭克福一帶的著名木偶戲演員。

17 原著中麗絲萊都講方言，中譯略。

噢，這她就不知道了，看媽媽怎麼決定，不過通常他們在一個地方大約停留四個星期。

哦，那麼，她有沒有一件暖和的大衣，好在接下來的旅途中穿呢？到了十月坐在敞開的馬車上可就很冷了。

哎呀，大衣她有，但只是一件薄大衣，在來這裡的路上，她穿著還覺得冷。

現在我的好媽媽來到我早就看出來她一心一意航行的地方，「聽好，小麗絲萊，」她說，「我的衣櫃裡掛著一件很不錯的大衣，是我還是個苗條姑娘時候穿的，現在我的身量變大了些，又沒有女兒可以把大衣改一改給她穿。妳明天再來一趟，麗絲萊，櫃子裡有一件暖和的大衣要給妳。」

麗絲萊高興得臉都紅了，環顧四周後親吻了我母親的手，令母親十分窘迫，因為在我們這裡可不時興這套。幸好此時那兩位男子走出工作坊，「這次算是救回來了，」我父親說，「但是——！」他搖搖手指警告我，結束了對我的懲罰。

我雀躍地跑進屋子，依照媽媽指示去拿她的大圍巾，因為街上的男孩跟著他們從劇院跑到我家，一路上興奮地歡呼，男孩們是出於好意，但這對尚未完全修好的卡斯帕而言是一種干擾。現在卡斯帕被包裹得嚴嚴密密。麗絲萊把它抱起來，田德勒先生牽著她的手，再三道謝後，他們愉快地朝獵人協會所在的那條街走去。

最美麗的童年樂趣從現在開始。不僅第二天上午，接下來的好幾天，麗絲萊都會來，因為她一直沒有放棄，直到她獲准親手縫一下她的新大衣為止。雖然只是做做樣子，我母親把著她的手，而她認為那小孩的手應該很穩。有幾次我坐在一旁，朗讀一本魏瑟寫的《孩童之友》，[18]是父親在一次拍賣會上為我買的。麗絲萊為之著迷不已，她不曾看過如此有趣的書。「真有意思！」或者「世界上竟有這種事！」她時不時脫口說出諸如此類的話，手和正在縫的衣服都放到了大腿上。偶爾她慧黠的眼睛看著我，說：「喔，但願這些故事不是騙人的！」我今天彷彿都還聽到她這麼說。

講故事的人沉默了下去，我在他陽剛氣息的英俊臉龐上看到靜謐的幸福，似乎這就代表全部，而他講給我聽的雖然都是過去的事情了，但不曾流失。一會兒之後他再度開口：

那段時間我的學校功課做得特別好，比任何時候都好，因為我清楚地感受到父親監督我的雙眼比以往嚴厲，我若想要和演木偶戲的人往來，就要付出加倍努力為代價。「田

18 Chritian Felix Weiße, 1726-1804，德國作家，所著《孩童之友》（*Der Kinderfreund*）共二十冊，於一七七五至一七八二年間在萊比錫出版。

德勒一家都令人尊敬，」有一次我聽到父親說，「裁縫師客棧的店東今天幫他們整理出一間像樣的房間，他們每天早上會把酒菜錢繳清，只是老闆認為他們花得起的錢實在少得可憐。關於這點，」父親繼續說道，「我比客棧店東的父親更欣賞他們，從事他們這行的人不太考慮可能會碰到的困境，但他們卻未雨綢繆。」聽到我的朋友受讚美，我多高興哪！因為他們都是這樣，當我——毋須入場券——晚上打田德勒太太的櫃台旁溜進大廳時，草帽下的她甚至親切非常地對我點點頭呢。

現在我上午會拔腿離開學校！因為我知道麗絲萊不是與我母親一起坐在廚房裡，幫忙做各種小事，就是坐在花園的椅子上看書，或做些針線活。不多久我也知道要讓她們為我忙了，自從我的內心因為這件事而充滿喜樂之後，我一心一意要靠自己建立屬於自己的木偶劇場。一開始我先刻木偶的肢體，田德勒先生在選木材以及雕刻刀方面給我建議並出手相助，儘管他的小眼睛中隱約有看好戲的神情。不久，從一小塊木頭裡誕生了一個巨大的卡斯帕鼻子。但另一方面我對傻子要穿的黃色棉織布興趣缺缺，就得請麗絲萊用從老嘉比埃里那裡拿來的零布頭，縫出鑲金嵌銀的小外套和短大衣，後來又為只有老天才知道一共有多少的木偶縫衣服。

我父親的朋友老海因希偶爾會抽著短煙斗走出工作坊加入，我想他差不多是我們家的一分子了。他從我手中拿起刀，三兩下就刻得工整漂亮。但田德勒的兩個卡斯帕已經無法滿足我的幻想，我為自己的木偶設計了另外三個嶄新、效果十足的關節，它的一側下巴將能搖搖晃晃，耳朵搧來搧去，下唇還可以一張一闔。此外，只要它的四肢在誕生過程中沒有毀壞，它會變成一個英俊瀟灑的小伙子。可惜的是，無論席格弗里伯爵領主，或者任何一位木偶戲中的英雄好漢，都沒在我手中欣然復活。更讓我樂在其中的，是我在大冷天與麗絲萊坐在一張小椅子上，就著從上頭窗玻璃透進來的微弱光線，朗讀魏瑟《孩童之友》中的故事時，她百聽不厭。有同學拿這個取笑我，說我是小女孩的奴僕，因為不僅跟他們，現在我也和木偶戲演員的女兒一起消磨時光。我不怎麼在乎，我當然曉得他們是因為妒嫉才說三道四，假使太過分的話，我只需要狠狠地掄起拳頭就行了。

然而人生中所有事物皆為一個個階段。田德勒家把戲碼都演完了，獵人協會的木偶舞台拆掉了，他們準備再度遷移。

於是，一個颳著強風的十月午後，我站在城外田野平坦的山丘上，一會兒悲戚地望著向東通往光禿禿區域的寬闊沙地，一會兒渴念地往下瞭望霧氣濛濛的城市。那輛小馬車上頭載著兩個高高的板條箱，叉形車轅上有一匹活力充沛的棕馬。馬車得得駛來，田德勒先生坐在前面的一塊小木板上，他後面是穿著新的暖大衣的麗絲萊，坐在她母親旁邊。我已經在客棧和他們道別，但我仍然先跑過來，想再看看他們，而且，經父親同意，我帶來了一冊魏瑟的《孩童之友》給她當作紀念。我把好幾個星期天發的零用錢六先令存了起來，買了一袋蛋糕送他們。

「停！停！」我大叫並衝向山丘上的馬車。田德勒先生拉緊韁繩，棕馬止步，我把送麗絲萊的禮物遞進車內，她一一放在座位旁。我倆什麼話也沒說，拉著對方的手，可憐的小孩爆出淒慘的哭聲。然而就在此刻，田德勒先生揚鞭向他的小馬，「再見，小伙子！要乖乖的唷，幫我謝謝你的爸爸和媽媽！」

「再見！再見！」麗絲萊呼喊著，小馬開始動了，脖子上的鈴叮叮噹噹，那雙小手自我手上滑走，然後他們向遼闊的世界前進。

我再次爬上路邊，目不轉睛追著那輛小馬車，看著它越過塵土飛揚的沙地，叮叮噹噹愈來愈小聲，我還看到綁板條箱的白色帶子飄了一下，然後他們漸漸消失在灰濛濛的秋霧之中。我忽然感到極端恐懼：你再也看不到她了！再也見不著！「麗絲萊！」我大叫，「麗絲萊！」也許是因為公路上一個轉彎，那個在霧中飄浮的點，現在完全在我眼中消失，我不假思索跟在後頭跑。狂風吹走了我的便帽，我的靴子進了好多沙，我盡全力跑，但除了荒涼得連一棵樹也沒有的土地，以及冷漠的灰色天空，什麼都沒看見。當我終於在天將黑之際回到家時，我有種整座城都滅絕的感覺。這是我平生嘗到的第一個離別。

之後那些年中，每當秋天到來，田鶇飛過城裡的花園，對面裁縫師客棧菩提樹上的黃葉被風吹起，我有時候會坐在我們的椅子上，心裡想著，那輛棕馬拉的小馬車會不會像從前那樣，再次叮鈴叮鈴駛上街道？

但我白等了，麗絲萊沒有再來。

*

十二年之後。算術學校畢業後，我步上當時有些手工業者子弟的後塵，也讀完了我們那裡高中的低年級，然後跟著父親展開學徒生涯。這段我除了做手工之外又看了不少好書的時期也結束了。現在，在外遊走了三年之後，[19]我來到一座位於德國中部的城市。

19 設有行會的手工藝學徒，在滿師考試之後必須遊走四方，跟隨不同的師傅學藝。

那裡的天主教氣氛濃厚，那裡的人也沒有半點幽默感；若有人唱歌並舉著聖像列隊打他們面前走過，若是沒有自己摘下帽子，會有人把他的帽子打下。除了這點之外，他們都是好人。我工作那裡的師娘是位寡婦，她的兒子和我一樣，正依照行會規定在外地展開遊走四方的學藝生涯，作為日後申請師傅執照時的憑證。我在這裡過得很好，這位女士很照顧我，像她希望別人也這樣對待她在遠方的兒子一樣，我倆很快就建立起互信，我把她的店經營得有聲有色。如今我的兒子約瑟夫就在她兒子那裡工作，至於那位老婦人，他常在信上說，非常疼愛他，好像她真的是他的祖母。

一個星期天午後，我與師娘坐在客廳，客廳的門窗正對著一間很大的監獄。時值元月，氣溫是零下二十度，外頭的巷子裡看不見任何人影，風從附近的山上橫掃下來，夾帶著小冰雹在石板街上呼呼作響。

「溫暖的房間和一小杯熱咖啡最愜意了。」師娘說，同時為我斟滿第三杯咖啡。

我走到窗邊，思緒飛往家鄉，而非親愛的人，我在那裡沒有親人了，我已徹底領會離別之事。我的母親撐到我親手為她合上雙眼，幾星期前我又失去了父親，那時旅途曠日廢時，我甚至沒能送他最後一程。但父親的工作坊正等著滿師返鄉的兒子接手，然而老海因希可以取得行會允許，暫代管理之職，所以我答應我的好師娘，再待個幾星期，直到她兒子回來為止。我的心很不平靜，父親墳上的土猶新，不容我在外地耽擱太久。

對街一聲尖叫打斷了我的思緒，我抬起眼來，看見監獄警察那張得了肺癆似的臉，正從半開的監獄大門探出來，他高舉拳頭作勢威脅一位年輕女子，看來她意圖強行進入那讓人顫慄的地方。

「想必那裡頭有她親愛的人，」師娘說，坐在扶手椅上的她也看到了這一幕，「但那邊的老傢伙不識人性為何物。」

「他只是做他該做的事，師娘，」我說，心裡仍在想自己的事情。

「我可不希望要做這樣的事，」她答道，幾乎帶著怒氣靠回椅背。

這時監獄的大門已經關上了，那位年輕女子披在肩頭的短大衣在風中飄揚，一條黑色圍巾裹住她的頭，女子慢慢地走下結冰的街道。師娘與我在原地一語不發，我想，我的同情心此刻才甦醒過來，我們好像應該幫忙，只是不知道如何伸出援手。

正當我從窗邊走開，那位女子又走上街來，站在監獄的門口，一腳猶豫地踩在通往石階的門檻上，然後她回過頭來，我看到一張很年輕的臉，一雙盛載徬徨與無依無靠的黑眸在空盪盪的巷弄裡遊蕩。她似乎仍然鼓不起勇氣，再次迎向那警察嚇人的拳頭。她再三緩慢地回望那扇已經關起來的門，邁開腳步，顯然不知道應該往哪裡去。當她在監獄的轉角拐進一條小巷子，往教堂方向走去時，我不由自主猛然拿下掛在門鉤上的便帽，去追她。

「對，對，保羅，這就對啦！」好師娘說，「儘管去，我剛好把咖啡再熱一下！」

屋外冷得刺骨，四周毫無生氣，在街的盡頭、屹立於城市之上的那座山，只有黑色的冷杉林向下望過來，簡直令人膽寒，大部分房子的窗玻璃上都結了冰，可不是每個人都像我的師娘一樣，可以合法取得十五立方公尺的柴火。我穿過小巷子來到教堂前的廣場，耶穌受難像前結了冰的地上躺著那位年輕女子，她的頭垂下，兩手交疊在腿上。我悄悄走近，當她抬起眼來望著救世主那張血紅的臉時，我說：「抱歉打攪您禱告，您大概不是這裡的人吧？」

她點點頭，身體動也不動。

「我想幫忙，」我再度開口，「請告訴我，您想去哪裡？」

「我不知道要去哪裡，」她無聲地說，頭再一次垂到胸前。

「但再過一小時天就要黑了，這天氣冷死人，您不能在沒有遮蔽的大街上待太久！」

「親愛的上帝會幫忙的。」我聽到她輕聲說。

「好，好，」我喊道，「我相信是祂把我送到您這裡來！」

我比先前還要堅定的語氣似乎喚醒了她，因為她站起身來並遲疑地走向我，她伸長脖子，臉愈來愈靠近我的臉，緊盯著我不放，一副要抓住我的樣子。「保羅！」她突然大叫，她的胸膛爆出一串歡呼也似的話語，「保羅，親愛的上帝把你送來給我！」

我竟然沒認出來！我又碰見她了，我童年的玩伴，木偶戲演員麗絲萊！當然啦，她變成一位美麗窈窕的少女，興高采烈之情刹那掠過那張往昔笑容可掬的童稚臉上，然後換上深深的憂愁。

「妳怎麼一個人到這裡來呢，麗絲萊？」我問，「發生什麼事了？妳爸爸呢？」

「在牢裡，保羅。」

「妳爸爸，那個好人！跟我來，我在一位非常好的女士那裡工作，她知道妳，我常常跟她提起妳。」

接下來我們像小時候一樣手牽著手走回我的好師娘的家，她站在窗前也看到了我們。「她就是麗絲萊！」我們走進屋時，我呼喊著，「您想想看，師娘，是麗絲萊！」

那位好心的婦人雙手交抱於胸前，「聖母瑪麗亞，為我們祈禱吧！是麗絲萊！原來她長這個模樣！可是，妳怎麼會跟那些老犯人在一起？」她指著對面的監獄說，「保羅跟我說，妳是正派人的小孩呀！」

她拉著那女孩進客廳，把她塞進她的扶手椅，而麗絲萊正打算一一回答她的問題時，她已經送上一杯冒著煙的咖啡到她唇邊了。

「先喝，」她說，「然後妳就會有力氣，瞧這小手都凍僵了。」

麗絲萊聽話地喝下咖啡，兩顆晶瑩的淚珠滾落杯中，這之後她才獲准開口述說。

她不若以前獨吞孤寂與煩惱時那樣，說她家鄉的方言，現在只帶著淡淡的口音。她的父母沒有到過比我們那裡的海濱還要遠的地方，所以她大部分時間待在德國中部。她的母親幾年前過世了，「別離開爸爸！」臨終前她在女兒的耳邊低語，「他太天真，不太適合這個世界。」

回憶至此，麗絲萊痛哭起來，師娘重新斟滿她的杯子，以為這樣可以止住她的眼淚，但她一點都不想喝，過了好一會兒，她才能繼續說下去。

母親過世後，她的首要之務是跟著父親學扮木偶戲中的女性角色。這期間葬禮舉行過了，安息彌撒也望過了，然後他們離開那座新墳，父女倆遊走他鄉，和從前一樣演他們的劇碼：失去的兒子、聖潔的喬薇娜，以及其他的戲。

就這樣昨天旅行到一座很大的教堂村，想在那裡午休。坐在一張桌前的硬板凳上吃簡單的食物，田德勒爸爸沉沉睡下半小時之久，這時麗絲萊在外頭張羅馬兒的草料。沒多久他們裹著羊毛毯，在刺骨的寒風中重新上路。

「但我們無法前進，」麗絲萊說，「才離開村子就有一位警察騎馬來找我們，喝斥並怒罵我們，說剛才店家的櫃台丟了一袋錢，而房內只有我無辜的父親！唉，我們沒有家，沒有朋友，沒有好名聲，根本沒人認識我們！」

「孩子，孩子，」師娘說著向我這裡招招手，「千萬別貶低自己！」

我沒說話，因為麗絲萊所抱怨的並非完全沒理。他們必須回那座村子，馬車上所有家當都得留在村長那裡，因為田德勒被下令跟著警察的馬回到城裡去。警察斥退麗絲萊好幾次，但她仍遠遠跟在後頭，但她希望在親愛的上帝將一切解釋清楚之前，至少能為蹲在牢裡的父親做點什麼。但是，她未遭人懷疑；那位警察有權驅趕想強行進入的她，因為無罪的她沒有任何走進那扇門的理由。

麗絲萊始終不能明白此舉。她認為真正的竊賊總有一天會遭受懲罰，一定比這些還要嚴重，她立即補充說道，她其實不希望他受罰，只盼望早日還她的好爸爸清白；唉，他大概捱不到那一天了！

我突然想到，對於對面那位年老的基層公務員或另外那位警官，我其實派得上用場，因為我曾經為其中一人修好了他家的織布機，又幫另一個人磨利他昂貴的削筆刀。

起碼我可以透過其中一位進入監獄裡，再在另一人那裡註銷田德勒先生入獄的記錄，也許就可以快點解決這樁事。我請麗絲萊耐性子等等，然後立刻到對面的監獄去。

患肺癆的警察大罵那些老是想到牢裡探望流氓丈夫的無恥女人，我請我的老友在法庭尚未「依法」為他們安上這些頭銜之前，先別這麼說，而且我很確定，他們都不會被定罪。來回討論幾次之後，我們終於一起登上寬闊的階梯到樓上。

這座老舊的監獄把空氣也隔絕在外，我們走過樓上長長的走廊，通往一間間位於兩側的單人牢房時，一股難聞的氣味撲鼻而來。差不多到了走道盡頭的一間牢房，我們停下腳步，警察掏出一大串鑰匙，找出正確的那把，然後門匡噹一聲打開了，我們走進去。

一個瘦小的男人背對著我們站在牢房中央，好似正瞅著外頭一小塊天空，牆壁上方令人沮喪的灰色窗戶射進些許微光在他身上。我馬上認出他頭上那小一撮豎起來的髮梢，只不過像外頭的自然景觀一樣，現在都蒙上了冬季的顏色。我們走進時，這位矮小的男人轉過身來。

「您大概不認得我了吧，田德勒先生？」我問。

他飛快看我一眼，「不認得，敬愛的先生，」他答道，「沒這份榮幸。」

我和他說起我家鄉的地名，並說：「我就是那個扭壞您的傑作卡斯帕的淘氣男孩！」

「哦，沒事，一點都沒關係！」他窘迫地回答，又對我一鞠躬，說：「早就忘了。」顯然我說的話他只聽了一半，因為從他嘴巴動的樣子，他似乎在和自己說另一碼子事。

接下來我告訴他，我如何找到了他的麗絲萊，現在他張大眼睛望著我。「感謝上帝！感謝上帝！」他邊說邊握著手，「對，對，小麗絲萊和小保羅，那時候都玩在一起！小保羅，您就是小保羅？喔，我信您說的話，那張稚嫩男孩可愛的臉蛋，還在向外張望呢！」他親切地對我點一點頭，頭上那綹豎起來的白髮飄了一下。「對，對，你們那裡的海邊，我們再也沒去過，那可是一段好時光啊。那時我太太還在，蓋塞布雷希勒氏的女兒唷！『約瑟夫！』她老說，『如果人的頭上都繫根繩子，你想叫他們做什麼，他們就做什麼！』如果她還活著，他們就不會關我了。上帝啊，我不是小偷，小保羅先生。」

警察在半開的門外走道上來回踱步，把他的鑰匙串弄得叮叮噹噹。我試著安撫這個老男人，請求他第一次問訊時傳喚我當說情者，因為我在此地小有名氣，而且挺受人尊敬。

我再度回到師娘家，她對著我喊道：「那女孩倔極了，小保羅，我真拿她沒辦法，我要她晚上住在這裡，她卻想走，到收容所或者管它什麼地方去！」

我問麗絲萊有沒有帶護照。

「老天，被那位村長拿走了呀！」

「這樣沒有客棧老闆會為妳打開門，」我說，「妳自己應該很清楚。」

她當然知道，師娘好聲好氣搖搖她的手。「我曉得，」她說，「妳有自己的主張，他鉅細靡遺告訴過我，你們倆一塊兒坐在海邊的情景，但想要從我這裡走開可不容易！」

麗絲萊有點尷尬得低下頭去，然後急切地問起她的父親來，我講給她聽之後，便向師娘拿床單棉被等用具，再加上我自己的一些，然後拿到監獄的牢房內——我已請求警察准許。但願黑夜降臨後，我們的老友在他空無一物的房間裡，能躺在暖和的床上，枕著世上最好的枕頭，進入香甜的夢鄉，好好休息。

隔天早上我去找警官先生，正走在街上的時候，迎面走來那位趿著拖鞋的警察。「您是對的，小保羅，」他的嗓音猶如劃過玻璃，「他不是小偷，真正的竊賊剛剛才被送進來，今天您的老朋友就會放出去了。」

果然，幾小時之後監獄門打開，老田德勒讓警察八面威風地領到我們面前。午餐才剛端上桌，師娘一刻不得閒，直到他也在桌前坐下來。但他幾乎沒動那些可口的飯菜，即使師娘殷勤招呼，他仍寡言，坐在女兒旁邊沉入自己的思緒之中。偶爾我瞥見他拉起她的手，溫柔地撫摸。我聽到外頭大門有小鈴噹的響聲，這我再熟悉不過，但那是很久以前童年的事了。

「麗絲萊！」我小聲說。

「保羅，我也聽到了。」

然後我倆站在門口，看見那輛載有兩個高高板條箱的馬車自街上駛來，一如我在家時經常盼望那般。一個農家小伙子手持轠繩與鞭子走在一旁，發出叮鈴鈴的，卻是繫在一匹白色小馬脖子上的鈴鐺。

「那匹小棕馬呢？」我問麗絲萊。

「那匹小棕馬，」她說，「有一天拉車時跌倒了，爸爸立刻請村子的獸醫來，但牠已經死了。」說著淚水湧上她的眼睛。

「妳還需要什麼，麗絲萊？」我問，「現在不是一切又都好了嘛！」

她搖搖頭，「我不喜歡我爸爸！他都不說話，他不會忘記這個恥辱。」

身為女兒的麗絲萊看得很清楚。他們倆在一間小旅館安頓下來之後，老人已經在計畫下面的行程了，因為他不想在這裡的人面前登臺，但是一場高燒使得他不得不臥床休息。不多久我們請來醫師，他病了很長一段時間。擔心他們會陷入窘境，我拿錢給麗絲萊，但她說：「我願意接受你的幫助，只是別擔心，我們不至於那麼窮。」於是我不知道自己還能做些什麼，除了夜裡與她輪流守在床邊，或者，當病人稍微好轉，下班後在他床前閒聊一小時。

接近我啟程的日子了，我愈來愈捨不得。看到麗絲萊幾乎會讓我心痛，因為過不久她也將與她父親再度前往遼闊的世界。她若有個家鄉該多好！我要去哪裡找她，該把祝福和訊息寄往何處？上次離別之後已過了十二年，難道要再過這麼久或到了人生盡頭才會重逢？

「回到家後，代我向你家的房子問好！」最後一晚她陪我走到門邊時說，「門前那張小板凳，花園裡的菩提樹，都還在我眼前，哎，我永遠不會忘記，這世界上再也找不到這麼讓我喜歡的地方了！」

她說這些話時，我的家鄉彷彿掙脫黑暗，瞬間亮了起來，我看見母親溫柔的眼睛，父親堅定正直的臉龐。「哎，麗絲萊，」我說，「我的家在哪裡呀？一切變得荒蕪又空虛。」

麗絲萊沒作聲，只是把手交給我，和顏悅色凝視著我。

我好像聽到母親的聲音在說：「握緊這隻手，跟她一起回去，你就會重新有個家！」

我牢牢抓緊那隻手，說：「妳和我一起回去，麗絲萊，讓我們一起為那棟房子注入新生活，像以前一樣，過妳也喜歡的那種好日子！」

「保羅，」她說，「你什麼意思？我聽不懂你說的話。」

但她的手在我手中抖得厲害，我只央求：「喔，麗絲萊，妳怎麼不懂！」

她沉默了片刻，「保羅，」然後她說，「我不能離開我爸爸。」

「他跟我們一起走，麗絲萊！屋後那兩個房間現在都空下來了，他可以搬進去做他的營生，老海因希就住在緊鄰他的小房間裡。」

麗絲萊點點頭，「但是保羅，我們是居無定所的人，你家鄉的人會怎麼說呢？」

「他們會熱烈討論，麗絲萊！」

「而你並不擔心？」

我只是笑。

「好吧，」麗絲萊說，她的聲音清脆響亮，「如果你有勇氣，我也有！」

「妳喜歡這樣嗎？」

「保羅，如果我不喜歡，」她對我搖了搖她棕色頭髮的小頭顱，「我就不會這麼做啦！」

＊

「孩子，」說故事的人在這裡停下來，「你現在就要學一學，等到你二十歲說這些話的時候，應該如何注視女孩那雙黑色眸子！」

「是，是，」我心想，「尤其是足以烤焦一座湖的眼睛！」

「對嗎？」保羅又開口說道，「現在你知道誰是麗絲萊。」

「就是保羅太太！」我回答，「我怎麼都沒留意，她說話一直都有口音，而且畫得精緻的眉毛下有一雙黑眼珠。」

我暗中打算，回到家後，我要好好看看保羅太太，看能不能認出那個演木偶戲的麗絲萊。此時，我的朋友笑了起來。「對了，」我問，「老田德勒先生去哪裡了？」

「我親愛的孩子，」我的朋友回答，「去到我們大家最終都會去的地方。他安息在那邊教堂的綠色墓園裡，旁邊躺著我們的老海因希。我另一位童年時的朋友，也與他葬在同一個地方。我再講給你聽，現在我們最好到屋後，因為我太太可能希望立刻看到我們兩個，而她大概再也不想聽到這個故事了。」

保羅站起來，我們沿著城市花園後面的散步道走著，路上只有零星行人，因為已經到了吃下午點心的時間。

你看，保羅繼續講他的故事。對於我們訂婚，老田德勒顯得十分滿意；他很想念我的父母，他們以前認識呢，而且他也贏得我的信賴。他厭倦了四處流浪，沒錯，自從那次他面臨險境之後，他愈來愈渴望有個家。我的好師娘雖然並不完全同意，她擔心，到處遷徙的木偶戲演員的孩子性情再好，也不會是一個定居下來的手工藝者的理想妻子。現在她早就改觀了！

就這樣我不到八天就回到了這裡，北海岸的山上，我家鄉的城市。我意氣風發和海因希一起經營生意，同時把屋後兩個空房間布置好給約瑟夫爸爸住。十四天後，花園內初上枝頭的春花香氣襲人，街上傳來叮叮噹噹的聲音。「師傅，師傅！」老海因希呼喊著，「他們來了，他們來了！」那輛載有兩個高高板條箱的小馬車已經停在我家門口，麗絲萊來了，約瑟夫爸爸也來了，兩人的眼神愉悅，腮幫子發紅，全套木偶戲行頭也跟著搬來了，它們真正的用途是陪伴約瑟夫爸爸安享晚年。那輛小馬車過幾天就賣掉了。

接著我們舉行婚禮，沒驚動什麼人，因為我們在當地並沒有親戚，只有我的老同學，港口管理員，出席當證人。麗絲萊和她父母一樣是天主教徒；這可能會阻礙我倆結婚，我們倒未曾想過。剛開始幾年她會到鄰城參加復活節懺悔，你知道那裡有一座天主堂，之後她就只把心事說給她的丈夫聽了。

舉行婚禮那天早上，約瑟夫爸爸在桌上放了兩個袋子給我，大的那袋裝有哈次山銀幣，[20]小的那袋裝了滿滿的克倫明茲金幣。[21]

「你沒有要求，保羅！」他說，「我不會讓麗絲萊兩手空空過門，拿去吧！以後我不需要用錢了。」

就是那筆我父親說過的存款，對他剛開始經營事業的兒子而言，這筆錢來的正是時候。麗絲萊的父親顯然把所有的家當都拿出來了，相信他的孩子會好好照顧他，但他可不是整天閒著沒事，他重新拿起雕刻刀，適時地幫工作坊做些事。

那些木偶以及整套裝置都放在屋後一間棚屋的地上，只有星期天下午他才拿起這個或那個到他的小房間，修補金屬線和活節，擦拭一番，不然就稍微改良一下。老海因希抽著短煙斗站在他旁邊，聽他說木偶的命運，幾乎每一個都有獨一無二的故事。於是我們得知，刻得維妙維肖的卡斯帕一度交給媒人，做為向麗絲萊的母親說親的信物。有時候為了舞台場景更好看，也讓那些金屬線活動活動。麗絲萊與我常站在屋外的窗戶邊，從綠色葡萄葉底下眺望村莊。屋內的老孩子多半專心於演戲，我們鼓起掌來，他才會注意到現場有觀眾。一年又一年過去，約瑟夫爸爸找到另一件事情做，他照料起花園來，栽種並採收。到了星期天，他穿戴整齊在花壇間漫步，修剪玫瑰，不然就把丁香與紫羅蘭束在自己修剪的細枝上。

我們相處和睦，日子過得心滿意足，我的生意愈來愈興隆。我結婚，在城裡引起數星期之久的熱烈討論，但多半指涉我未經深思熟慮，況且閒言閒語中又生出不少自相矛盾來，因此，過不多久便自動噤聲了。

冬天又快到了。一個星期天，約瑟夫爸爸又從棚屋拿出木偶來，我只想著，未來幾年中，每當季節悄悄更迭，他大概都會這般度過吧。有一天早上，他一臉凝重走進客廳，我剛好獨自坐著吃早餐。他攏了攏豎起來的斑白髮絲之後，靦腆地說，「女婿，我再也不能這樣下去，一直白吃你們餐桌上的麵包。」

我搞不清楚這是怎麼回事，我問他為何有這個念頭；他在工作坊裡工作，而我的生意現下獲利更多，不就等於付給他我們舉行婚禮那天早上，他交到我手中的那筆錢財的利息嗎？

20 用哈次山區（Harz）產的銀鑄的銀幣。

21 Kremnitz，前匈牙利城市名。

他搖搖頭。根本不夠，那丁點錢有一部分是他以前在我們城裡賺的，如今劇場仍在，而那些劇碼全都在他腦子裡。

於是我了然於胸，他仍然心心念念自己是木偶戲演員，只有好海因希一位觀眾無法滿足他，他必須再度在大庭廣眾前搬演他的劇碼。

我嘗試勸阻，但他一再想起這事。我和麗絲萊談，最後我們只好讓步。老人家最想看到的是麗絲萊像結婚前一樣，為劇中的女性角色說口白；但我倆態度一致，佯作聽不懂他的暗示，因為對一位尋常百姓以及手工藝師傅的妻子而言，這實在不合適。

幸好——或許是不幸，隨你怎麼說——那時一位在城裡受人尊敬、曾經為木偶戲提過詞的女士，當然知道如何演木偶戲。這位跛麗莎，大夥因她髖關節麻痺如此稱呼她，馬上就接受了我們的建議，很快地，約瑟夫爸爸的房間在下工後以及星期天下午就變得熱鬧非凡。老海因希在窗前動手做劇場支架，另一扇窗戶前則架起了剛上好色的布景，從房間一隅懸掛下來，那位木偶戲老演員訓練跛麗莎搬演一齣又一齣戲。她的領悟力極高，每次練完他都這麼說，麗絲萊可從沒學得像她一樣快。但在唱歌方面就沒這麼順利了，她總是在唱高音時顯得含含糊糊，所以，當美麗的蘇珊娜唱起歌，就不是那麼協調了。

演出的日子終於定了，一切都要照規矩來，不得馬虎，所以不在獵人協會，而是在議會大廳，也就是高中生在米夏埃里日練習演說的場所，現在則是戲上演的場地。到了星期六下午，我們的善良居民打開剛印好的周報時，粗大鉛字的廣告便映入眼簾：

「星期六早上七點機械師約瑟夫・田德勒的木偶劇團於本城議會大廳，搬演美麗的蘇珊娜四幕歌唱劇。」

那時我們這座城業經俄國的哥薩克兵蹂躪，已經沒有與我年紀差不多、熱中看戲的頑皮少年了，手工藝的學徒尤其缺乏紀律，往昔鄉紳中好此道者，如今的心思已轉往別處。如果黑臉史密特和他的兒子沒來的話，說不定一切都順利——

我問保羅，那是誰呀，我沒聽過城裡有這一號人物。

我相信你沒聽過，他答道，幾年前黑臉史密特在貧民院過世了，以前他可是與我齊名的師傅，手藝真不賴，不過會偷工減料，平常也不太老實，白天賺的一點錢，到了晚上就喝掉、玩牌玩光了。他早就對我父親心懷怨恨，不僅因為我父親的顧客遠比他的多，而是源於少年時他倆拜同一個師傅學手工，他因為一次惡作劇而被師傅逐出門，從此結了怨。從那年夏天之後，他一逮到機會，便把心中的宿怨加倍轉嫁到我身上來，因為那時此地新開了一家薄印花平布工場，他雖然努力爭取維護機械的工作，卻由我一人獨得。接下來他以及兩個跟著他一起工作的兒子，不斷藉著取笑嘲弄表達他們的厭惡，而且箭無虛發，兒子們的行為更是變本加厲。我現在都不去想這幫子人了。

到了戲上演的這天晚上，我兀自整理書籍，要稍後才從跟隨我岳父一起去議會大廳的妻子和海因希那裡得知，究竟發生了哪些事情。

第一排座位幾乎沒人坐，第二排差強人意，包廂那裡則一個挨一個站著。戲開演後，一開始都很順利，老麗莎也忠實流暢地說出她的台詞。接下來就要唱那首悲慘的歌了！她再努力聲音也不夠柔和，就像約瑟夫爸爸之前說過的，唱到高音真的就糊成一團。包廂那裡忽然有人大喊：「高一點兒，跛麗莎！高一點兒！」於是她順著喊話的人的意思，費勁想唱出拉不上去的高音，惹得哄堂大笑。

舞台上的戲卡住了，從布景內傳出一個顫抖的聲音：「女士們，先生們，請大家安靜！」卡斯帕的金屬線握在他的手上，打擺子似地搖晃他逗趣的鼻子，要與美麗的蘇珊娜演一段。

觀眾再一次回以哄堂大笑，「卡斯帕唱歌！」——「俄文歌！美麗的明卡，我要離婚！」[22]——「好哇，卡斯帕上吧！」——「才不要；要卡斯帕的女兒唱歌！」——「嘿，閉嘴！那是師娘唱的，她再也唱不成啦！」

脣槍舌劍來來回回好一會兒，忽然有一大塊石板對著舞台扔上來，正中卡斯帕的金屬線，它於是自師傅的手中滑落到地板上。

約瑟夫爸爸再也受不了了，麗絲萊苦苦哀求都沒用，他立刻走上舞台。如雷的掌聲、笑聲以及踏腳聲迎接他。這個老人從戲台布幔上方露出頭來，雙手靈活地操作，以發洩他理當有的怒氣，這景象想必十分罕見。喧嚷不休的當兒，老海因希一個閃失，布幔出其不意垮下來。

在家中整理書的我一陣不安襲上心頭，我不想說我預感到大禍臨頭，但心中的不安促使我立刻去找家人。當我正要登上議會大廳的旋轉樓梯，雜遝的人群迎面蜂擁而出。大家都在尖叫，相互取笑。「好哩，卡斯帕死了！綠蒂死了。[23]喜劇演完了！」我抬頭一望，剛好看見史密特的兒子的黑臉，他們不發一語從我身邊溜出門外；當下我心中對於誰是這樁鬧劇的始作俑者有了底。

上樓之後，我發現人幾乎走光了。我的老岳父坐在舞台後的一張椅子上，兩手掩面，生怕自己會散掉似的。麗絲萊跪在他跟前，正慢慢地站起來。「保羅，」她傷心地看

22 一首被翻唱成德文的俄國民謠，「明卡」是女子名。

23「綠蒂死了」是當時北德一首著名民謠中的一句歌詞。

著我，並且問，「你還有勇氣嗎？」

想來她在我眼中讀出我仍然勇氣十足，因為我尚未來得及回答之前，她就撲到了我的懷裡。「讓我們不顧一切相依為命，保羅！」她輕聲說。

你看！我們靠這個以及工作誠實無欺熬過來了。

有一天早上我們起床後，聽到有人把這句罵人的話「木偶保羅」——這當然是在罵人——用粉筆塗寫在我們的門上。我二話不說把它擦了，後來在公開場合舊話重提了好幾次，我自有對策；等到大家知道我是認真的，便不再閒言閒語。誰要是現在和你說起這個，應該沒有惡意，而我也不想知道那人姓啥叫啥。

那天晚上以後，我們的約瑟夫爸爸就變了。我試著告訴他，誰是那場動機不純正鬧劇的幕後主謀，主要是針對我，而非衝著他來，無奈他都聽不進去。他未知會我們，在不久的一場公開拍賣會上，在出席的幾位少年以及老婦高聲喊價之下，他把全套木偶低價脫手了；他再也不想看到它們。

他選擇與之切割的方式不太妙，當春陽首度照耀在巷陌內，那些被買走的木偶一個個打從陰暗的屋子裡走出來，迎向日光。一個女孩和聖潔的喬薇娜坐在這裡的門檻上，那裡有一個男孩讓浮士德博士騎著他的貓到處跑，獵人協會附近的一條巷子裡，有一天席格弗里伯爵領主與那隻嚇人的麻雀併立於一棵櫻桃樹上，充當稻草人。寶貝們遭受如此不堪的待遇，使得我們的爸爸十分痛心，一開始他簡直不願走出屋子和花園。我知道急於脫手這件事現在讓他揪心，而我順利的一個接一個把木偶買回來。但當我拿那些木偶給他時，卻不見他面露欣喜，反正一切都毀了。奇怪的是，即使我費盡心思也無從獲悉，所有角色中最珍貴也最富藝術價值的卡斯帕究竟藏在哪一個角落。少了它，木偶世界還有什麼意思！

不久之後，另一場嚴肅得多的戲即將登場。我們的爸爸再度為胸痛所苦，顯而易見，他的生命快走到盡頭了。他躺在床上，耐心十足，對每一個友善的小舉動滿懷感激，「好，好，」他微笑著說，開朗地抬眼望著房間內置放板條箱的角落，彷彿這樣就能眺望遙遠的永恆天堂，「這樣挺好，我與人相處總是有些小問題，將來和那邊的天使一定會過得比較好；而且，無論如何，麗絲萊，我都會在那邊找到媽媽。」

這個善良天真的男人死了，麗絲萊與我非常想他；幾年後隨他而去的老海因希也想念他，在往後的星期天下午他走來走去，一副不知要往何處去，好像很想去一個他遍尋不著的朋友那裡。

我們為爸爸的棺木覆上他照料的花園開的花朵，放上一個又一個花環，抬到教堂墓園，離圍牆不遠的地方就是他的墓地。棺木沉入墓穴時，我們的修道院院長走到墓穴邊上，說幾句安慰和應許的話，他是我已故雙親的朋友，徵詢意見的對象，曾為我舉行堅信禮，也為麗絲萊和我的婚禮見證。墓園到處都是穿黑衣的人，那些人似乎以為木偶戲老演員的葬禮也有特別的戲碼可瞧。果不其然，罕見的事發生了，但只有我們這些靠墓穴很近的人才會留意到。我挽著麗絲萊，當老院長根據風俗拿起準備好的鐵鏟，把第一鏟土倒在棺木上時，她死命抓緊我的手。墓穴裡傳出一記悶響，「因為你是從土而出的！」[24]神父的話語響起，他才開口，我就看到從站在圍牆邊的人們頭上有一個東西往我們這裡飛過來。一開始我以為是一隻鳥，但它降落並掉到墓穴裡去。我四下匆匆張望——我站在鏟起來的土堆上，瞧見史密特的一個兒子火速閃到圍牆後面，然後跑掉了。我突然明白發生了什麼事。我身邊的麗絲萊尖叫起來，老院長猶豫不決地正要鏟第二次土。我看一下墓穴，證實了我的揣測：一部分已覆蓋了鮮花與泥土的棺木上，它端坐其上，我童年時的老友，卡斯帕，那個風趣、象徵小小世界的卡斯帕。但是現在它看起來一點都不好玩，他巨大的嘴鼻可憐兮兮地垂在胸前，一隻手及其神奇的拇指伸向天空，似乎宣告著，在演完所有劇碼之後，現下天堂那邊另外一齣戲正要開演。

我只是剎那間捕捉到這一幕，因為院長把第二鏟土放進墓穴了：「你本是塵土！」

隨著泥土落下，卡斯帕也和花朵一起沉下去，被泥土覆蓋住。

最後一鏟土落下時響起了撫慰人心的應許：「仍要歸於塵土！」

禱告完，大家也都散了，老院長走過來，我們仍呆呆地凝望著墓穴。「卑鄙行徑，」說著他慈祥地握住我們的手，「但我們往好處想！他告訴我，他少年時，如同你們告訴我的，這位逝者就開始雕刻這個小木偶了，這曾經為他帶來幸福的婚姻，之後，他終其一生靠著它在晚間娛樂了許許多多人，一些討上帝以及人們歡心的真理，也掛在這個小丑的嘴上；你們倆還小的時候，我也觀賞過一次。讓這個作品追隨它的師傅而去，才完全符合聖經上的道理！善良的人得到安息，你們應感到安慰。」

就這樣了。於是我們心平氣和地走回家。藝術傑作卡斯帕以及我們的好爸爸約瑟夫，與我們永別了。

「這一切，」過了一會兒我的朋友補充說道，「讓我們感到痛苦，但我們兩個年輕人並沒有悲傷過度。不久我們的約瑟夫誕生了，於是所有讓人感到滿心幸福的東西，我們全都具備了。年復一年，每當劇院的布幔拉起，我總會想起黑臉史密特的大兒子。他變

24《舊約》〈創世記〉第三章。

成一個流浪的手工藝者，潦倒又墮落，根據行會的規定，靠著師傅賞給的東西勉強糊口，他再也不曾打我的門前經過。」

＊

我的朋友沉默下去，目不轉睛看著教堂墓園樹木後方的晚霞，我則不只一次看到保羅師娘那張和氣的臉在花園小門那裡往我們這裡瞧過來，「我想不到！」我們走進去時她如此嚷著，「你們又在研究什麼大事？現在都給我進屋！好吃的東西在桌上，港口管理員已經到了，還有一封約瑟夫和老師娘寫來的信！嘿，你看我做什麼呀，孩子？」

師傅微微一笑，「我都跟他說了，孩子的媽。他現在要看看，妳是不是就是那個嬌小的木偶戲演員麗絲萊！」

「是，怎麼不是！」她答道，朝她的丈夫快速投去充滿愛意的一瞥，「好好看個夠吧，小子！如果你認不出來——他，他心裡很清楚是怎麼一回事！」

師傅默默地攬住她，我們走進屋裡，慶祝他們的結婚紀念日。

保羅和木偶戲演員麗絲萊，真是一對璧人。（一八七四）

沉沒水中 Aquis Submersus

我們這座古堡以前屬於公爵所有，裡面有一座自有人類以來就缺乏照料的「古堡花園」。在我小時候，那條細長、陰森森的大道上，帶有古老法式風情的野薔薇叢長得很好。每一叢上都掛著幾片葉子，住在北方海濱的我們並不常見到樹木和樹葉，因此懂得珍惜這樣的景觀，特別是像我們這樣深思熟慮之人，總選在那裡和朋友碰面。我們常在稀疏的樹蔭下走到所謂的「山上」，就是花園西北角的一個小丘，位在一個底部已然乾涸的魚池上方，從那裡可以看得很遠，毫無阻礙。

大部分人喜歡往西邊眺望，欣賞淺綠色的沼澤地，飽覽大海的銀色浪潮，島的陰影拉得長長的，在波浪上上下起伏。我的眼睛不由自主轉往北邊，不及一英里遠的地方，荒涼的高海岸線上座落著一棟尖尖的灰色教堂；那是我少年時代常去的地方。

村裡牧師的兒子與我一起上故鄉的「菁英學校」。不知有多少次，我倆於星期六下午一起徒步，星期天晚上或星期一清晨去上我們的尼波斯[1]，或者稍晚返回城中我們的西塞羅[2]那裡。那時途中還有一塊原始草原，一邊幾乎可以直達城裡，沿著另一邊走則可進入村莊。蜜蜂和白灰色的熊蜂在香香的杜鵑花上嗡嗡飛舞，花叢下乾枯的莖枝有一隻美麗的金綠色步行蟲跑來跑去。在歐石南的陣陣香氣和流著樹脂的榛子樹之間翩翩起舞的，是別處都看不到的蝴蝶。我那位根本不想回家的朋友經常有股衝動，非要帶著他精神恍惚的同伴穿越所有美景，於是我們到達了田地，興致更加高昂，繼續向前，用不了多久，我們才涉過長長的沙地，就已經看得見墨綠色丁香花叢後方牧師家的三角墻。牧師的聲音從他書房的磨砂玻璃窗傳了出來，與他熟悉的客人打招呼。

牧師家只有一個小孩，就是我的朋友，我們無時無刻，就像我們這裡的人說的那樣，都受歡迎。除了妙不可言的大自然之外，村裡唯一高大也唯一吸引人的樹木是一棵銀白楊，枝枒在長了苔蘚的稻草屋頂上沙沙作響，就像天堂裡的蘋果樹一樣，大人禁止我們爬上去，所以我們只好偷偷地爬；除此之外，就我記憶所及，我們愛幹嘛就幹嘛，長得愈大，能玩的也就愈多。

我們主要的活動場所是那個很大的「神職人員牧場」，花園有一扇小門可通到那裡。我們憑著男孩與生俱來的直覺找到雲雀窩，也尋出灰棕色的鵐的蹤跡，牠們是我們最常拜訪的對象，因為想看看過去兩小時中鳥蛋孵得如何，或者雛鳥是否長大了些；那裡有一道很深、危險性不比那棵銀白楊少的水渠，邊緣有一圈密密麻麻的老草根；我們在那裡捉敏捷的黑色金龜，管牠們叫「水中法國人」，或者拿我們用核桃殼與盒蓋打造的戰艦放在渠裡游泳。夏天接近尾聲時，我們會從牧場出發，打劫教堂司事的花園，花園就位於牧師住宅對面，水渠的另一邊，我們想從那兩棵彎曲的蘋果樹上向我們假想的佃農徵稅。偶爾會有一位好脾氣的老人友善地威脅我們一下。好多少年朋友在這座牧場上長大，貧瘠的沙地上，別的花都不想在此綻放，除了氣味嗆鼻的金扣子艾菊，一坨又一坨地立於高高的圍牆上。這段恍若昨日的往事，我今天記憶猶新。

但這一切只是暫時讓我們忙。不停讓我興奮莫名的是在城裡無從比較的另一樣東西。我可不是說在寧靜中午時分從小屋牆縫探出頭來的泥蜂，看勤勞的小東西飛進又飛出；我說的是那棟大得多的建築物，古老、美麗非凡的村莊教堂。從基座到高聳尖塔的細木條屋頂都是花崗岩石塊砌出來的，是村中的制高點，視野遼闊，可以望過草原、沙灘和沼澤。其中最吸引我的是教堂內部；光是那把碩大的鑰匙，彷彿使徒彼得用過似

1 Cornelius Nepos，西元前一〇〇至五〇年，古羅馬的傳記作家。
2 Marcus Tullius Cicero，西元前一〇六至四十三年，著名的羅馬法學家、善辯之士及政治家。西塞羅與前注之尼波斯在此均為學校拉丁文課程的代稱，猶如「孔老夫子」等於倫語課。

的，就激發我幻想。事實上，如果我們很幸運能從那位老教堂司事那裡弄來鑰匙的話，也打得開通往幾樣奇異東西的小門。那些古老東西一會兒目光陰冷，一會兒眼露純真虔誠，但總是在神祕的沉默中，盯著我們這些活著的人。教堂中央掛著恐怖非常的十字苦像，耶穌如木柴般的四肢和凹陷進去的臉上淌著血，側邊牆柱那裡釘著一個巢狀的棕色雕刻講壇，交纏的水果與樹葉裡露出各種動物與鬼臉。尤其吸引人的是教堂合唱團的大祭壇櫃，上面繪有耶穌受難的故事；還有一些神情罕見狂野的臉，像是該亞法[3]或戰士，穿著黃金鎧甲擲骰子，賭十字架上的人的大衣，這景象我們在外頭的日常生活中見不到；可堪安慰者，唯有十字架上垂下來，瑪麗亞那張善良的臉龐；沒錯，要不是還有另一個更懸疑刺激的東西一再把我吸引走，她早就迷惑住我這個想像力豐富小男孩的心。

所有這些怪異、甚至令人不安的東西中，有一幅無辜的死亡小孩畫像掛在殿堂裡，一個約莫五歲的漂亮小男孩在鑲著花邊的枕頭上沉沉睡去，小而蒼白的手中拿著一朵白色睡蓮。那張粉嫩的臉訴說著死亡之恐怖；曾經哀求協助，生命最後一抹可愛的跡印；每當我站在這幅畫像前，便有一股無法抑制的同情襲上心頭。

它不是唯一掛在這裡的畫像，一個陰沉、蓄黑鬍子，戴著漿過的白領帶，著長袍的男人緊挨著它，在暗色的木框裡凝視。我的朋友告訴我，他是那個漂亮小男孩的爸爸；

直到今天大家還是這麼說，他死在我們牧場的水渠裡。畫框上的年份是一六六六年，好久以前的事了。我總是一再來到這兩幅畫前，被一種奇幻的渴望席捲，從小孩的生與死中取得進一步的信息，即使信息極其貧薄；也嘗試從那位爸爸陰鬱的臉上讀出那則信息——漿過的白領帶好像在警告我留神祭壇那裡的戰士。

在昏暗的老教堂中鑽研過這些東西之後，牧師家的那棟房子顯得特別親切，屋齡已經很高了，我想，朋友的爸爸其實很希望有一棟新房子；教堂司事自己也年事已高，就沒有這裡修一點，那裡再加蓋點什麼。然而，這棟老屋的房間多怡然啊；冬天右邊那間小房間，夏天走道左邊那間較大的房間，刷白的牆上掛著從宗教改革年鑑裡剪下來、裝在小小桃花心木框裡的幾張畫，從西側的窗戶只看得到遠處的風車，此外也看得到遼闊的天空，晚上換上玫瑰紅的光彩，整個房間因而熠熠生輝！牧師家裡有紅色長毛絨靠墊的靠背椅，老舊的矮沙發，桌上映在夕暉中愜意咕嚕作響的茶壺，全都是明亮、親切的東西。有一天晚上——那時我們已經是高年級生——我想到這些房間裡迴盪著何等往日時光，那個死去的男孩是否曾經兩頰豐潤地在這裡活蹦亂跳呢？他的畫像現在有如一則

3 在新約記載中，該亞法是羅馬人指派的猶太大祭司，在耶路撒冷逮捕了耶穌，交由羅馬總督彼拉多審判，造成耶穌被處死。

哀傷迷人的傳說，填滿了陰暗的教堂空間。

之所以引發這種沉思，是因為下午時我很想再去一次教堂；我在一張畫像的陰暗一角發現了之前一直被我忽略的四個紅色字母。

我對我朋友的爸爸說：「C.P.A.S，但我們不知道那是什麼意思。」

「哦，」他回答，「我曉得那上頭有這幾個字母，藉助那則謠傳，後面那兩個字母應該就是沉沒水中的意思，就是溺死，或者按照字面，表示『沉沒水中』；但是前面那兩個字母到現在仍叫人摸不著頭緒！我們教堂司事的年輕助理，剛高中畢業的那位，認為意思可能是『由於危險的意外』；但彼時的老先生們的想法更加合理；若男孩因而溺死，那樁意外就不止是危險而已了。」

我饒富興味地傾聽，說：「C也可以指罪責吧？」

「罪責？」牧師重覆說，「由於罪責？但由於誰的罪責呢？」

我心中浮現那張老神職人員的陰沉畫像，不假思索地喊出來：「為什麼不是由於父親的罪責呢？」

善良的牧師簡直嚇了一大跳，「哎呀，小伙子，」他說著對我舉起食指警告，「由於父親的罪責？我們不會因為他臉色陰暗，就說我已經升天的同事有罪吧？他更不會讓別人這樣描述自己。」

最後那句話點醒了我少不更事的腦子，於是，那幾個字母究竟所指為何，仍是一個沒解開的古老祕密。

至於掛在一旁的另外兩張畫，年代比老神職人員的幾幅畫像要早得多，我已經弄清楚了，觀其技巧風格等，看得出來是曾經拜荷蘭幾位大師學畫的弟子的作品，這些我當然是從朋友的父親那裡得知的。至於那位畫家如何來到這座貧窮的村落，打哪裡來，姓啥叫啥，朋友父親也都不知道。畫像本身既無簽名，亦無任何畫家留下的符號。

時間過了數年，等到我們上大學時，好心的牧師過世，後來我小學同學的母親隨著他遷到另一個牧師轄區；我再也沒有徒步去那村子的動機。我在故鄉定居下來的時候，為了要幫一位親戚的兒子在一戶好人家租個房間，我在午後陽光照耀中在街上遛達，回想起自己的少年時光，市場一角有一棟老三角楣的房子，門上的字映入眼簾，用現代標準德語來說差不多是：

如煙與塵消逝，
人子亦如是。

我少年時的眼睛大概看不見這些字，上小學時，我經常向住在這棟房子裡的麵包師傅買剛出爐的麵包卷，卻從不曾看到這些字句。我幾乎不由自主地走進了這間房子；事實上，這裡很適合年輕的表哥。這是他們老姨媽的房子——親切的麵包師傅如此告訴我——他們從她那裡繼承了房子和生意，房子已經空了好幾年；他們希望租給年輕房客，已經盼了好久了。

他們帶我爬上樓梯，然後我們走進一間天花板相當低、布置頗有古風的房間，房內有兩扇窗戶，框大玻璃小，正對著面積很大的集市廣場。師傅說，以前門前有兩棵老菩提樹；但他請人把樹砍了，因為屋裡的光線愈來愈不足，美麗的景色都被擋住。

我們很快就針對各項相關條件達成協議；正要談房間如何布置時，我的視線落到懸掛在一個櫃子陰影中的一幅油畫，它突然轉移了我所有的注意力。畫保存得很好，畫中有一位上了年紀、目光認真又柔和的男士，一襲黑色服裝，十七世紀中葉社會地位較高的人，如在公家機關任職或老師常穿的那種款式，比較不見職業軍人穿。

這位老先生的頭部美極了也很有魅力，畫的人應該補捉到他一向的神韻。我平靜地賞畫；但畫家在他臂膀上放了一個面無血色的小男孩，他虛軟向下垂的小手拿著一朵白色睡蓮。這個小男孩我早就認識了。想必也是死神讓他闔上了雙眼。

「這張畫哪裡來的？」我終於開口，因為我忽然意識到，站在我面前的師傅不知在心裡怎麼打量我呢。

他驚訝地凝視我，「那張舊畫像嗎？是我們的姨媽的，」他答道，「是她的叔祖父，一位一百多年前住在這裡的畫家畫的，屋裡還有他的東西呢。」

說著他指向一個橡木櫃，上面放著各種小巧的幾何圖形雕刻。

當我把它們從櫃子上拿下來時，蓋子便往後退，露出裡面泛黃得厲害，上頭寫著非常古老字體的紙張。

「我可以看看這些紙嗎？」我問。

「想看就看吧，」師傅回答，「您可以全部帶回家，都是些很舊的文稿，沒什麼價值了。」

但我拜託並獲得首肯，就讓我在這個地方讀這些不值錢的文稿；我面對著那幅古老畫作，在一張很大、有扶手的靠背椅坐下來的時候，師傅離開了房間，儘管他依舊詫異，卻留下很友善的預告，他的妻子待會兒會請我喝一杯香濃的咖啡。

但我只顧著讀稿子，看著看著，很快就把其他事給忘了。

＊

我又回到荷士敦區[4]；復活節後的第四個星期天，一六六一年！我把畫具和其他行李留在城裡，心情愉快地邁開步伐，穿過五月綠意盎然的山毛櫸樹林街道，樹林從海一直延伸至陸地。偶爾有幾隻林中鳥飛在我前面，喝車輪碾過留下的深轍內的積水解渴；昨晚下了一夜細雨，一直下到今天早上，以致於陽光還沒能穿透森林的樹影。

畫眉鳥從明亮處傳來的清脆的鳴囀，我在心中與之唱和。去年停留阿姆斯特丹期間，我尊敬的師傅凡赫思特[5]向我下的訂單，了結了我所有煩惱；袋子裡現在還放著一筆不小的旅途膳食費和一張在漢堡可兌現的匯票，我真是滿意得不得了。我的頭髮垂掛在灰松鼠毛短外套上，腰間有一把列日生產的佩劍。

我的思維催促著我快步向前；總是想到我那位高貴、心地善良的保護人葛哈德先生，他站在房門口向我伸出手，然後是他那聲輕柔的問候「歡迎光臨，約翰！」的情景。

他曾經與我，唉，太早上天堂的父親去耶拿讀法律，後來又努力研讀藝術與科學，所以，當已故的弗里希公爵有心成立一所鄉間大學，葛哈德先生便成為他具洞察力且勤懇的顧問，但因戰爭之故而沒能辦成大學。他是位高貴的男士，始終是我親愛父親可靠的朋友。父親仙逝後，我成為孤兒的那段年少時光，他義無反顧照顧我，不僅改善了我貧困的生活，更因他所結識的荷蘭貴族引介，我敬重的師傅凡赫思特才收我為學生。

但我相信這位受人尊敬的男士安然無恙地待在他的莊園內，感謝上帝。我正在外地鑽研藝術的那段期間內，戰爭暴行[6]席捲全國；支持國王、反抗好戰瑞典人的軍隊，其行徑比敵人蹂躪還要糟，甚至好多位上帝的僕人痛苦地死去。卡爾十二世[7]驟然去世，所以現在和平了；但戰爭的殘酷印記仍然隨處可見；有些農舍或農奴擁有的小塊田地，小時候別人請我喝一杯新鮮牛奶的地方，我早晨散步的路上可見到的景物都被燒垮了，有些田裡長滿了荒涼的雜草，否則，這時節田裡的黑麥應該正綠油油地往上抽長。

但今天這些並未太讓我感到心情沉重；我只期盼用創作向我高貴的老師證明，他的能力與善良並未浪費在不堪造就的人身上；我也不去想從戰爭爆發以來，可能現在仍在森林裡幹壞事的暴徒和逃跑的流氓。湧上我心頭的是另外一件事，我想起了那位年輕貴

4 位於漢堡附近。
5 Bartholomeus van der Helst, 1613-1670，荷蘭畫家。
6 指三十年戰爭。
7 瑞典在大北方戰爭時期的國王。

族伍爾夫。他對我一向沒安好心，他可敬的父親悉心照料我，看在他眼裡無異從他那裡剝奪了什麼；有幾次，我親愛的父親過世後，我經常去他家過暑假，我的快樂時光因他而走調。他現在是否住在他父親家，我不得而知，只是聽說，簽訂和平條約之前，他與占領的瑞典軍官賭博飲酒，往來頻繁，這當然與荷士敦式的忠誠背道而馳。

我一邊心裡想這些事，一邊走出了山毛櫸樹林，穿越距離莊園很近的小杉木林路徑。我沉浸在馥郁如松脂的回憶之中，但沒過多久路上就沒有樹蔭遮蔽，置身耀眼的陽光下，兩側有榛莽圍繞的草地，這一段路並不太長，我於是走在通往莊園的兩排高大橡樹之間。

突然有一股擔憂襲上心頭，我不知道那是什麼，現在想想根本沒來由；四周是明媚的陽光，天空傳來令人陶醉又振奮的雲雀宛囀。我看到有雇工的養蜂場、神職人員牧場那裡，那棵老野洋梨樹仍然屹立，新抽的樹葉在清新的空氣中簌簌作響。

「日安！」我低聲說，心裡想的卻是仁慈的上帝寵兒，而非那棵樹，她將如何決定我的幸福與苦痛，以及我人生中所有的悔恨，現在以及未來。她就是那位貴族少爺伍爾夫唯一的手足。

總之，我親愛的父親過世後不久，我第一次在此地度過一整個暑假時，她還是個九歲小姑娘，兩條棕色髮辮好像沖天炮；我是說又過了好幾年之後。一天早晨我從前屋[8]出來，住在入口上方的雇工狄特熙把我當成自己人，為我在旁邊整理出一間臥室，又幫我用梣木做了一把弓，弩箭還塗上了鉛；現在，我很想瞄準在莊園四周尖叫的大群鷹隼；她從屋子那裡向我走來。

「你知道，約翰，」她說，「我帶你去看一個鳥巢，就在空空的梨樹上，是紅尾鴝呢，你不許射牠們！」

說完她又蹦蹦跳跳走了，跑到距離那棵樹二十步的地方時，我看到她突然停下來。

「小淘氣，小淘氣！」她大聲叫，兩隻小手像受到驚嚇似地揮舞著。

是一隻很大的林鴞，坐鎮枯樹梢的洞穴上向外俯視，看看能不能捕捉到一隻飛出來的小鳥。「小淘氣，小淘氣！」她又喊了一次，「射箭，約翰，射！」那隻因饑渴而聽不見的林鴞不為所動坐在上頭，盯著洞內。我拉緊我的梣木弓射擊，那隻猛禽顛撲倒在地上，樹上一隻小鳥啾啾叫著飛向空中。

從此卡塔琳娜和我成了好朋友，森林裡和花園內，有這個小女孩在的地方，也一定

8 從前大型農莊的門要大到載乾草的馬車能夠通行，「前屋」位於農莊入口前，足供一戶人家居住。

有我。過不多久這就為我樹立了一個敵人，是馮德瑞奇家的庫爾特，從他家到富裕的莊園步行約一小時。在他學識豐富的家庭教師陪伴下，來此與葛哈德先生聊天，經常來做客。他比伍爾夫少爺小，因此也很依賴我和卡塔琳娜，主人一頭棕髮的小女兒顯然特別贏得他好感。這也不是沒有理由的，她總是嘲笑他又歪又尖的鼻子，他們家的人濃密頭髮下兩個圓碌碌的眼睛之間，差不多都有一個這樣的鼻子。沒錯，每當她遠遠瞧見他，就伸出她的小頭顱大聲說：「約翰，小淘氣，小淘氣！」然後我們躲到穀倉後面，或者一邊嘲笑一邊跑進一箭遠、四周有田地的森林裡，再緊緊沿著花園圍牆跑出去。

等到馮德瑞奇家的那位進了屋，我們時常互扯對方的頭髮，他易怒又不夠強壯，所以我比較占上風。

當我要去外地學藝，最後一次到葛哈德先生家度假時，在此地只停留短短幾天而已，卡塔琳娜已經快蛻變為一位青春少女了。她的棕髮現在束在一個金髮網內，每當她抬起睫毛，眼中常閃動著一抹頑皮的光芒，攪得我心神不寧。一位年老體衰的女士負責照顧她，家中的人都管她叫「烏蘇姑姑」；她不讓女孩離開她的視線，老是跟在她旁邊，手上拿著編織活。

一個十月午後，我和她在花園樹籬蔭下走來走去，一位修長、脫離青澀的小伙子迎面走來，他身穿一件鑲邊的皮外套，頭戴有羽飾的帽子，時髦得不得了；我定睛細看，他就是庫爾特少爺，我的宿敵。我馬上就注意到了，他和往日一樣對他美麗的鄰居大獻殷勤，而且那位老姑婆似乎很鼓勵他。她總是卑微地稱他為「男爵先生」，她笑得親切，嗓音悅耳，毫不遮攔地抬高了鼻子；若我插了一句話，她就用「他」指稱我，或者很簡短的一聲「約翰」，少爺於是閉上他圓滾滾的眼睛，一副往下看我的樣子，雖然我比他高了半個頭。

我望著卡塔琳娜，她非但不理我，反而十分莊重地走在少爺的身邊，禮貌地與他談話，小巧的紅唇上掛著一抹譏諷的神氣微笑，我於是心想：「放心吧，約翰，翹翹板上主人兒子坐的那一端就快飛上天了。」[9] 我固執地留在原地，讓他們三人打我面前走過。他們走進屋子之前，我還在葛哈德先生的花圃前站立片刻，像從那前忖度著，待會兒如何好好地拉扯馮德瑞奇家那傢伙的頭髮時，卡塔琳娜突然跑回來，從我旁邊的花圃拔起一朵紫菀，輕聲對我說：「約翰，你知道嗎？小淘氣看起來活脫就是一位年輕的貴族，是烏蘇姑姑說的！」一眨眼她又跑開了，而我所有的固執與怒火瞬間煙消雲散，男爵先

9 指天平槓桿的重量即將落到「我」這頭，換言之，庫爾特並不受歡迎。

生關我何事呀！我笑了起來，愉快地恢復開朗的心情，因為她說那句有力的話的時候，甜甜的眸子中又出現了那抹狡黠。這一次不偏不倚照亮了我的內心。

稍後葛哈德先生要我去他房間，他指著一張地圖讓我看，去阿姆斯特丹的路有多遠，把寫給他朋友們的信交給我，然後與我展開長談，他真是我親愛父親的摯友。同一天晚上我就要去城裡，一位市民將用他的車將我載到漢堡。

這一天即將過完，我告辭的時刻來了。卡塔琳娜坐在樓下的房間裡，手上拿著一個繡框，我不禁聯想到的希臘的海倫，最近才觀賞過的一個銅雕；女孩俯身向她的活計露出的粉頸，我覺得美極了。房間裡不是只有她一個人，烏蘇姑姑坐在她對面，大聲朗讀一本法文小說。我走近時，她抬高鼻子對著我，「哦，約翰，」她說，「他想來和我說再見吧？那麼，他也可以向這位小姐行個禮囉！」卡塔琳娜放下手中的活站起身來，把手伸給我之時，庫爾特少爺嚷嚷著走進房間，所以她只說：「再見，約翰！」我便離開了。

前屋裡我握住老狄特熙的手，他已經幫我打理好了背囊和手杖，於是我走在兩排橡樹通往森林的路上。但我覺得不能就這樣走了，似乎還缺少一個臨別祝福，因此常常停下來往後看。我也沒走穿越杉林的路，而是邁步向更寬廣的馬車行駛的街道。晚霞已經在森林上方升起，我必須在夜幕降臨前快快趕路。「再見，卡塔琳娜，再見！」我輕聲說，手杖重重地敲在地上。

就在步道拐進大街的地方——我的心因狂喜而停止跳動——她突然從濃密的杉林中冒了出來，兩頰發紅跑過來，跳過路邊乾涸的溝渠，絲緞般的棕髮從金色髮網流瀉而出，我伸出雙手接住了她。眼睛閃著光，尚且上氣不接下氣，她凝視我。「我——我從他們那裡跑過來的！」她終於結結巴巴開口，然後放一個小包裹在我手上，她輕聲補上一句：「是我送的，約翰！可不許看輕它唷！」她的臉忽然籠上一層黯然，鼓起的小嘴還想說點什麼，眼淚已奪眶而出，憂傷地搖著頭，急忙走了。昏暗的杉林路上，她的衣裳從我的視線中消失，接下來，我兀自聽到遠方有踩過樹枝的聲音，然後我孤身站著。好安靜，聽得見葉落，我打開小包裹，是她常拿給我看的教父金幣，[10]還有一張小紙條，我就著夕陽的餘暉看。上頭寫著「應急用的」——我舒展雙手：「再見，卡塔琳娜再見，再見！」我對著安靜的森林大概喊了一百遍，這才於夜幕低垂時抵達城裡。

那之後約莫又過了五年——我今天要如何全部找尋回來？

說著我已來到了前屋，看見莊園下方那些老菩提樹，莊園住宅那兩堵尖尖的山墻，

---

10 受洗時教父或教母所贈之金幣。

就藏在淺綠色的樹葉後面。我正想穿過大門時，莊園裡有兩條戴著有刺項圈的淺灰色牛頭犬朝我狂奔而來，發出嚇人的嚎叫，其中一條跳到我身上，白色的牙齒貼著我的臉。我從來沒有在這個地方領教過這類歡迎儀式。很幸運的，大門上傳來一聲呼喚，從房間裡發出的，聲音粗啞，但聽在我耳中卻無比親切，從樓梯一直傳下來，而門外走道下，老狄特熙走了過來。

我仔細端詳，心中了然，我的確在國外待了很久一段時間，因為他的頭髮全都白了，原本興味盎然的眼睛，望著我的眼神已經黯淡無光。「約翰先生！」他總算開了口，把兩手伸給我。

「日安，狄特熙！」我對他說，「莊園裡什麼時候養了這樣凶狠的狗，像狼一樣攻擊客人？」

「哎，約翰先生，」老人說，「是少爺帶回來的。」

「他在家嗎？」

老人點點頭。

「好吧，」我說，「養狗是對的；打仗以來還有很多逃難的人滯留不歸呢。」

「唉呀，約翰先生！」老人仍舊站著，好像不打算讓我進莊園的樣子，「您來的不是時候啊！」

我望著他，只說：「當然，狄特熙，現在從窗口看出去的不是農夫，而是狼；我都瞧見了；但和平已經到來，況且古堡的善心主人將伸出援手，他一向慷慨。」

我一邊說一邊想走進莊園，雖然兩條狗仍在一旁狺狺吠叫；老人擋住了我的去路，「約翰先生，」他說，「您進去之先，先聽我說！雖然王室郵政把您從漢堡寄出來的信送到了這裡，但沒能送到正確的收件人手上。」

「狄特熙！」我嚷了起來，「狄特熙！」

「是，是，約翰先生！這裡的好日子已經結束了，我們的好主人葛哈德先生躺在那邊小教堂的靈柩裡，旁邊的燭台上點著蠟燭。村裡現在不同了，但是……我是個順從的人，還是別說話的好。」

我想問：「小姐，卡塔琳娜在家嗎？」但話到嘴邊又嚥回去。

莊園內主要住宅的後方有一間用石塊建的小教堂，據我所知已經空置很久了，我應該去那裡看看葛哈德先生。

我問老雇工，「小教堂是開著的吧？」他答是，於是我拜託他管好狗，然後走過莊院，誰也沒碰到，只聽到菩提樹上有一頭鶯在唱歌。

小教堂的門半掩，我輕手輕腳，甚至忐忑不安地走進去。打開的棺木就放在那裡，搖曳的紅色燭光投在受人敬愛的主人那張高貴的臉上，籠罩死者身上陌生又遙遠的氛圍告訴我，他現在是另一個國度的人了。我想屈膝跪在遺體旁禱告，棺木邊上有一張年輕蒼白的臉抬了起來，黑紗蒙住的臉驚惶地看著我。

然而就只有一剎那，那雙棕色眸子真摯地朝我望過來，幾乎是一聲高興的呼喚：「哦，約翰，是你嗎？啊，你來得太晚了！」我倆隔著棺材握住對方的手；是卡塔琳娜，她變漂亮了，在有一張死者面容的這裡為我心中注入一股溫熱的生命力。她眼中那道狡黠的光因驚嚇而褪去，但棕色的鬈髮露出了黑色小帽，蒼白臉蛋上的飽滿嘴唇更顯紅潤。

我不知所措地看著逝者，說：「我來時懷抱著希望，要用我的藝術創作親自謝謝活生生的他，與他面對面坐上幾小時，聆聽他溫和、富啟發的話語。現在讓我捕捉這稍縱即逝的音容吧。」

成串的淚珠滾落她的兩腮，她不發一語看著我，於是我坐在一張椅子上，在隨身攜帶的小紙上，把逝者的臉畫下來。我的手顫抖著，我不知道是不是緣於逝者崇高之故。

畫著畫著，我聽到外頭莊園傳來一個聲音，我認出是伍爾夫少爺，旋即有一條狗像被踢了一腳或遭鞭笞似的慘叫傳來，然後是笑聲和一句咒罵，也是我熟稔的聲音。

我抬眼看卡塔琳娜時，她驚惶的眼睛呆呆地盯住窗戶，那個聲音和腳步聲走遠了。她這才起身，來到我身邊，看我筆下她父親的臉。沒過多久，外頭傳來一記腳步聲，就在這一瞬間，卡塔琳娜把手放在我肩上，我感覺得到她的身子在發抖。

此時小教堂的門打開了，我看見伍爾夫少爺，他一向沒有血色的臉現在很紅潤，而且變圓了。

「妳蹲在棺材旁幹嘛！」他對他妹妹說，「馮德瑞奇家的少爺來過了，來表達哀悼，妳應該為他送上一杯酒！」

他同時察覺到我也在場，一對小眼睛打量著我。「伍爾夫，」卡塔琳娜說，與我一起走向他，「他是約翰，伍爾夫。」

貴族少爺不認為有必要與我握手，只是覷著我紫羅蘭色的短外套，說：「您穿了一件彩色的羽毛獸皮，大夥兒得稱呼您『先生』了！」

「您喜歡怎麼叫我，就那麼叫吧！」我說，然後我們走進屋子。「我在我打那裡來的地方，姓名前面並不缺『先生』。您想必知道，令尊的兒子有權力要求我報答他的恩情。」

他有點驚訝地看著我，口中卻只說：「好了，您想讓我們瞧一瞧，您花我父親的錢學到了什麼；我會付您酬勞的。」

我想說關於酬勞，我早就領了；但這位年輕貴族克制住自己，就像高尚人士應有的舉止，於是我問他，他要交辦我什麼樣的任務？

「您應該知道，」他說，停下來瞪著他妹妹，「貴族家的女兒離家時，必須留下她的畫像。」

我覺得，這些話讓正朝我走來的卡塔琳娜拐了一下，她慌忙抓住我的大衣；但我很鎮定：「我曉得這種風俗，伍爾夫先生，但您的意思如何？」

「我的意思是，」他口氣僵硬，好像在等人回話，「應該由您來為這棟房子的女兒畫畫！」

我突然覺得害怕，不知是這些話的語氣或是含意而起，心裡想的卻是，現在可不是開始畫畫的好時機。

卡塔琳娜沉默著，投向我的目光卻充滿了哀求，於是我回答：「如果您高貴的妹妹賜我這份榮幸，我但願不致於毀了您父親對我的照顧和我師傅傳授我的技藝。請把我的小房間整理好，就是入口前老狄特熙住的地方，我就依照您所吩咐的去做。」

少爺很滿意，對他妹妹說，她最好找人為我準備一份點心。

開始工作前我想提幾個問題，但我再次沉默，因為得到這份差事心中驀地欣喜若狂，以致於我擔心一開口就會表露無遺。我也沒注意到井邊有兩條躺在發熱石頭上曬太陽的惡犬，我們走近時，牠們一躍而起，對我張開大口，卡塔琳娜大叫一聲，少爺吹一聲尖銳的口哨，於是牠們嗚嗚地往他的雙腳蹭過去。「見鬼，」他笑著說，「兩隻好傢伙。攻擊一頭豬，還是一個穿戴整齊的人，對牠們來說都一樣！」

「喔，伍爾夫少爺，」我忍不住開口，「我下次再來府上做客吧，好讓您的狗先學好規矩！」

他的小眼睛盯著我，一邊撥弄著他的鬍子，「牠們只是表示歡迎而已，約翰先生！」他說著邊彎下身去撫摸牠們。「這樣大家就會知道，這裡現在由新主人管理；誰要是礙著我，我就把誰送進魔鬼的咽喉！」

他一邊從口中激動地吐出最後那幾句話，一邊站起來，吹口哨叫他的狗，然後走向莊園大門。

我目送他一會兒，然後與站在菩提樹蔭下不發一語、低著頭的卡塔琳娜，一起登上通往主宅的露天台階；我倆同樣默默地一起爬寬寬的樓梯到樓上，進入已逝的葛哈德先生的房間。這裡一如我以前見過的那樣，金花皮壁紙，牆上掛著地圖，乾淨的羊皮紙卷放在架上，書桌上有范勒伊斯達爾[11]晚期的美麗森林畫作，還有書桌前的空沙發椅。我的目光停駐其上，猶如我在小教堂裡凝視長眠者的身軀，現在我也覺得這個房間的靈魂被抽空了，雖然外頭森林裡的春陽從窗戶照進來，室內卻充滿了死亡的寂靜。

此刻我幾乎忘了卡塔琳娜，一轉身，她一動也不動站在房間中央，我看見她一雙交握的小手猛然抓住胸膛。「不是嗎？」她低語，「這裡現在沒有人了；除了我哥哥和他凶悍的狗。」

「卡塔琳娜！」我提高聲音，「你們怎麼了？令尊這棟房子裡發生了什麼事？」

「什麼事，約翰？」她簡直是粗魯地抓住我的雙手，青春的眼睛噴出怒火與痛苦。「不，不，先讓父親在墓穴中安眠吧！然後，你要畫我的像，你會留在這裡一段時日，然後，約翰，幫我；看在已逝者的份上，幫幫我！」

聽她說這些話，出於同情與愛意，我跪倒在這個美麗甜美的女孩前，對她發誓將全力以赴。她靜靜地流著淚，我們併肩而坐，回憶起已逝者的種種，好久好久。

當我倆走下樓時，我問起那位老小姐的下落。

「噢，」卡塔琳娜說，「烏蘇姑姑！想和她打聲招呼嗎？啊，她還在，她的房間就在樓下，她早就爬不動樓梯了。」

我們走進一間正對著花園的小房間，綠色的矮樹籬牆前面的花圃上，鬱金香破土而出。烏蘇姑姑的喪服和縐紗帽都是黑色的，像縮成一團似的，她坐在一張高高的沙發椅上，面前放著一盤孔明棋，是男爵先生在父親過世後，真的是基於對她的敬愛，從呂北克帶回來送她的；她後來也這麼告訴我。

「好，」她說，因為卡塔琳娜報出我的名字，她小心翼翼把小棋子一個挨一個放好，「回來啦，約翰？——不，還沒完！這遊戲可真難！」

接著她把小棋子一個疊上一個，看著我，「哎呀，」她說，「他多稱頭，但他知道自己來到一戶喪家嗎？」

「我知道，女士，」我答道，「但我走進大門時還不曉得。」

「好吧，」說著她很安慰地點點頭，「所以他其實根本不是僕人。」

卡塔琳娜蒼白的臉上掠過一絲微笑，我因此不需要尋找答案了。我大事讚美這位老淑女優雅的房間，外頭從小塔那裡爬上圍牆的長春藤鑽進窗戶裡，綠色的卷鬚在窗玻璃前搖來晃去。

但烏蘇姑姑說，夜鶯這會兒又開始夜啼了；若是少了牠們，她就睡不著覺；一方面

---

11 Jacob Isaackszoon van Ruisdael, 1628/29-1682，荷蘭風景畫家。

也是這裡實在偏僻，僕人並非近在眼前，外頭花園裡除了園丁助手修剪灌木叢或整理花壇之外，一點兒動靜也沒有。

登門拜訪到此告一段落，卡塔琳娜提醒，到了讓我舟車勞頓的身子休息的時候了。現在我住在我的小房間，或者說莊園前屋也行，老狄特熙高興極了；晚上收工後，我們坐在他有提把的板條箱上聽他閒話家常，就像我小時候那樣。他會抽上一斗煙，這個習慣隨著打仗的人帶進來，在此地已蔚為風氣，然後講起過苦日子時的各種故事，外來軍隊如何把人趕到莊園，村裡的人又受了哪些罪等等；有一次，我請他講有關好心的卡塔琳娜小姐的事，起先他簡直停不下來，卻還是戛然中斷，盯著我看：

「您知道，約翰先生，」他說，「您沒有那邊馮德瑞奇家那樣的家族紋章，實在太可惜了！」

這句話讓我的臉脹得通紅，他粗硬的手拍拍我的肩膀，說：「好，好，約翰先生，算我說了笨話。上帝把我們造成什麼，我們就是那個樣子囉。」

我不知道那時候我是否同意他的看法，只問馮德瑞奇現在長成什麼模樣了。

老人機靈地望著我，使勁地抽他的短菸斗，好像昂貴的菸草就長在田梗上，便宜得不得了似的。「您想知道嗎，約翰先生？」然後開始敘述，「他是很開朗的貴族少爺，基爾節慶[12]時射門上的裝飾；您想得到他有上好的槍法哩！小提琴倒是拉得很不高明；他因為太喜歡詼諧的音樂，最近半夜裡帶著劍敲開住在荷爾斯騰門的樂手的家門，又不讓對方從容地穿上外套和長褲。掛在天上的不是太陽，而是月亮，那個寒冷的一月初，石頭和腿都凍住了，只穿著一件襯衫的樂手跑在提著劍的少爺前面，一邊穿越巷弄一邊拉小提琴！您還想多知道一些嗎，約翰先生？他家的農夫都很慶幸上帝未賜予他們女兒；但是，他父親過世後他變有錢了，我們的貴族少爺，您想必知道，之前就把繼承的財產花光了。」

我知道的夠多了，而且老狄特熙也說起了他的口頭禪「但我只是個順從的人」，就此結束了談話。

寄放在金獅客棧的衣服和畫具一起從城裡運了過來，所以我現在可以合宜地穿著深色衣服現身了。白天我做自己的事，莊園住宅的樓上，已逝的主人房間旁邊是一間大廳，寬敞，天花板又高，牆上幾乎掛滿了真人大小的畫像，只有壁爐旁邊有容得下兩個人的空位。畫中人都是葛哈德先生的先祖，泰半為眼神認真又嚴肅的男人和女人，有一

12 一四三一年開始在德國基爾舉行的貴族與商人的年度會面暨交易，同時也舉行街頭慶祝活動。

張令人信賴的臉。最後是正當盛年的他與卡塔琳娜早逝母親的畫像。最後兩張畫出自我們同胞的手筆，艾德史特城的喬治．歐文斯，筆觸很強烈；我試著用畫筆重現我的高貴保護人的輪廓；我畫年輕時的他，只是為了讓自己高興；但是到了最後它變成一張巨幅畫像，現在仍在我寂寞的房間裡忠誠地陪伴我，他女兒的畫像則活在我心中。

我經常於放下調色板之後，駐足於那些美麗畫像前良久。卡塔琳娜酷似她的雙親：她有父親的額頭，母親嫵媚的唇；伍爾夫少爺那冷硬的嘴角以及一雙小眼睛在哪裡？一定源自很多代之前！我慢慢沿這排古老畫像走，一直走到一百多年前的作品處。然後我看到一幅黑色木框已經被蟲蛀掉的畫像，我小時候就靜靜地站在它前面過，彷彿是它把我挽留下來。畫中是一位年約四十的高貴女士，僵硬的臉被從頭包到下巴的白布和面紗帽子遮去一半，一對灰色眼珠冷冷地瞪出來。我在這個離世已久的靈魂之前感到些微恐懼，於是我對自己說：「這裡，就是了！大自然的路徑多神祕呀！其血液世俗又隱密地繼續在子孫身上流淌，久已被遺忘，忽然又出現，活著的人覺得不祥。我要保護卡塔琳娜，不是免於受高貴的葛哈德先生之子，而是不受這位畫中人血脈後代的欺壓。」我再次來到那兩張最後的畫像前，精神重新振作起來。

我就這麼在寂靜無聲的大廳裡待著，四周只有在逝者陰影下飛舞的灰塵。

只有午餐時才看得到卡塔琳娜，老淑女和伍爾夫少爺就在一旁，假使烏蘇姑姑沒用她高亢的音調說話，那便是無言又壓抑的一頓飯，以致於我常食不知味。原因不在於為逝者悲傷，而在於哥哥與妹妹，好似他們之間的桌布一切為二。每次卡塔琳娜幾乎沒碰食物，馬上就離席之際，連眼神都鮮少與我交會；少爺要是心情還不錯，就會留我喝一杯；我若不想不勝酒力而不陪他，說些空話搪塞時，他便滿口尖酸刻薄。

棺木封起來好些天之後，葛哈德先生在村裡的教堂下葬，那是家族墓園，他的遺骨將與先祖一起長眠，逝者與他們一起喜獲重生。

雖然有一些從城裡來的人以及周圍的地主們參加這場葬禮，但親屬只有少數幾位，而且皆為遠親；伍爾夫少爺是他氏族之碩果僅存，況且葛哈德的妻子不是本地人，因此葬禮結束後，大家很快就離開了。

現在，這位貴族少爺催促我快點動筆，我就在掛滿畫像的大廳裡選了一個朝北窗邊的位子。患有痛風的烏蘇姑姑無法爬樓梯，所以認為她的房間最適合作畫，不然一旁的房間也很不錯，這樣我倆才可以聊聊天。但我非常樂意遠離這些親戚故舊，認定西邊才是作畫的好地方，她怎麼說都不管用。我更常在早晨拉上大廳內的側窗，把高高的畫架放在那裡，最後幾天在狄特熙的協助之下，一人悶著頭畫。

當我用亞麻布把畫框蓋起來時，葛哈德先生房間的門打開了，卡塔琳娜走進來。究竟為了什麼，很難說清楚；但我覺得這次我倆幾乎都嚇了一跳，面面相覷站著；她年輕的臉龐在尚未換下的黑色衣服襯托下，帶著甜美的狐疑看著我。

「卡塔琳娜，」我說，「妳知道，我應該為妳畫一幅畫。妳不會不願意吧？」

她眼中棕色的星光黯了下去，她輕聲說：「你為什麼這麼問，約翰？」

一滴幸福的露水滴在我心上，「不，不，卡塔琳娜！告訴我，我能為妳做點什麼？坐，我們才不會一副很吃驚的樣子，然後談話！或者，我知道要幹嘛，妳不需要告訴我！」

但她沒有坐下來，她走近我，「你還記得，約翰，以前你用弓把小淘氣射下來的事嗎？這次牠又在鳥窩上頭窺伺了，但你不必射牠，我不是任牠撕碎的小鳥兒。然而，約翰——我有一位生死之交——幫我趕走他！」

「妳是說妳哥哥，卡塔琳娜！」

「我沒有別的哥哥，我痛恨這個人，他想把我嫁出去！父親久病在床那段日子裡，我和他為了他不光采的行為爭吵，在棺木旁他才勉強同意，讓我安靜地為父親守喪，但我知道他將不會信守承諾。」

我想到住在普雷茨安養院裡的一位小姐，葛哈德先生唯一的手足，不知她能否提供保護和避難處呢？

卡塔琳娜點點頭，「你願意當我的信差嗎，約翰？我已經寫信給她了，但她的回信到了伍爾夫的手裡，而且不讓我知道，我是從我哥哥爆發的脾氣揣度出來的，他的怒吼足以灌飽不久於人世之人的耳朵，若他還聽得見這世界的聲響的話；幸好仁慈的上帝已為那個親愛的人覆蓋上最後一塊泥土了。」

卡塔琳娜現在應我要求坐在我對面，我在畫布上畫下輪廓。我們沉著地商量，若我的工作進行順利的話，我必須去漢堡一趟，向那裡的木雕業者訂一個畫框，於是我們想，我可以繞道去普雷茨傳達訊息。但首先我得快快作畫。

人與人之間經常奇特地對立，少爺想必知道我站在他妹妹那一邊；雖然——這裡指他心高氣傲——沒把我看在眼裡，不然就是他以為先前的威脅夠讓我知難而退——我擔心的事並未發生。從第一天開始，卡塔琳娜與我就沒有受到他打攪。有一次他走進來，但只針對她的喪服大聲說了一些話，摔上門離去，我們很快便聽到他在莊園裡吹起一首騎馬小曲。另外一次他身邊還跟著馮德瑞奇家那位，卡塔琳娜因而遽然變了姿勢，我拜託她回到座位，然後靜靜地繼續畫。自從舉行葬禮那天我和他拘謹地打過一次招呼之後，庫爾特少爺就沒有來過莊園；現在他靠過來端詳畫作，說些奉承的話，也曉得為什麼畫中的小姐把自己裹得密不透風，不讓她絲一般的鬈髮自在地垂在頸項上；如同一位英國詩人貼切的描寫：「拋送輕吻到風中。」一直都沒講話的卡塔琳娜現在卻指著葛哈德先生的畫說：「你大概認不出來，那是我父親呢！」

庫爾特如何回答，我已不復記憶，我畫中的人對他來說似乎不存在，或者與一個機器無異，就只是畫在畫布上而已。接下來他與我聊了起來，但卡塔琳娜都沒接話，不久他就告辭，並祝她愉快。

說這話時，我看到他飛快地朝我投來刀尖般銳利的一瞥。

我們再也不必忍受其他的攪擾了。隨著季節變化，工作也有進步。森林牧場上的黑麥已經開出銀灰色的花來，下面花園也綻放著玫瑰；我倆——今天我很樂意記下來——我們現在要讓時間停下來，只消一句話，我便勇敢地踏上我的信差之旅，但她和我都沒談及此。我們談了什麼，我不太記得了，只知道我向她描述我在異國的生活，我如何想家，還有她的金幣在我有一次生病時使我免於受苦，那是她幼小心靈對我的關懷，而我後來如何努力並焦急不已，直到我又從當鋪把那個貴重的東西贖回來為止。她開心地笑了；那張甜美高貴的臉從陰暗的畫布背景中綻放笑靨；我覺得那簡直不是出自我的手。偶爾她似乎目光熱烈地看著我，但我想捕捉時，目光中的熾熱倏忽溜走。然而，它透過畫筆悄悄地流淌於畫布上，以致於我自己幾乎不曾意識到會畫出一幅心醉神迷的畫來，我的手之前從未畫過，往後再也畫不出來。時候終於到了，確定我隔天就要踏上旅途。

卡塔琳娜把寫給她姑姑的信交到我手中時，她再次坐在我對面。今天我們不再互相打趣，我們都很嚴肅且憂心忡忡；在這中間我的畫筆還這裡添一筆，那裡描一下，間或往牆上那群沉默的人看一眼，否則卡塔琳娜在的時候，我很少想到他們。

畫畫的當兒，我的目光落在那幅年老女士的畫像上，它就掛在一旁，凸起的灰色眼睛透過那條白紗巾對準了我。我不寒而慄，差一點踢到椅子。

卡塔琳娜悅耳的聲音傳進我的耳朵：「你的臉幾乎沒有血色。你心裡在想什麼，約翰？」

我用筆指著那幅畫像，「妳知道她嗎，卡塔琳娜？那對眼睛每天都在這裡望著我們。」

「那邊那個嗎？我小時候就很怕她，甚至大白天都經常閉著眼打這裡走過。那是以前一位葛哈德的妻子，一百多年前就住在這裡。」

「她不像妳漂亮的母親，」我說，「這張臉有辦法對每一個人的請求說不。」

卡塔琳娜很嚴肅地看著我，「聽說，她詛咒了她唯一的孩子；第二天有人從花園池塘裡撈出那位蒼白的小姐，池塘後來填起來了。應該就在矮樹籬後面，通往森林的那個地方。」

「我知道，卡塔琳娜。今天那裡的地上還長著木賊和蘆葦呢。」

「那你也知道，約翰，若是家中恐怕將有災難，這些先祖中的一位會預告嗎？會看到她從窗邊掠過，然後消失在外面的花園沼澤裡。」

我的眼睛不由自主再度轉向那幅靜止的畫像，「為什麼，」我問，「她要詛咒她的小孩呢？」

「為什麼？」卡塔琳娜遲疑了一下，然後有點困惑、嫵媚非常地注視著我，「我想，她不想她母親家的親戚當她的丈夫。」

「他很討人厭嗎？」

一道近乎哀懇的目光向我投過來，她的臉染上了濃濃的玫瑰紅，「我不知道，」她不安地說，聲音很低，低到我幾乎聽不見，她補上一句：「有人說她愛上了另一個人，一個不屬於她階級的人。」

我扔下畫筆，因為她目光低垂坐在我面前，若非那雙小手從腿挪移到她的心上，她簡直就是一幅動也不動的畫。

優美極了，但我終究開口說：「這樣我沒法畫，妳不想看我嗎，卡塔琳娜？」

她抬起棕色眼眸上的睫毛，再也沒有隱而藏之的東西，那道光芒熾熱、磊落地照射到我的心中。「卡塔琳娜！」我跳起來，「那位女士難道也詛咒了妳？」

她深吸了一口氣，「沒錯，約翰！」她的頭偎在我的胸前，我倆在這幅女性先祖的畫像前緊緊相擁，她冷若冰霜，帶著敵意俯視我們。

卡塔琳娜輕輕地把我拉開，「不要反抗，我的約翰！」此時我聽到樓梯間有動靜，好像有什麼人拖著腳很費勁地爬樓梯。所以卡塔琳娜與我分別坐回位子，我拿起畫筆和調色板之時，門開了，是烏蘇姑姑，出乎我們意料，她拄著拐杖邊咳嗽走進房間。「我聽到，」她說，「他要去漢堡買畫框，我說什麼都得看看他的作品不可！」

眾所皆知，上了年紀的未婚女性對愛情高度敏感，經常使得年輕人困窘又難過。烏蘇姑姑看到卡塔琳娜的畫像，這是她第一次看見，她滿是皺紋的臉很神氣地抬高，立刻問我：「這位小姐就像畫中那樣盯著你看嗎？」

我答這不過是繪畫的藝術罷了，並不只是複製那張臉。但一定是我們的眼神或兩頰透露了什麼引起她注意，她的目光來回逡巡。「就快畫完了吧？」她接著用她尖細的嗓音說，「妳的眼睛閃著憂鬱的光，坐太久對妳沒好處。」

我回答畫像就快完成了，只有衣服還得再修飾一下。

「喔，所以，你不再需要這位小姐在場！來，卡塔琳娜，妳的手臂可比那根笨拐杖好用多啦！」

我就這麼眼睜睜看著我剛剛才贏來的心愛珍寶，被這位乾瘦的老婦拐走了；那雙棕色眼睛連與我默默道別都辦不到。

第二天，施洗約翰節[13]前的星期一，我上路了。坐上老狄特熙為我準備的馬，一大清早我快快騎出了大門通道。穿越杉木林時，少爺的一條狗突然冒出來，猛地撞上了我座騎的腿。雖然我的馬也是伍爾夫家養的，但坐在鞍上的那個人卻比牠們更可疑。我和我的馬都沒有受傷，晚上就到了漢堡，不早也不晚。

隔天上午我就出門，很快找到了一位木雕師，他有很多現成的畫框，只需要組裝起來，然後在四角嵌上裝飾即可。都談妥之後，師傅應允裝箱後寄給我。

置身於這座有名的城市，對新鮮事物一向好奇的我，照理說要看的東西還真不少；譬如在船員公會有海盜史鐸特貝克[14]用過的銀杯，銀杯已成為這座城市的第二個標誌。假使沒看到這個，就像有一本書上說的，就不能說自己來過漢堡。此外，那條魔魚[15]也是這個時節在易北河裡捕到，牠有酷似老鷹的爪子，我偶爾會聽人說，牠出現意味著漢堡人就要讓土耳其海盜吃敗仗。一個真正的旅行者不應錯過這些新奇事物，然而我的心情夾雜著憂慮和思念，特別感到沉重。因此，我在一位商人那裡換了錢，付清了帳單之後，中午時分再度騎上我的馬，很快就把漢堡的喧囂拋到身後。

下午我抵達普雷茨，去女子安養院登記拜訪那位高貴的女士，不一會兒即被帶進去。我立刻從她雍容的模樣認出，她肯定是我敬重的已逝葛哈德先生的姊姊；只不過她的五官比她弟弟嚴肅得多，這也是未婚女性常見的現象。把卡塔琳娜的信交出去之後，我自己也得通過一場漫長而嚴格的考試；她表示願意協助，然後坐下來拿出紙筆，一位少女把我帶到另一個房間，我受到非常好的款待。

傍晚時分我才離去，心裡盤算著，雖然馬已經跑了不少路，但我仍然希望半夜裡去敲老狄特熙的門。那位年長女士寫給卡塔琳娜的信，我仔細地保存在一個皮袋裡，再放進貼胸的外套內。我騎快馬踏著漸深的夜色，不一會兒就想起她來，單只是想念而已，

13 六月二十四日。
14 Klaus Störtebeker, 1360-1401，德國海盜，有許多關於他的傳說故事。
15 指一六六二年五月八日有人在易北河捕到的一條奇形怪狀的大魚。

我的心再三因新生的愛意而感到震撼。

那是個溫熱的七月夜半，漆黑的田野間飄著野花的氣息，土堤上的香忍冬散放著芬芳；空氣中、樹葉間有看不見的小蟲在滑翔，要不就嗡嗡飛在馬兒大口喘氣的鼻子上；藍黑色的神祕天空上，天鵝座在東南方發出純潔美麗的光芒。

我終於又踏上葛哈德先生的田產和土地，立刻決定繼續騎到位於森林後方、馬車行駛那條路旁的村子。我想，小客店的店東漢斯．歐特森有一輛很方便的手推車，也許他明天就可以找個信差去城裡，幫我領漢堡寄來的箱子。我只消敲敲他房間的窗戶，就能把事情委任給他了。

於是我沿著森林邊騎進村莊，環繞我四周飛舞的螢火蟲頑皮地閃耀綠光，差點把我弄糊塗。不知不覺中，葛哈德先生安眠的那座高大又陰暗的教堂驀地出現在眼前；我聽見塔樓裡敲鐘報時的聲音，鐘聲於夜半時分一直傳進村莊。「他們都睡下了，」我自言自語，「教堂內的逝者，星空下教堂墓地下，活著的人在低矮的屋簷下，全都無言且朦朧地躺在你前方。」我繼續騎馬向前，當我來到可以看見漢斯．歐特森小客店的池塘邊時，我看到從店裡發出一道昏黃的光照在路上，並有小提琴與單簧管聲傳出來。

我想馬上和店東說話，就騎過去，將我的馬安置在馬廄裡。然後我踏上曬穀場，那裡擠滿了人，男男女女，一聲尖叫和熙熙攘攘，都是我往年不曾在舞會上留意過的景象。一根橫樑下的十字木頭上閃著脂肪蠟燭的光，黑暗中露出幾張留著鬍子的扭曲臉孔，不會有人希望在森林中單獨撞見他們的。但不僅小混混和年輕的農夫樂在其中，樂手們坐在農莊入口走道前演奏，貴族少爺馮德瑞奇也站在那裡，一隻手上拿著他的大衣，另一隻臂膀上挽著一位結實的姑娘。他好像很喜歡那個小東西，因為他唰一聲扯下樂手手上的小提琴，丟了好多銅板給他的胖姑娘，要求他們為他演奏新流行的雙人華爾滋。樂手們很快就順了他的意思，美妙的音樂才響起，他就嚷嚷著請大家讓路，跳進雜沓的人群中。接下來，農村小伙子們全都睜大眼睛，看他把那姑娘攬住，和老鷹抓住一隻鴿子沒兩樣。

我走開了，進入後面的房間找店東說話。伍爾夫少爺坐在那裡，就著一壺酒，老歐特森坐在他旁邊，而他用各種玩笑捉弄他；譬如威脅要提高他的利息，那個嚇壞的男人低聲下氣求他發發慈悲的當兒，他捧腹大笑。他瞧見我了，但不想就此打住，直到我坐過去，成為同一桌的第三人為止。他問我旅途之事，我在漢堡玩得開不開心；我只回答我剛回來，畫框不久就會送到城裡，屆時就請漢斯・歐特森用他的小手推車運回來便是。

我商量這樁事的時候，馮德瑞奇家的那位也闖進來，對著店東大叫，火速送上冷飲。舌頭已經打結的伍爾夫抓住他的手臂，強押他到一張空椅上。

「喂，庫爾特！」他大聲說，「你的姑娘還沒讓你發膩哩！卡塔琳娜會怎麼說？來吧，我們來玩一局正流行的牌戲！」說著他從外套抽出一副紙牌，「開始！十和皇后！皇后和傑克！」

我仍然站在那裡看他們玩牌，時下正風行這種牌戲；心裡只盼望夜快點過去，早晨儘速來到。喝醉的那位這回卻贏了比較清醒的人；馮德瑞奇接二連三打錯牌。

「別難過，庫爾特！」伍爾夫少爺說，一邊沾沾自喜地把銅板掃成一堆。[16]

愛情得意
賭牌也得意，
想想，對一個人而言
實在太多！

「讓這位畫家說點你美麗新娘子的事！他對她知之甚詳；你從創作即可得知。」

我推測，另外那位大概不太清楚戀愛與幸福是怎麼回事，他邊罵邊敲桌子，目光森冷地往我這裡瞧過來。

「哎呀，你吃醋了，庫爾特！」伍爾夫愉快地說，好像他打結的舌頭細細品味每一個字似的，「但別難過了，畫像已經配好框了；你的朋友，這位畫家，才從漢堡趕回來。」

我看到這些話讓馮德瑞奇家的像警犬嗅聞東西那樣，打了個顫。「今天從漢堡？他一定穿了神奇斗篷；因為我的小廝今天中午才在普雷茨看到他呢！在女子安養院，他去拜望妳的姑姑。」

我的手突然伸向我放內裝那封信小袋子的胸膛，因為伍爾夫少爺的朦朧醉眼正對準我，而我只能想，我所有的祕密都攤在他眼前了。他沒有看很久，紙牌啪叮一聲飛到桌上。「喲！」他大聲嚷嚷，「女子安養院，找我姑姑！您做兩份差事呀，小伙子！誰要您送信過去？」

「不是您，伍爾夫少爺！」我回答，「這樣答覆您就足夠了！」我想拔出我的劍，但劍不在我身上；這會兒才想起，牽馬到馬廄的時候，我把它掛在鞍橋上了。

那位貴族少爺又在對比他小的夥伴窮吼亂叫：「撕開他的外套，庫爾特！我拿這堆

---

16 強調賭注不大，只以銅板計算。

錢和你打賭；你將找到一封措詞優美的信，而你不會想要看到它。」

同一瞬間我覺得馮德瑞奇家的手已經探向我的身體，我倆展開一場怒火中燒的扭打。我很快就發覺，我已不再像孩提時那樣，輕而易舉便能扳倒他；但天助我也，我制住了他的雙手，於是他如同被綁了似的站在我面前。我倆誰也沒說話，但我們現在狠狠盯著對方，心裡再清楚也不過，站在面前的，就是自己不共戴天的敵人。

伍爾夫少爺似乎也這麼想。他迅速從椅子上站起來，一副要幫馮德瑞奇的樣子；但大概是喝多了，他腳步不穩地又回到位子上。接下來他用他不靈活的舌頭拚命喊：「嘿，韃靼！土耳其人！你們藏到那裡去啦！韃靼！土耳其人！」現在我明白了，這兩隻可惡的野狗以剛才我在曬穀場上看見他倆晃來晃去的德性，極可能會跳上來掐住我毫無遮蔽的咽喉。即使跳舞的人十分喧騰，我仍聽得見他倆的喘息聲，於是我出其不意把敵人摺倒在地上，從一扇側門迅速鑽出房間，用力摔上門，獲得了自由。

忽然間，四周只見寧靜的夜、月光和星光，我還不敢去馬廄牽馬，很快翻過一堵牆，跑過田野去森林。我很快就到達了森林，嘗試找出莊園主宅的方向，因為小樹林一直延伸到花園圍牆那裡。雖然樹葉擋住了天光，但我的眼睛已經適應了黑暗，那個小袋子安然無恙在我外套底下，於是我活力充沛地疾馳向前；剩下來的夜晚我還想在自己的房間裡休息呢，然後問問老狄特熙到底發生了什麼事；我知道不能再待在這個地方了。

我偶爾會停下腳步，側耳傾聽。離開時關上了通往古堡的門，搶得了先機：沒聽到任何狗吠了。當我走出陰暗，踏進月光照射的路時，我聽到不遠處有夜鶯在歌唱；於是我循著牠們的歌聲踏著步子，因為我很清楚牠們就在花園四周的矮樹籬築巢；現在我已知道自己身在何處，我距離莊園已不遠。

跟著柔美的歌聲走，黑暗中愈聽愈真切，突然有別的聲音灌進耳朵，瞬間靠近，使我全身的血液凍僵。我確信是狗穿過了矮林；牠們緊跟著我的足跡，我已經聽到牠們大口呼吸以及踩在乾枯樹葉上急促的步伐。但上帝給予我慈悲的庇護；我從幢幢樹影中衝向花園圍牆，攀著一棵丁香樹的枝幹跳過圍牆。夜鶯仍在花園這裡唱著，山毛櫸投下長長的陰影。我曾經在離開這裡闖天下之前，與葛哈德先生散步到此處，「再看一眼，約翰！」當時他說，「也許你返鄉時，已經找不到我了，門上也不會寫上歡迎你的字，但我不希望你忘了這個地方。」

這一幕突然湧現我的腦海，我不禁苦澀地笑了起來；因為現在我就像一隻被追捕的野獸；再者，我還聽得到外頭伍爾夫少爺的狗在花園圍牆邊奔跑的聲音。這圍牆如我前一天所見並不高，狂怒的動物不可能翻不了牆；何況花園周圍沒有樹，只有濃密的矮樹籬以及過世主人房子那邊的花壇。圍牆內的狗吠聲有如勝利的嚎叫，危急中我想到那棵老長春藤樹，它強壯的枝幹攀上塔樓；出了矮樹籬的狗在有月光的地方稍事歇息，而我現在的地方夠高，牠們不會撲向我；只不過我的大衣從肩上滑落，被牠們的利齒咬個粉碎。

我死命抓著長春藤，害怕頂端脆弱的枝幹撐不了多久，四下搜尋，看能不能找到更好的支撐點；但除了身邊黑壓壓的長春藤葉之外，什麼都看不見。正情急間，我聽到頭上有一扇窗戶打開了，一個聲音傳下來——我希望再聽見那聲音，如果祢，我的上帝，盡快將我從這塵世召喚過去！

「約翰！」她喊著；輕輕的，但我清楚聽到自己的名字，於是我順著愈來愈脆弱的枝幹往上爬，使得原本在沉睡的鳥兒在我周遭大鳴大放，下邊的狗也拚命嚎叫。「卡塔琳娜！真的是妳嗎，卡塔琳娜？」

一隻顫抖的小手伸向我，把我拉向打開的窗戶；我看著她的眼睛，深邃處盛滿了驚恐。

「來！」她說，「牠們會把你撕碎。」於是我一躍進入她的房間。但當我進到裡面的時候，那隻小手就鬆開了，卡塔琳娜倒在窗戶旁的一張沙發椅上，眼睛閉得緊緊的。

粗粗的辮子垂在白色的睡衣上，一直到大腿處；月亮升上花園裡的矮樹籬，月光照進屋來，我看得分明。我像著了魔似的站在她面前；我未曾見過如此嬌媚，她看似完全屬於我；我的眼睛飽覽她的美貌。直到她的胸腔發出一聲嘆息，我才對她說：「卡塔琳娜，親愛的卡塔琳娜，妳在做夢嗎？」

她的臉上驀地掠過一抹痛苦的微笑：「我深信，約翰！人生好苦，夢卻甜美！」

但下邊的花園又傳來嚎叫，她嚇得站起來，「狗，約翰！」她大叫，「狗怎麼辦？」

「卡塔琳娜，」我說，「若我能為妳服務，我想，應該就快了；因為我走出這扇門之後，不可能再踏進這屋子裡來。」說著我拿出小袋子裡的那封信，也一邊敘述我在小客店與兩位貴族少爺起爭執的事。

她就著明亮的月光讀那封信；然後全心全意、誠摯地凝視我，我倆商量明天要在杉林裡碰面；卡塔琳娜得先打聽一下，伍爾夫少爺哪一天要動身去基爾參加約翰受洗節市集。

「好吧，卡塔琳娜，」我說，「妳有沒有看起像槍的東西，尺來長的硬傢伙，或者差不多的東西，我可以用來趕走下面那兩條狗？」

但她猶如從一場夢嚇醒過來，「你說什麼，約翰！」然後她一直放在腿上的手握住了我的手，「不，不要走，不要走！下面那邊是死路一條。你一走，這裡也死路一條了！」

我屈膝向她，偎在她的胸前，我倆心慌意亂擁抱在一起。「喔，凱特，」我說，「不幸的愛情啊！就算沒有妳哥哥伍爾夫；我不是貴族，沒資格追求妳。」

她甜甜又憂心地看著我，戲謔似的從嘴裡吐出：「不是貴族，約翰？我以為你也是呢！但是，哦，不，不！你父親只是我父親的朋友，不合這個世界的規定！」

「不，凱特；不是的，在這裡絕對不行，」我答道，把她青春的身軀抱得更緊些，「但在荷蘭那邊，那裡傑出的畫家就等同於德國的貴族，能跨越范戴克大師在阿姆斯特丹殿堂門檻的人備受尊崇。他們希望我留在那裡，我的師傅凡赫思特和其他人都是！等到我從那邊回來，再一年或兩年；然後我們就可以離開這裡；妳只要為我堅決抗拒妳那位粗魯的少爺就好！」

卡塔琳娜白皙的手撫摸著我的鬈髮；她親熱地擁住我，輕聲說道：「我讓你進我的房間，我也就必須成為你的妻子。」

你們絕對想像不到，這句話在我血管中激起火一般的電流，血液沸騰了起來。被那三個惡魔追趕，飽嘗憤怒、死亡恐懼以及愛情的男人，我的頭這會兒倚在這個最可愛的女人的腿上。

一聲刺耳的口哨響起，下面的狗旋即靜止，再一次尖叫，我聽到牠們瘋也似地狂奔而去。

莊園那邊有走過來的腳步聲；我們仔細聆聽，大氣都不敢喘一下。沒多久那邊有門打開了，然後關上，上了閂。「是伍爾夫，」卡塔琳娜輕聲說，「他把兩條狗關在馬廄裡。」一會兒之後，我們也聽到他走到樓下走道，旋轉鑰匙，腳步聲接著到了走廊，消失在少爺房間所在的位置。然後一切恢復平靜。

現在終於安全了，非常安全；但我倆聊天也有結束的時候。卡塔琳娜的頭往後仰；我只聽得到我倆的心跳聲。「我應該走了吧，卡塔琳娜？」我終於開口說話。

但她的玉臂無聲地把我的手拉到她的嘴邊。我走不了。

再也沒有任何聲響，除了夜鶯在花園深處啼唱，以及遠處矮樹籬後方流淌著潺潺水聲。

如果，像歌曲唱的那樣，美麗、不信教的維納斯在半夜裡甦醒，到處迷惑可憐人兒的心，那麼，這一夜情形亦同。天上的月光暗了下去，溫熱的花香從窗戶吹拂進來，森林那邊的夜晚閃著無言的光。喔，守護者，守護者，你的呼喚何其遙遠？

我仍然清楚記得，莊園那裡的公雞出其不意啼叫起來，而我因為手臂上枕著一位蒼白、泫然欲泣，不肯放開我的女子，竟沒留意花園那兒漸露晨曦，紅色的光照進了我們的房間。然後她才意識到，好似被嚇醒了過來，催促我快快離去。

再一個吻，再一百個；匆匆一句話：僕人吃午餐的鐘敲起之時，我們就在杉林裡碰面。然後——我自己不知道怎麼回事——我站在花園裡，在清晨沁涼的空氣中。

我拾起被狗咬爛的大衣，再一次抬起頭來，看見一隻蒼白的小手正對著我揮別。我幾乎嚇呆了，因為我回頭一瞥，在花園斜坡上，大概是塔樓旁邊下方的窗戶那裡，我好似在那後面看到一模一樣的我和同樣的一隻手；但她舉起手指作勢警告我，我覺得她的手毫無血色，瘦得與死人的手無異，但倏忽即從我眼前消失。雖然我先想到遠古祖先復活的傳說，但隨即說服了自己，那只是我受驚的感官用戲耍弄我。

於是，不管它了，我快步穿過花園，但不久便發覺，匆忙之際我踩進了蘆葦沼澤之中；一隻腳踝已經陷進去了，彷彿被什麼拽了下去。「唉，」我心想，「那個鬼魅逮到你啦！」我拔起腳來，翻過牆跑進森林裡。

茂密的樹蔭與我如夢也似的心境唱和；我依舊沉浸於微醺的夜晚，我不想與之分離。直到好久之後我從森林邊緣走到遼闊的田野間時，才真正清醒過來。有一頭小鹿立於銀中帶灰的黎明裡，頂上的天空有雲雀引吭破曉之歌，我抖落所有閒逸的夢，當下迫在眉睫的麻煩也衝進腦門。接下來要怎麼辦，約翰？你把那個珍貴的人兒搶過來；你知道，沒有她，你的人生便一無所有！

我所思索的，我認為是上上之策，若卡塔琳娜能安全棲身於女子安養院的話，我便返回荷蘭，在那裡獲朋友相助，然後盡快回來接她。說不定她能讓老姑姑心軟；最壞的情況——沒有最壞的情況，一定過得去！

我已經看見我倆搭乘三桅帆船，行駛在須德海[17]綠色的波浪上；我已經聽到阿姆斯特丹議會塔樓的鐘聲，看見我的朋友在港口、在人潮中向前推擠，開心地和我以及我美麗的妻子打招呼，然後興高采烈陪我們回到我們小而親密的家。

我心中滿載勇氣與希望，踏著強健迅速的步伐，似乎不消多時我就能獲致這份幸福。但事與願違。

思索中，我到達村莊，走進漢斯．歐特森的小客店，就是我昨夜不得不逃跑的地方。

「哎，約翰師傅，」老人從曬穀場那裡向我喊過來，「您昨晚和我們那位尊貴的少爺怎麼啦？我剛好在外面的賣酒櫃台；我回來時，他們正狠狠咒罵您；兩條在門邊休息的

17 荷蘭西北部的海灣。

狗也被您摔在古堡的門後哩。」

我從這些話揣度，老人不十分清楚發生了什麼事，於是我只答道：「您知道，我們從小就常常打打鬧鬧，昨天不過是積習難改罷了。」

「我曉得，我曉得！」老人說，「但那個少爺今天接管了他父親的莊園，您得保護自己，約翰先生；要小心這樣的主人呵。」

我不想反駁他，請他送麵包和飲料給我，然後去馬廄拿我的劍，也從背囊裡拿出筆和素描簿。

距敲午餐鐘還有一大段時間，於是我拜託漢斯．歐特森，請他兒子把我的馬送到莊園；他同意了。我再次走進森林。走到墳丘上，從這裡可以越過花園矮樹籬，看見莊園主宅那兩個突起的三角牆，我早就選定這個地方做為卡塔琳娜畫像的背景。我心想，等到盼望的時刻來臨，她自己也住在國外，再也不會走進她父親的房子時，她不致於完全看不見它；於是我拿出筆畫起來，細細描繪每一個她眼睛駐留的小角落。上色要等到在阿姆斯特丹才能完成了，等到我帶她去我們的家時，一進門就能看到這幅畫向她致意了。

幾小時之後，我畫好了，一隻小鳥飛過去，好像在祝福；然後我尋找我倆碰面的明亮處，躲在一棵濃密的山毛櫸的樹蔭下，渴望時間快快過去。

我應該立刻就睡著了，因為我是被遠處傳來的聲音吵醒的，我想那是莊園裡吃午飯的敲鐘聲。太陽熾熱地照下來，覆盆子的香氣溢出來。我回想起，以前卡塔琳娜與我到森林裡來採摘甜美的果子，然後展開一場奇特的幻想遊戲。不久我便瞧見灌木叢那裡她嬌小的身軀，一會兒她就站在我面前，她純真的女性眸子凝視著我，是我近來看到的樣子，而我現在就想，在下一剎那，真切地把她擁進我跳躍的心上。

一股恐懼突然襲來，她在那裡？鐘已經響了好一會兒，我一躍而起四下走來走去，我站著，仔細搜尋樹木之間的前後左右；恐懼爬上了我的心頭。卡塔琳娜沒有來，沒有踩在落葉上的沙沙聲，只有山毛櫸梢頭間或有夏風吹過。

滿腦子不好的預感，最後我還是走了，選了一條彎路回莊園。當我來到距離大門不遠的橡樹林時，與狄特熙不期而遇。「約翰先生，」他急忙走向我，「您夜裡已經去過漢斯・歐特森的小客店啦，他兒子把您買的東西送回來了。您和我們的少爺有什麼打算嗎？」

「你為什麼這樣問，狄特熙？」

「為什麼，約翰先生？因為我想保護您不要遭殃。」

「這是什麼意思，狄特熙？」我又問了一次，但我很不自在，好像這句話卡在喉嚨上。

「您會知道的，約翰先生！」老人回答，「我只是有所風聞而已，大概一小時之前吧，我想叫正在花園整理矮樹籬的小伙子。走到塔樓，樓上是我們小姐房間那個地方時，我看見老烏蘇姑姑與我們的少爺站得很近。他兩手交叉一聲也不吭，老婦人卻說了一籮筐的話，用她尖細的嗓音好好地數落了一番。她說話時一會兒指著地上，一會兒又朝上指那棵一直爬到塔樓的長春藤。約翰先生，我呢沒聽懂他們在說什麼，但卻留意到她把乾瘦的手舉到少爺的眼睛前面，好像在警告。於是我靠近些看，是一塊灰色的碎布，好像您那件大衣的料子呢。」

「繼續，狄特熙！」我說。老人的眼睛盯著我手上被撕爛的大衣。

「沒有什麼了，」他答道，「因為少爺忽然朝我走來，問我哪裡可以找到您。您得相信我，他其實是一條狼，眼睛裡閃爍著血腥的光。」

我問：「少爺在家嗎，狄特熙？」

「在家？我想是。但您在想什麼呢，約翰先生？」

「我想，狄特熙，我馬上去找他談話。」

但狄特熙的兩隻手抓住我。

「別去，約翰，」他急切地說，「至少告訴我發生了什麼事；老人平常都會給您不錯的建議呀！」

「待會兒，狄特熙，待會兒再說！」說著我掙脫掉他的手。

老人搖搖頭，「待會兒，約翰，」他說，「只有我們的上帝知道啊！」

然而我已踏步穿過莊園往那棟房子走去。少爺就在他房間裡，我在走廊上詢問的一位女僕如是說。

以前我只來過這間位於樓下的房間一次，放他已逝父親的書和地圖的地方，現在滿是武器，手銃以及手槍，牆上也安裝著各式獵人裝備；此外沒有任何裝飾，一副沒有人想在這裡待上很久的樣子。

跨過門檻之際我差點退縮，然而我聽到少爺說「進來」，就打開了門。當他從窗邊朝我走來，我看見他手上有一把騎士槍，他正操弄手槍的簧輪。他注視我，好像我是個瘋子。「哦？」他拖長了聲音，「千真萬確，約翰先生，但願不是他的鬼魂！」

「您以為，伍爾夫少爺，」我邊說邊走近他，「來到您房間的，和街上遇見的我不是同一個人！」

「我的確這麼想，約翰先生！您猜得真準！但總之您來的正是時候。我派人去找您了呢！」

他的聲音類似猛獸窺伺中蓄勢待發的震動，以致於我的手悄悄地滑向我的劍。我說：「請聽我說，請給我一點時間，伍爾夫少爺！」

但他打斷了我：「您最好先聽我說完！約翰先生。」他的話一開始緩慢，逐漸變成一聲怒吼。「幾小時以前，我頭昏腦脹醒過來，我想到就後悔，覺得自己像傻瓜，因為喝醉酒才會叫兩條野狗追你，但烏蘇姑姑把牠們從你的獸皮上咬下來的破布拿給我看，見鬼！我現在只後悔，那兩條狗還留下這個東西！」

我又試著想說話；因為少爺一語不發，我於是想，他會聽我說。「伍爾夫少爺，」我說，「我不是貴族，這是事實，但我的本事並非等閒，因此我希望可以趕上階級較高的人。我婉轉地請求您，請您將令妹嫁予我為妻——」

我的話卡在嘴裡，他蒼白臉上那幅古老畫像中的眼睛瞪著我。一聲刺耳的笑灌進我的耳朵，射擊，然後我倒下，只聽見我未及細想差點拔出的劍，噹一聲從手中掉到地上。

之後過了好幾個星期，我在灰白的日光下坐在村裡最後一棟房子前的小板凳上，無神地往森林裡看過去，莊園主宅就在它的另一端。我愚鈍的眼睛始終在尋找一個新的點，我想像著在已然轉黃的樹梢上方，看見卡塔琳娜的小房間。我沒有她的消息。

有人把受傷的我帶到這間屋子，伍爾夫少爺的森林管理員住的地方。除了這個男人和他的妻子，以及一位我不認識的外科醫師之外，我臥床那段長長的日子中，沒有別人來看過我。我胸膛上的槍傷從何而來，沒人問我這個問題，我也沒透露給任何人知曉；去公爵法庭控訴葛哈德先生的兒子暨卡塔琳娜的兄長，我一點都不考慮。相信這能讓他稍感安慰；但更為可信的，是他會全盤否認。

我的好狄特熙只來過一次。他受貴族少爺之託，為我帶來兩袋匈牙利杜卡特金幣，是我為卡塔琳娜畫肖像的酬勞。我收下了金幣，心裡想這是她繼承的一部分財產，等她成為我妻子以後，分到的就不多了。我渴望與狄特熙好好聊一聊，卻沒能如願，猜想是屋主那張黃色的狐狸臉不停窺探我的房間之故。我也打聽到了一些消息，少爺並未去基爾，而且從那以後就再也沒有人看過卡塔琳娜，莊園裡或花園內皆然。我請求老人，假使遇見她，捎上我的問候，告訴她我不久將啟程荷蘭，但很快就會回來，他發誓將一五一十把話帶到。

之後我感到極其不耐煩，沒有遵照醫師的囑咐，在森林最後幾片葉子從樹上落下之前便出發了，不消多時便無恙抵達了荷蘭首都，受到朋友們衷心的歡迎。同時又進一步獲悉一個好消息，我留在那裡的兩幅畫，在我敬重的師傅凡德赫斯居間協助之下，都賣了可觀的價錢。好事還不只這一樁，一位以前就很善待我的商人請人告訴我，他正等我為他嫁到海牙的小女兒畫他的肖像；他承諾將付給我豐厚的酬勞。我想，等我把這些都完成的時候，手上的錢就足夠了，不必想別的法子也能為卡塔琳娜準備一座莊園。

我友好的雇主想的和我一樣，我全心全意努力工作，以致於不多久便欣喜地期待動身的日子一天近似一天，不曾想到，我在那邊還有不少麻煩得克服。

人不會看見近在眼前的黑暗。就在畫像完成，我受到很多讚美並因而領到金幣之際，卻走不成了。我埋首工作時沒留意我仍然虛弱，癒合不佳的傷口使我再度倒了下去。耶誕節快到了，每一條街的廣場上都擺了鬆餅攤，我開始臥病在床，而且受困時間比第一次還要久。儘管有最好的醫術和親切的友人照料，但我憂慮地看著一天一天消逝，沒有她的音訊，她沒有捎來隻字片語。

艱難的冬天終於過去了，須德海再度捲起綠色的波浪，朋友們護送我去港口；但我並不高興，心頭沉甸甸地登上了船。然而船行快又順利。

我在漢堡乘坐國王郵車；接下來和差不多一年前一樣，我徒步穿過森林，新抽的葉大多尚未變綠。雖然燕雀和鶇鳥已經在試唱春之歌，但今天牠們不再關心我！我沒有走向葛哈德先生的產業。我的心跳得很厲害，轉到小路上，沿著森林邊緣走進村莊。不久便來到漢斯・歐特森的小客店，甚至就站在他面前。

老人古怪地打量我，然後說，我看起來很健康。「只是，」他補上一句，「您可不能再玩槍了，它們留下的痕跡比畫家的筆要讓人氣惱呀。」

我讓他這麼以為，而我注意到，此地人普遍都這麼認為。我第一個要問的就是老狄特熙。

我聽到，他在下第一場冬雪之前，就像某些身強體健的人的遭遇，突然安詳逝去。「他會高興的，」漢斯・歐特森說，「他去了他的老主人那邊，這樣對他來說也好。」

「阿門！」我說，「我親愛的老狄特熙！」

但我的心愈來愈緊繃，渴望打聽到卡塔琳娜的消息，我憂懼的舌頭不聽使喚，我很不自然地說：「您的鄰居，馮德瑞奇，怎麼樣了呢？」

「喔，哦，」老人笑了起來，「他娶了媳婦啦，一個很有活力的人。」

乍聽之下我嚇了一跳，因為我立刻告訴自己，他不是在說卡塔琳娜。然後他提及姓名，一位來自附近有點年紀但富有的小姐。於是我鼓起勇氣繼續打聽，葛哈德家那邊過得如何，那位小姐和少爺以及其他人可好。

老人再度對我投來怪異的目光，「您的意思，」他說，「老塔樓和圍牆也會洩漏祕密嗎？」

「這什麼意思？」我呼喊著，但我的心有千斤萬擔重。

「唉，約翰先生，」老人極其謹慎地看進我的眼底，「那位小姐去了那裡，您最清楚呀！您上個秋天不在這裡；我好生奇怪，還以為您會回來呢。伍爾夫少爺，我想，不是逆來順受的那種人。」

「喂，讓我走呀！」老人說，因為我正搖晃他的肩膀。「關我什麼事！大家都這麼說！不管怎樣，自新年以來就沒有人看過古堡裡的那位小姐了。」

我向他發誓，那段日子我在荷蘭生病了，我什麼也不知道。

他是否相信我說的話，我並不清楚。他只告訴我，那時候有一位陌生的牧師晚上神祕兮兮地去莊園主宅，烏蘇姑姑把僕人都趕出她的房間；但其中一位女僕從門縫偷聽，若我穿過走廊上樓梯一定也會被她看見；接著，她聽見一輛瘋人院的車子開過來的聲音，那天晚上以後，古堡裡就只有烏蘇姑姑和那位少爺了。

從現在起我想盡各種辦法，想找到卡塔琳娜，哪怕只有一絲線索都不該錯過。村子裡蜚短流長，漢斯．歐特森先前已讓我領教過了。因此我赴漢堡女子安養院，去找葛哈德先生的姊姊，但這位女士不想見我，只說我在她那裡見不到任何年輕的小姐。於是我返回，卑躬屈膝來到馮德瑞奇家，以有事相求者的身分，請昔日的仇敵放我進去。他譏諷地說，討厭鬼大概要來拿那隻小鳥吧，他沒有留意這件事，而且他與葛哈家也沒有往來了。

聽聞這些事的伍爾少爺，根據漢斯・歐特森的說法，我若膽敢再去惹他，他會再一次放狗追我。因為我在去森林的路上被當作窺伺他的攔路賊，伍爾夫少爺於是拔出劍；我倆持劍格鬥，我砍傷了他的手，他的劍應聲飛進灌木叢裡。但他只狠狠地瞪著我，一語不發。我先去漢堡待了一段時間，在那裡可以順利且更加審慎地查訪。

但一切盡皆惘然。

我現在要先擱下筆，我親愛的約西亞，因為你的信就放在我面前啊。我將擔任你的小女兒，我過世姊姊的孫女之教父。我將於旅途中經過森林，就是葛哈德先生莊園後面的那座。然而一切都屬往事了。

*

第一本手稿於此結束。我們希望這位作者參加了一場快樂的受洗禮，心情因與朋友重逢而振作起來。

我的眼睛停在面前那張舊畫作上；我確定這個英俊嚴肅的男人就是葛哈德先生。約翰師傅溫柔地放在他手上的那個死去男孩是誰呢？我若有所思地拿起第二本，也是最後一本手稿，筆跡稍微零亂了些。唸起來如下：

如煙與塵消逝，
人子亦如是。

刻著這些字的那塊石板立在一棟老房子的門頂擱板上，每當我走過，一定會看到它。我獨自徒步旅行時的時候，這句箴言經常成為我的夥伴。去年秋天老屋坍塌了，我在斷壁殘垣中拾獲這塊石板，今天它嵌在我的房子大門上，提醒著我和路過的人，人世間之無常。但對我而言它是一則警告，在我死之前，我的生命如同時鐘，當指針靜止不動，生命也就不復存在。因為你，我親愛的外甥，你不久即將成為我的繼承人，在得到我不多的財產之時，也取走了我在世間的痛苦，我在世時從未向任何人提起，即使我非常愛你，也不曾與你傾訴過。

現在：一六六六年我第一次來到位於北海的這座城市；心想會從一位釀造烈酒的富孀那裡得到一份工作，畫下復活的拉撒路，[18]她應當為已逝丈夫留下一幅畫，做為她愛的回憶，打算捐贈給此地的教堂當裝飾，今天在受洗池上方還能看到和四位使徒在一起的這幅畫。其次，市長堤圖司·阿克森先生，昔日大教堂諮議會會員，我在那邊時就認識他了，也希望我幫他作畫，所以我得在此地待上好長一段時間。我住的房子，是我從在市府祕書處工作多年唯一的哥哥手上繼承來的；沒有結婚的他住在這棟高大寬敞、市場與克拉瑪街轉角處有兩棵菩提樹的房子裡，我親愛的哥哥過世後就由我繼承，現在我老了，仍住在這屋裡，在謙恭中期待著與舊愛復合。

我在那位孀婦寬敞的起居室裡有一間工作室。那邊明亮的光線有利於我工作，而且我被照顧得很好，畫具顏料一應俱全。只是那位好心的女士離我很近，任何時候，她都可能手上拿著一個錫杯慢吞吞地從酒櫃走過來，肥胖的身子擠到畫架前，湊近我的畫東聞聞，西嗅嗅。一天上午，我剛剛畫下拉撒路的頭，她很多餘地要求，這個復活的男

18 新約〈約翰福音〉十一章記載，耶穌的門徒暨好友病死埋入土中四天之後，耶穌吩咐他從墳裡出來奇蹟似的復活。

人的臉要有點像她的亡夫。雖然我從未與他打過照面，只從我哥哥那裡聽說，他的臉上有一個藍紅相間的鼻子，這在釀酒師很常見，是他們那一行業的特徵。相信我，我不得不斷然駁斥這位不理性的女士。等到外面走廊上傳來顧客上門喊她，用錫杯敲櫃台的聲音，她才終於離我而去。我握畫筆的手垂到腿上，突然想起我用鉛筆描繪另一位逝者之臉的那一天，以及安靜地與我一起站在那間小教堂裡的那個人。回憶中我又拿起畫筆，心中左思右想那個人好一會兒，我自己都感到驚訝，因為我把尊貴的葛哈德先生的五官搬到拉撒路的臉上去了。死者在裹屍布裡的面容好似在對我發出無聲的怨尤，我心想：未來他將於永恆中與你相遇！

今天我不能再畫了，在樓上我的房間裡走來走去。坐在窗邊，從菩提樹的縫隙張望市場。那裡人聲鼎沸，一直到拉茲瓦格、再到教堂那邊，擠滿了車和人；因為今天是星期四，而且仍是允許客人交易的時刻。那位市府職員和市集警衛悠哉地坐在我鄰居的門前，想著這會兒沒有違反市集規定的罰金可收。西田村的女人身穿紅色外套，從外島來的女孩紮頭巾、戴著漂亮的銀飾，這中間還有堆得像塔一般高的莊稼車以及坐在上頭穿黃皮褲的農夫。在一個畫家的眼中，這些就是一幅畫，尤其對我這樣在荷蘭拜師學過藝的人。但我心情沉重，這繽紛的畫面讓我沮喪，心中不斷湧現愈來愈強烈的思念之苦，它的利爪將我撕碎，用空洞的眼睛注視我。下邊紛紛嚷嚷的市集上正是明亮的中午時分，我眼前卻有銀色的月夜降臨，幾個三角墻尖像影子似地升上去，一扇窗戶咿呀作響，同時遠遠傳來夢境也似的夜鶯低吟。哦，我的上帝與我的救贖者，慈愛的祢，此時此刻她在哪裡？我的心靈去那裡尋找她？

然後我聽到外頭窗下有人叫我的名字，聲音很堅定。我往外看，看見一位身穿一般服裝、又高又瘦的神職人員，雖然他有一張粗獷黝黑的臉，黑髮、輪廓很深，還有鼻子，說什麼都像戰場上回來的人。他指著另一位粗壯、看起來像農夫，但和他一樣穿黑毛襪和搭釦鞋，拿著手杖正往我們的門走來的人，他自己正穿過那鬧哄哄的市場。

我聽到了門鈴響，於是下樓請那位陌生人進屋，他坐在我再三請他坐的椅子上，仔仔細細端詳我起來。

原來是城北那座村子的教堂司事，於是我很快就獲悉，他們那裡需要一位畫家，因為有人想捐贈一幅牧師的畫像給教堂。我稍微探詢了一下，這個人對教會有什麼功勞，以致於他們想要給他這份榮幸，因為從他的年紀看來，他不可能在職很久。教堂司事說，牧師曾經因為一塊田地為教會打過官司，此外他也不清楚是否發生過什麼特別的事；主要是前面三位教堂負責人的畫像都掛在教堂裡，他必須說，他們聽說我的手藝很不錯，而我正好在此地，趁此機會也為現今這第四位牧師作畫，而這位牧師自己並不特別在此事上多留心。

我專心聽他敘述，其實我很想畫完拉撒路之後休息一陣子，堤圖斯．阿克森的畫像則因為他生病而無法開始，於是我開始進一步打聽這樁任務。

從這份工作獲得的酬勞將會很微薄，所以我心想：他們當你是拙劣廉價的畫家，像隨軍隊出去，幫士兵為他們留在家鄉的女孩畫像的畫家一樣；但我旋即感覺到，將會有一段時間每天早上頂著金色的秋陽穿過草原，徒步到距離這座城一小時路程的村莊。我答應了，唯有一個條件，繪畫將在村外進行，因為我哥哥這棟房子不適合作畫。

教堂司事顯然很滿意，表示那邊一切都已準備妥當；這也是牧師自己開的條件；現在，他選擇他教堂司事住所的那間教室，就是村中第二棟房子，離牧師家很近，後面就是牧場，他很容易走過來。夏天裡沒有課可上的小孩將會被送回家。

我倆握手一言為定，關於畫像規格等教堂司事說得很清楚，所以我下午就可以把所有用得到的畫具交由牧師的馬車載過去。

我哥哥近黃昏時才回到家。他碰到了一樁棘手的事，有一具普通人不願意送去墳場下葬的屍體，必須交給病畜屠宰師。[19]他認為我大概要畫牧師的頭部，不是常見到穿著硬領服的樣子，我最好準備黑與紅棕色的顏料。他又說，這位牧師是與布蘭登堡人一起來到此地的隨軍牧師，比軍官更為放浪形骸；是針鋒相對的高手，深諳技巧吸引他的農夫聽眾。我哥哥還說，要到我們這一區工作必須有貴族說情，聽說是荷斯坦那裡的貴族，副主教在修道院評估的時候使了點力氣。我哥哥知道的也就這麼多了。

隔天看到早晨的太陽熱情地照在草原上，我只覺得可惜，因為一大片花海和濃郁的香味都已耗盡，夏日風光蕩然無存；綠樹消失了，只看得到村莊教堂的尖塔，正是我欲往的地方——我知道它全部是花崗岩塊打造出來的——十月深藍的天空下，眼中的它愈來愈高大。天空下，乾草老得發黑的屋頂間，低矮的灌木叢和樹木東倒西歪，因為從海邊吹來清涼的西北風想為自己開道。

我到了村莊，也很快就找到了教堂司事的住宅，馬上就聽到響徹學校的一聲有趣的尖叫：教堂司事在門口迎接我。「看見了吧，他們多喜歡丟開課本！」他說，「其中一位小搗蛋從窗戶看到您走過來了。」

我認出在後面進屋子來的牧師就是那天見到的人，但他黝黑的臉上今天有一道光

19 以前自殺、異教徒或者所從事的職業不光彩的人死後不能安葬於教堂墓園，轉由病畜屠宰師運至他處埋葬。

亮；是他抱在手上的一個漂亮白皙的小男孩，那孩子有四歲光景，和這位高且瘦削的男人站在一起顯得特別迷你。

因為我想看看前幾位牧師的畫像，我們便一起走進教堂。教堂的位置高，可以俯視另一端的沼澤與草原，往西又可望見不太遠的海灘。應該是漲潮時分，因為淺灘都淹沒了，海上閃耀著銀輝。我留意到海上露出的陸地前方，與對面伸長的島嶼對望。教堂司事指著水面說：「那裡以前有一棟我父母的房子，但是一六三四年時洪水肆虐，數以百計的人捲進惡水中，我靠著一半殘缺的屋頂漂到這裡的沙灘上，坐在另一半屋頂上的父親和弟弟走入永恆。」

我心想：教堂蓋對地方了。即使沒有牧師傳道，上帝的話也清晰可聞。

牧師抱在手上的那個小男孩，兩隻小手緊緊圈住他的脖子，嫩嫩的腮幫子偎在那男人留黑鬍子的臉上。我們的眼神嚇壞了他，而他找到了庇護。

我們進入教堂裡的殿堂，我觀看那些老畫像，其中幾位畫中人令人印象深刻，應該值得更高明的畫家為他們作畫；然而全都是不很入流作品。如此看來，凡赫思特的學生在此可以有所表現。

我虛榮地想這些事的當兒，耳邊響起牧師堅定的聲音：「我不贊同為死者畫像，一旦上帝不再讓人呼吸，生命僅僅是塵土。但我不想違背教會的美意。只是，師傅，畫快一點，我的時間有更好的用途。」

我在這個黝黑男人的臉上看出他很欣賞我的手藝之後，便允諾一定盡最大努力，接著問起我哥哥十分讚賞的一幅瑪麗亞木刻畫。

牧師的臉上掠過一絲近似輕蔑的微笑，「您來晚了，」他說，「丟掉了，我請人從教堂清理出去的。」

我吃驚地看著他，「您的教堂容不下耶穌基督的母親嗎？」

「聖母瑪麗亞長什麼樣子，」他說，「並無人知曉。」

「但您難道不願藉由藝術，以虔敬為目的，仿造出瑪麗亞的身材樣貌嗎？」

他陰沉地看著我好一會兒。我的個子不算小，他仍然比我高半個頭。他很激動地說：「國王不是把荷蘭的天主教徒傳喚到這座被撕裂的小島上來，蓋堤防抵擋神最嚴厲的懲罰嗎？那邊城裡的教會負責人不是讓人在椅子上雕刻兩位聖徒嗎？禱告並看守！因為撒旦仍在此地挨家挨戶走過！這些瑪麗亞畫像，充其量只是感官享受和羅馬教皇權位的引誘者，藝術一直與這個世界糾纏不清！」[20]

他的眼珠隱隱閃著火花，但他的手充滿愛意地放在白皙小男孩的頭上，小男孩這會兒舒舒服服靠在他的膝上。

我忘了要回應牧師，只提醒他我們該回教堂司事家了，我將在那裡考驗我的繪畫藝術，為這個憎惡藝術的人畫像。

於是我差不多每天早晨都走過草原去村莊，牧師每次都在等我。我們很少交談，於是繪畫進度飛快。通常教堂司事會坐在我們旁邊，用橡木或雕或削各種畫具，此地人人擅長此道。那時他為我做了一個小盒子，幾年前我把這份稿子的前幾頁放在這個小盒子裡，並且也遵從上帝的意思，把寫好的最後幾頁放進去。

我沒有受邀去牧師家，也沒踏進過那間屋子。小男孩倒是每次都跟著他一起來教堂司事的家，站在他跟前或在房間一角玩他的小鵝卵石。有一次我問他叫什麼名字，他答：「約翰！」

「約翰？」我說，「我也叫約翰！」

他睜大眼睛看著我，但什麼也沒說。

為什麼這雙眼睛如此觸動我的心？有一次我悠哉地把畫筆擱在畫布上時，牧師那陰沉的目光甚至讓我驚訝。孩子的臉上有他短暫人生無法完成的東西，但那不是個開朗的容貌。我想，這孩子看起來心事重重。我常想對他伸出雙臂，但我對那個冷硬的男人有所顧忌，他看似在呵護一個珍寶。我常常想：這孩子的母親會是什麼樣子的人呢？一回我向教堂司事的老女僕打聽牧師的妻子，她只簡短地回答我：「我們都不認識她。舉行孩子受洗後宴會和婚禮時，她極少與丈夫一起到農人家做客。」牧師本人不談她。有一次我從教堂司事丁香花盛開的花園裡，看到她慢慢穿過牧場，朝她家走去。但她背對著我，我只看到她苗條年輕的形體，此外還看到幾綹太陽穴旁被風拂起的小鬈髮，是那種只有好人家才會梳的髮型。她陰鬱丈夫的模樣盤據在我心中，我覺得這一對夫妻看起來並不般配。

有幾天我沒出門，重拾拉撒路的畫作，於是一段時日之後兩幅畫陸續完工。一天晚上，結束了白日的工作後，我與哥哥坐在屋子裡。壁爐旁桌上的蠟燭快燃盡了，荷蘭時鐘也已指向十一點。我倆坐在窗邊，忘了眼前；我們正回憶在雙親家中共同度過的短暫時光，也憶起唯一的親愛小妹，出生不久就死了，與父親和母親翹首期盼快樂重生。我們沒有關上窗板；這樣才能在幽暗的城市中仰望永恆天空上的星光。

20 這位牧師是個狂熱的新教徒，痛恨天主教及其規矩，譬如崇拜聖人、教堂裡懸掛的畫像及裝飾等；以前國王把荷蘭信天主教的築堤專家接到島上來，防止洪水再犯，使得牧師深感不滿，因為他視洪水為人們無法抵抗的上帝懲罰。

到末了我們兩個都沉浸在自己的無言世界中，我對她的思念如一條黑色河流，無論我歇息或煩躁不安，她都在我的思緒中。如同天上一顆看不見的星子，出其不意掉落我的心上：漂亮蒼白的小男孩的眼睛，是她的眸子！我竟如此遲鈍！然而，如果真是她，我早該看過她了！撲向我的想法何等駭人！

此時我哥哥的一隻手放在我的肩上，他另一隻手指著黑漆漆的市場，眼下有一道亮光從那裡往我們這裡搖搖晃晃照過來。「看哪！」他說，「我們用沙子和草原填滿鋪石路面多好！那些人來參加鑄鐘工人的婚禮，但看看手持火炬的人，偶爾還會踉蹌一下。」

我哥哥說的對，跳舞的火光充分證明婚宴供應的酒源源不絕。這些光亮距離我們很近，照亮我哥哥向一位玻璃工人買來的傑作，兩塊精緻的彩繪玻璃，飽滿的色澤如同火燄。但是，等到這群人邊大聲聊天邊走過我們的房子，再拐進克拉瑪街的時候，我聽到其中一人說：「哎呀，魔鬼今天敗壞我們的興致！我這輩子一直希望能聽到真正的巫婆在火焰中唱歌呢！」

光亮和那些有趣的人走遠了，外面的城市於焉恢復寧靜與黑暗。

「天哪！」我哥哥說；「一個人悲痛，其他人得安慰。」[21]

我這才想起來，明天城裡將有一場恐怖的騷動。有一個年輕人因為承認與撒旦結盟將被燒為灰燼，卻在今天早晨被獄卒發現死在牢裡。根據屍體應可判斷他吃足了苦頭。

許多人覺得大為掃興，猶如端上桌的是一碗走味的冷湯。教堂塔樓下有一個綠色的書攤，書商是寡婦莉勃妮可，中午我向她買報紙時，她一肚子怨氣，說她已經製作好並付梓的詩歌就會文不對題了。我對巫婆等等有自己的觀點，我親愛的哥哥亦同，我們的上帝——想必是祂——悲憫地把那個可憐的年輕人接到祂身邊，為此而感到欣慰。

我有一副柔軟心腸的哥哥開始抱怨他在市府裡的工作。他在議會那裡協助行刑之事，劊子手先去運走死刑犯，之後就驗明正身。「我現在心如刀割，」他說，「他們推著手推車走過街的時候，那些指指點點令人厭惡；學校會把小孩放出來，師傅們也會讓學徒出來看。如果我是你，」他接著說，「因為沒人管你，我要是你，就進村莊繼續畫那位黑黑牧師的像！」

雖然我本來打算隔天才要出門的，但我哥哥說服了我，不明所以地撥動了我心中的不耐煩。於是，該來的躲不掉，也就是我詳實寫在這裡的事情。

第二天早上，在紅色晨曦中，房間窗外教堂尖塔上的公雞尚且模糊，我已跳下床

---

21 指婦人已死得免受火刑之苦，想看好戲的人卻失望了。

鋪；過不久便穿過有烘焙師、許多顧客等候的市場，他們的麵包攤已經開了；我也看到議會那裡的警衛和步兵在忙碌，其中一人為那棟大建築鋪上一塊黑色地氈。我穿過議會下方的拱扶垛，趕著出城。

當我站在古堡花園後面的階梯上時，看到萊姆庫倫[22]那邊放了一個新的絞刑架，堆了好高的木柴。有幾個人已經在忙了，大概是獄卒和他的嘍囉們吧，把易點燃的燃料置放於木柴之間。第一批從城裡來的男孩穿過田野，正往他們的方向走去。我沒有繼續看，精神抖擻地向前行。走出樹林時，大海在我左前方，於第一道陽光中蒸騰，太陽從東方冉冉升起，灑遍草原。

喔，上帝，我的造物主與耶穌基督，
請慈悲對待我們所有人，
我們陷於罪惡之人，
祢就是愛！

我走到外面那條穿過草原的寬闊道路時，遇見許多成群結隊的農夫。他們手上牽著兒子和女兒，拽著他們往前走。

「你們要趕到什麼地方去呀？」我問其中一夥人，「今天城裡沒有市集呢。」

當然，我早就知道了，他們想去看巫婆，那個年輕的惡魔被燒死。

「但是巫婆死了呀！」

「哎呀，真氣人，」他們說，「但那是我們的助產士，她七十老母的外甥女，我們不能置身事外，剩下的就湊合著看好了。」[23]

新的人潮絡繹不絕。現在晨霧中也出現了車子，車上載的不是五穀，而是滿滿的人。因此我沿著邊緣穿過草原，雖然夜晚的露水仍在草上滾動；我渴望獨處；我看到遠處，看起來就像全村的人都踏上進城之路的樣子。當我站在草原中間所謂的巨人墳塋時，突然有種感覺，好像我也必須返回城裡，或者向左走到海邊，或者走向沙灘上的小村子。空中飄浮著幸運的感覺，如同一個強烈的希望，撼動著我的四肢，我的牙齒在打顫。「若果真是她，我終歸要親眼見到，而且就是今天。」我的心猶如一把敲在肋骨上的

22 Lehmkuhle，布雷茨東部的一個小鎮。

23 「剩下的」在此指兩件事：一、燒的不是活人，而是一具死屍。二、雖然不那麼刺激，但趕來湊熱鬧者足堪助興。

榔頭。我繼續穿過草原；不想看開進城的車輛中，是否有一輛上頭坐著那位牧師。我最後往他的村莊走去。

抵達村子時，我急忙跑到教堂司事家，那裡門扉緊掩。有那麼一會兒我拿不定主意站在那裡，然後我舉起手來敲門。屋內沒有一點動靜；但我更用力地敲，住在教堂司事隔壁那位半盲的老特琳珂跑了出來。

「教堂司事那裡去了？」我問。

「教堂司事嗎？和牧師一起進城了。」

我呆呆望著這位老婦，覺得自己好像遭到雷擊。

「您是不是缺什麼東西，畫家先生？」她問。

我搖搖頭，只說：「所以今天不上課囉，特琳珂？」

「不上！巫婆要被燒死呢！」

我請這位老人家幫我打開門，在教堂司事的臥房拿了我的畫具和那幅幾近完成的畫像，然後在空空的教室裡，像往常一樣豎起畫架。我在那件長袍上動了幾筆，但我只是藉此欺騙自己；我無心畫畫，事實上也不想來這裡。

老婦跑進來，悲嘆收成不好，說起農人以及村裡的事情，我都聽不懂。我很想再向她打聽牧師的妻子，她老呢，還是很年輕，也包括她打從那裡來，但我無法把話說出口。老婦人卻展開一長串胡言亂語，大談此地村中巫婆及其同夥，還有那位自稱見到鬼的七十老母，她如何在痛風發作不成眠的夜晚，看見三塊蓋屍布飛過牧師家的屋頂：這種景象頻頻出現，驕橫必受懲罰；牧師的妻子再高貴，也只不過是個蒼白又虛弱的人。

我不想再聽這些瑣碎的事，因此走出屋子，在小路上踱步，牧師住宅正好背對著村莊的大街。我的眼睛因強烈思念而轉向白色的窗戶，但除了磨砂玻璃後有幾個到處可見的花盆之外，什麼也看不見。現在我應該回頭的，但我繼續往前。當我來到教堂的墓園時，風把城市那邊的悠揚鐘聲吹進了我的耳朵。我轉身俯望西邊，銀光般的海水奔流到天際，在那裡翻騰怒吼。曾經有一個深夜，上帝至高無上的手將幾千條人命扔了進去。[24] 是什麼使我像孩子似的蜷曲起來？我們看不清祂的道路將往何處去！

我不知道腳往哪個方向走去，僅知我繞了一圈，因為差不多到了日正當中的時刻，我又回到了教堂司事的家。但我沒有進到教室我的畫架那裡，而是穿過後門再次走出屋子。

24 與前文一六三四年發生的大洪水相呼應。

我難忘那座荒蕪的小花園，雖然那天以後我再也沒有再見到它。和另一端的牧師家一樣，這裡有一條狹長的走道通往牧場，中間長著濃密的草原灌木，剛好把水溝圍起來。有一次我還看到一位女僕提著盛滿的水桶，狀似從低處往上走。

我沒多想，只是一點也不想停下來休息。走到教堂司事家收割過的豆圃時，我聽到外面牧場傳來柔媚的女子聲音，充滿愛意地在和一個小孩講話。

我不由自主往那個聲音走去，如同希臘牧神[25]曾用祂的杖把死者都趕到身邊一樣。我走到接骨木叢的另一邊，從這裡直到牧場盡頭都沒有圍籬，我看到小約翰的小手上滿是地衣，這塊貧瘠草地上的產品，正往草原後方走去；他大概在那裡用自己的方式開闢了一座小小的花園。那個好聽的聲音又傳進我的耳朵：「舉高，你就有一大堆了！好，好，我再多找一些，接骨木那邊多的很哪！」

然後她走到草原後面；我早就應該猜到了。她的眼睛在地上尋找，尖叫著朝我走過來，我因而能好好看她；在我眼中，她又是那個古靈精怪的小孩，我曾經為了她把樹上的林鴞射下來；但今天這張孩童的臉很蒼白，不見幸福與勇氣的痕跡。

她走近了，沒察覺到我也在場；然後她蹲在通往下面灌木叢的地衣小徑上，但她並未伸手去摘，頭垂在胸前，看似只想獨自從苦痛中歇息，不讓那孩子瞧見。

我輕喚：「卡塔琳娜！」

她抬眼張望，我抓住她的手，像牽住一個意志薄弱的人那樣，把她帶到灌木叢蔭下。我終於找到她，她一句話也沒說，目光從我身上轉開，用一種幾近陌生的聲音說：「木已成舟，我們不能改變了，約翰！我就知道，你就是那個外來的畫家。我只是沒想到，你今天會來。」

我聽著，然後開口說道：「卡塔琳娜，妳是那個牧師的妻子嗎？」

她沒有點頭，呆滯又悲傷地凝視我。「他因此得到這個職位，」她說，「而你的孩子有一個正當的姓。」

「我的孩子，卡塔琳娜？」

「你沒感覺到嗎？他坐在你腿上；有一次，他自己告訴我的。」

但願人不要經歷這種撕裂胸膛之痛！「妳，妳和我的孩子，我差點失去了你們！」

她看著我，沒有哭，只是臉色慘白。

「我不要這樣！」我大叫起來；「我要……」一個瘋狂的想法在我腦海中打轉。

---

25 上帝使者，商人與小偷的保護神，陪伴人類走向死亡。

她的小手如一片清涼的樹葉擱在我的前額上，蒼白臉龐上的棕色眸子哀求也似盯著我：「你，約翰，」她說，「你不會想要讓我更悲愁。」

「妳能夠這樣活著嗎，卡塔琳娜？」

「活著？很幸運了。他很愛孩子，還有什麼可求的呢？」

「關於我們，關於以前的事，他知道不知道？」

「不，不！」她激動的大叫。「他娶了一個有罪之人為妻：此外無它。哦，上帝，還不夠嗎，每天都聽他說話！」

當下傳來稚嫩的歌聲。「孩子，」她說，「我得去小孩身邊，免得出事！」

但我的心裡只有她，渴望著她。

「別走，」我說，「他正高興地玩著他的地衣呢。」

她走到灌木叢邊，側耳傾聽。金色的秋陽好溫暖，海風舒緩和煦，我倆聽到我們的孩子在唱歌，歌聲穿過草原而來：

兩位天使，保護我，
兩位天使，陪伴我，

兩位，引我去神的天堂。

卡塔琳娜走回來，她睜大眼睛神采奕奕看著我，「好吧，再見，約翰，」她輕聲說，「在這世上永不再見！」

我想把她拉回來，對她伸出雙手，但她拒絕，溫和地說：「別忘了，我是另一個男人的妻子。」

這句話幾乎讓我暴怒起來，「卡塔琳娜，」我堅定地說，「之前妳是誰的妻子？」她的胸膛迸裂出哀號，雙手在面前揮打：「唉！哦，我褻瀆可憐的這一身！」

接著她便失去了意識，我猛然將她拉到我胸前，猶如用鐵夾一把抓住她，終於，終於再度擁有她！她的眼睛落入我眼中，她的紅唇接納了我的嘴唇，我倆熾烈地相擁。如果我倆要一起赴死，我將殺死她。當我滿溢幸福的目光停駐在她臉上時，她快被我吻得窒息了，她說：「人生苦長，令我擔憂害怕！耶穌基督賜予我這一刻！」

有人回答，一個冷硬的男人聲音，我第一次聽到他叫她的名字。呼喚從花園那邊傳過來，又更冷硬了些：「卡塔琳娜！」

於是幸福終止。她滿眼絕望看著我，然後像影子般默默離去。

我走進教堂司事的住宅時，司事已經回來了。他立刻想描述可憐巫婆受刑的事。「您大概不信這一套吧，」他說，「否則您今天就不會到村子裡來了，村裡的牧師、農人和他們的妻子都進城了呢。」

我尚未回答，一聲刺耳的尖叫劃破空氣；它永遠響在我耳畔。

「什麼東西呀，司事先生？」我問。

他打開窗戶仔細聽，但接下來一點動靜也沒有。「我的天，」他說，「是女人在尖叫，從牧場那邊傳來的。」

此時那位老特琳珂也走進門來，「喂，先生？」她對我說，「蓋屍布掉到牧師家的屋頂上了耶！」

「到底什麼意思，特琳珂？」

「這表示牧師的小約翰剛剛被人從水裡撈起來。」

我衝出去，穿過花園跑向牧場；但我只看到草原下的濁水和草叢旁的爛泥痕。我什麼都沒考慮，自行穿過那扇白色小門進入牧師家花園。正想進屋之際，他自己朝我走過來。

這個又高又瘦的男人看起來心思非常混亂，兩眼充滿血絲，黑色的頭髮亂七八糟掛在臉上。「您想做什麼？」他問。

我目不轉睛，因為不知道如何回答。是呀，我究竟想幹嘛？

「我知道您！」他繼續說，「那女人終於都說出來了。」

這話使我的舌頭靈活起來，「我的孩子呢？」我高聲問。

他說：「父母親把他淹死了。」

「那讓我去看看我死去的孩子！」

我只想走過他身邊進入房屋走道，他把我推回去。「那女人，」他說，「癱在屍體旁邊，向上帝哭訴自己的罪行，為了她悲憐的永恆心靈極樂，您不能進去！」

我當時說了什麼，完全記不得了，然而牧師的話深埋在我的記憶中。「請聽我說！」他說，「我打從心眼裡痛恨你們，悲憫的上帝將會要我為此贖罪，而你們多半也將要為我贖罪，我們畢竟有一個共通之處。現在您請回去，準備一塊畫板或一塊畫布！明天一早再帶著東西來，把那死去男孩的臉畫下來。您畫這幅畫不是送給我或我家，而是捐贈給在他度過短暫一生的此地教堂。但願您無償作畫。但願這能提醒大家，到了死神乾柴般的手上，一切都變成塵土！」

我仰頭望著這個男人，他前不久才譴責過一個女人，譴責高貴的繪畫藝術。但我答應了，全部依照他吩咐。

家中有一則信息在等我，我充滿愧疚與罪愆的人生，像黑暗中一道突如其來的閃電，把我眼前的鎖鏈照得明晰了起來，我一環節、一環節地看得一清二楚。

我哥哥一向對可怕的騷動敬謝不敏，今天卻必須在場協助，因此疲憊不堪，躺在床上休息。我走進他房間，他只好起身，「我還得再歇一會兒，」他說，同時把一頁周報放到我手上，「讀一讀吧！你會看見葛哈德先生的莊園轉到陌生人的手裡了，沒有妻兒的伍爾夫少爺被一條發狂的狗咬死，死得很痛苦。」

我接過哥哥遞給我的報紙，但我差一點絆倒。我覺得，這個吃驚的消息似乎用力敲開了面前的天堂之門，但是我在入口就看見手持火劍的天使站在那裡，我心中再度哭喊：哦，牧人，牧人，祢的呼喚如此遙遠！若此人之死能為我們升起希望；但眼下只為他人帶來恐懼。

我坐在樓上的房間裡，黃昏，夜晚，我望著永恆的星辰，到最後我找到了我的床鋪。我無法好好睡一覺，情緒仍然激動，對面教堂尖塔好似向我的窗戶壓擠過來，十分詭異；木頭床架吱嘎作響，使我感覺得到敲鐘，一整夜都在數鐘敲了幾下。終於露出曙光，頭上天花板的橫樑依舊陰暗，我一躍而起。第一隻雲雀飛到收過莊稼的田地上之前，我已經將城市遠拋在身後了。

即使這麼早出門，我走進牧師家時，就看到他站在門檻上。他陪我一起走過走道並說，木板送來了，我的畫架和畫具也都已經從教堂司事家送過來了。然後他的手放在一扇房間門的把手上。

「不會有人打攪您，」說著他的手縮回來，「若想吃喝點東西，就請到那邊另一個房間拿。」他指著走道邊的一個房間；然後離我而去。

這個房間很大，幾乎空無一物，猜想是上堅信禮課程的地方，刷白的牆面光禿禿；從窗戶看出去，越過荒涼的田地就是遙遠的沙灘。房間內有一張鋪上白屍布的床，枕頭上躺著一個臉色慘白的小孩，眼睛緊閉，蒼白的嘴唇上，小巧的牙齒如珍珠般光潔。

我俯身向我孩兒的屍體，真心地禱告。然後把畫畫需要的用具都拿出來放好，開始畫了。很快，為死者作畫必須如此，他們的面容變化迅速。中間我被不變的寂靜給嚇了一跳，然而當我突然停下來聆聽，馬上便知曉，四周什麼也沒有。一次我以為耳畔有細微的氣息。我走近停屍床，彎身向那沒有血色的小小嘴唇時，我的臉頰只觸到死亡的冰冷。

四下看看，房內只有一扇通往臥室的門，也許就從那裡傳過來的！我豎起耳朵專心聽，但再也沒聽到；想必是感官在捉弄我。

於是我重新坐下，看著那具小小的屍體繼續畫。我凝視那雙放在亞麻布上空空的小手，心想：你應該給孩子一份小禮物！因此我在他畫像裡的手上添了一朵白色睡蓮，宛如他玩著玩著睡了。這附近不太容易見到這種花，所以是一份滿足心願的禮物。

最後是飢餓讓我暫停工作，我疲憊的身軀需要吃，於是放下畫筆和調色盤，穿過走道來到牧師指給我看過的房間。當我踏進去，差一點因為驚喜而退出；卡塔琳娜站在我面前，雖然穿著黑色喪服，但散發出一種神奇的光芒，是一個女人臉上因幸福與愛而有的神采。

唉，我恍然大悟，我看到的只是她的畫像，我以前畫的那幅。原來這幅畫也不見容於她父親的房子。但她人呢？有人把她送走了，或者被關起來了？我注視這幅畫良久，好久好久；往日時光湧現，我心傷悲。我實在是餓壞了，掰下一小口麵包，又灌了幾杯葡萄酒，然後回到我死去孩子的身邊。

走進那邊的房間，坐下來想繪畫時，小臉蛋上的眼皮彷彿睜開來。我於是彎下腰，錯亂中，我想再看看我孩子的眼神；但眼前所見僅有冰冷的眼瞳，恐懼向我襲來；我以為看見了那位先祖的眼睛，藉我孩子的遺容宣告：「我的詛咒應驗在你們兩人身上！」然而，我說什麼都不願放他走，我雙手抱住那具小而慘白的屍體，將他偎在我胸前，第一次為我親愛的孩兒流下苦澀的眼淚。「不，不，我可憐的孩子，你讓那個陰沉的男人疼愛你，這對眼睛失去了靈魂；從這雙眼睛看出來的只是死亡。死亡並非從不堪回首的深處湧上，全是你父親的錯；是她把我們所有人推進黑色的詛咒。」

我慢慢把孩子放回枕頭上，輕柔地闔上他的眼睛，然後畫筆蘸上深紅色顏料，在畫像的陰影處寫下幾個字母：C.P.A.S. 意思是：「因父親過錯沉沒水中。」這幾個字在我耳邊作響，有如一把利劍刺穿我的心，我畫完了。

畫畫的時候，屋內恢復寂靜，只有最後幾個鐘頭，我猜通往臥室的那扇門後傳來很輕的聲音。是卡塔琳娜在那裡陪著我畫我艱難的作品，又不想讓我看見嗎？我解不開這個謎。

已經很晚，我的畫完成了，正打算離開。但我覺得應該要道別，不說再見，我將無法離去。

我就這樣躑躅不前，從窗戶向外看外面那片荒涼的田地，暮色已降下。走道那邊的門開了，牧師走了進來。

他沉默地與我打招呼，然後兩手交疊站著，交相觀看畫中的臉與他前面那具小屍體上的臉，好似仔細地比較了一番。當他看見畫中孩子手上那朵睡蓮時，他兩隻手像發疼似地舉起來，我看見淚水從他眼中突然奪眶而出。

我也對著死者伸出手臂，大聲呼喚：「再見，我的孩兒！喔，我的約翰，再見！」就在這一瞬間我聽到隔壁房間有很輕的腳步聲，像是小手在觸摸門，我聽得很清楚，是在叫我的名字？或者，在叫那死去孩子的名字？接著門後有女人衣裳摩娑的聲音，聽得出來是人發出來的聲音。

「卡塔琳娜！」我大叫，跳過去，搖晃著緊鎖的門把。牧師的手放在我臂上：「這不關您的事！」他說，「走吧！心平氣和地走，但願上帝可憐我們所有人！」我真的走了，在我弄明白之前，人已經在外頭草原上，走在進城的小路上了。

再一次轉身回顧那座村落，它宛如夜幕低垂下突起的影子。我死去的孩子躺在村中——卡塔琳娜——一切，一切！舊傷在胸中燃燒，而且我聽到未曾在此聽到的奇怪聲音，我突然意識到，自己聽到了遠方沙灘上大火熊熊燃燒。我沒有遇到任何人，沒有聽到鳥兒鳴叫；但海上低沉的咆哮一直在我耳邊，像一首帶不祥的搖籃曲：沉沒水中——沉沒水中！

＊

手稿在這裡劃下句點。

這位約翰先生曾經全心全意信任他的創造力，希望躋身偉大藝術家之列，這些豪語已隨風而逝。

他不屬於人人稱頌的藝術家，任一藝術家辭典未有他的條目，甚至他的故鄉亦無人知道這位畫家的姓名。我們的城市史中雖然有那張巨幅拉撒路畫像的記載，但於本世紀初我們的老教堂被拆之際，那幅畫和其他藝術珍寶有相同命運，或拍賣或遺失了。

沉沒水中。（一八七六）

三色堇 Viola Tricolor[1]

偌大的房子裡靜悄悄，走道上聞得到新鮮花束的芳香。在通往樓上那道樓梯對面有一扇很寬的翼門，一位上了年紀、穿一身乾淨衣裳的女僕從門後走出來。她得意洋洋地關上身後的門，灰色眼珠在牆上逡巡，看還有沒有灰塵，宛如進行最後一道檢驗手續。她讚許地點點頭，目光轉而投向那座古老的英國鐘，它剛剛響完第二遍鐘樂。

「已經七點半啦！」老婦人嘴裡咕噥，「八點，教授先生信上寫的，他們就要到了！」她的手伸進皮包，拿出一大串鑰匙，接著消失在房子的後廂房。四周又安靜下來，偌大走道上只有鐘擺的聲音，一直響到樓梯間。夕陽餘暉從大門上的窗戶照進來，映得鐘殼上的三個鍍金鈕子閃閃發光。

接著，樓上傳來小而輕的腳步聲，樓梯平臺上出現一個年約十歲的女孩，她也梳洗

1 Stiefmütterchen 的學名，字面意思為「年輕的繼母」。

潔淨，一身隆重的穿戴；那件紅白條紋洋裝很適合她，配她棕色的小臉蛋和油亮的黑色髮辮剛剛好。她的手放在欄杆上，小小的腦袋瓜枕在手臂上，慢慢滑下來，一雙黑眼睛做夢似的盯著對面房間的門。

她站在走道上豎起耳朵聽了一會兒，然後輕輕推開房間門，躡手躡腳穿過厚厚的窗簾。房間內已微暗，這間房間縱深很深，兩扇窗戶朝街道開，街道則因為有幾棟高大屋子而顯得狹小；一旁沙發上方有一面威尼斯鏡子，在墨綠色的絲絨地毯上發出銀光。寂寥中，這面鏡子裡映照了一束新鮮玫瑰，插在茶几上一只大理石花瓶內。須臾，那個深色的小孩頭顱也出現在鏡框內。小女孩踮起腳尖，十分小心地走在柔軟的地毯上；細長的手指急忙伸向花莖，同時飛快地回頭瞄一下門。她摘下一朵半開的玫瑰，摘的時候沒留神有刺，一滴鮮紅的血沿著手臂流淌下來。快，否則血要滴到價值不菲的桌布上了！她用嘴去吸，然後，一如來時那般輕手輕腳，手上拿著偷來的玫瑰，再度潛入門後的窗簾，來到走道上。她也在這裡仔細聽了一會兒之後，飛快走下剛才爬上來的樓梯，繼續沿著通道走，一直走到通道上的最後一扇門前。她又看了其中一扇窗戶一眼，晚霞映照下的窗前有之字形飛過的燕子；她這才轉開門把。

那裡是她父親的書房，平常她不會在他不在的時候進來。現在，她獨自站在高高的書架之間，不計其數的書令人心生敬畏。她遲疑地關上門時，樓下左邊一個房間內的窗戶傳來一記狗兒響亮的叫聲。孩子嚴肅的臉龐掠過一抹微笑，她快步走到窗邊向外看。下面的花園有寬闊的草坪和灌木叢，她的四條腿朋友好像從另外一條路跑走了。儘管她張望又張望，卻什麼也沒找著。孩子的臉上漸漸蒙上一層陰影。反正她是為了別的事來的，才不管尼洛呢！

往西邊望過去，正對門的房間有兩扇窗戶，旁邊是一面牆，光線可照到坐在那裡的人，牆邊擺著一張很大的書桌，桌上有一整套訓練有素的考古學家所需器具；源於羅馬和希臘的銅器與陶器，古代廟宇和房屋的小模型，出土的舊時代器物殘片幾乎擺滿了書桌上的檯面。書桌上方掛著一幅真人大小的年輕小姐半身像，宛如藍色的春天氣息；她光滑的額上纏繞著金燦燦的辮子，彷彿青春的花環。「優美」這個老派的詞是朋友為她重新翻找出來的。曾經，她面帶微笑在這棟房子的門邊與走進來的人打招呼。畫中她那雙天真無邪的藍眼珠，現在仍然從牆上看下來；只有唇邊透露著一絲憂傷，她仍在世時不曾為人見過。彼時那位畫家因此受到責備；後來，因為她死了，一切就顯得理所當然了。

嬌小的黑髮女孩慢條斯理走近了些，眼中盛滿深情凝視這幅美麗的畫像。

「母親，我的母親！」她呢喃低語，似乎想藉著這些話讓自己爭取到她。

那張漂亮的臉孔和之前一樣，從牆上向下望，沒有生氣；女孩卻像貓一樣靈巧爬上前面那張沙發，然後爬上書桌，這會兒鼓著倔強飽滿的嘴唇站在畫像前，她顫抖的手努力要把偷摘來的玫瑰放在金色畫框後面的框條上。完成任務後，她很快下來，細心地用手帕擦掉她留在桌上的小足印。

但是，她現在不能像之前潛進房間那樣離去。她朝門走了幾步旋即折返，書桌旁那扇朝西的窗戶看起來更吸引她。

這裡下方也有一座花園，或者說正確些：一座荒廢的花園。面積不大，蔓生灌木遮掩不到的地方處處可見高高的圍牆。窗戶對面有一間倒塌的茅廬，茅廬前面幾乎被鐵線蓮的綠絲覆蓋的地方放著一張花園椅。茅廬對面以前應該栽種了一批高莖玫瑰，如今卻像枯萎小樹枝掛著褪色的花，百葉薔薇的花瓣蓋住了草地與雜草。

小女孩的手支著下巴倚在窗台上，熱切地向下看。

茅廬那裡有兩隻燕子飛進又飛出，大概在裡頭築巢吧；其他的鳥兒都歇下了，只有一隻知更鳥在金鏈花綻放的高枝上唱歌，黑色的眼珠盯著女孩瞧。

「妮絲，妳躲到那裡去啦？」一個溫柔蒼老的聲音，同時伸出一隻手輕輕撫摸那孩子的頭。

女僕靜悄悄地走進來，女孩轉過頭去，神情疲憊看著她。「安娜，」她說，「真希望我可以再一次去外婆的花園！」

老婦人沒有回答，只是緊緊閉上雙唇，同意似地頭點了幾下。「來，來吧！」她說，「看妳那樣子！他們馬上就要來了，妳爸爸和妳的新媽媽！」說著她把女孩拉進臂彎，整理她的頭髮和衣服。「不，不，小妮絲！不准哭，她是個很好的淑女，而且很漂亮，妮絲。妳喜歡看長的漂亮的人呀！」

就在此刻，街上傳來車子的轆轆聲，那孩子縮成一團，但老婦人抓住她的手，迅速把她拉出房間。他們到達的時間，足以及時看到車子開過來；兩位女僕已經把大門打開了。

老女僕看起來說對了。一位約莫四十歲的男人，嚴肅的五官很容易認出來，他就是妮絲的爸爸，正從車子接出一位年輕美麗的女士。她的頭髮和眼睛和那孩子差不多黑，她是她的繼母；匆匆看她一眼的人會說，如果她不那麼年輕的話很適合當繼母。她友善地向僕人們致意，眼睛四下搜尋；但她的丈夫很快就把她帶進屋子，帶進樓下那間飄著新鮮玫瑰芬芳的房間裡。

「我們將在這裡一起生活，」他說，並讓她坐進一張柔軟有扶手的靠背椅，「還沒在新家裡安頓好之前，別離開這個房間！」

她深情地抬眼看他，「那你呢，你不想待在我身邊嗎？」

「我把我們家收藏的寶貝拿給妳看。」

「好，好，魯道夫，你的艾格妮絲！她剛才在那裡？」

他已經離開了房間。他們抵達時，躲在老安娜身後的妮絲並未與父親的眼光接觸；現在，他找到站在外面走道上的她，兩手將她高高舉起，就這麼把她抱進房間。

「妮絲在這裡！」說著他把女孩放在地毯上美麗繼母的腳邊，然後一副有別的事要忙的樣子，他走了出去。他想讓這兩個人單獨相處。

妮絲慢慢站起來，一語不發站在這位年輕女士面前；兩人不安地審視彼此的眼睛。後者認為自己理當被友善對待，終於握住了女孩的手，很認真地說：「妳想必知道，我現在是妳的媽媽，我倆應該相親相愛，艾格妮絲。」

妮絲往旁邊看。

「我可以叫媽媽嗎？」她害羞地問。

「當然，艾格妮絲，想怎什麼叫都行，媽媽或母親，隨妳喜歡！」

女孩難為情地看著她，拘謹地回答：「我想叫媽媽！」

年輕女士快速瞄了她一眼，黑眼珠定定看進女孩更黑的眼底，「媽媽，而不是母親？」她問。

「我的母親死了。」妮絲輕聲說。

年輕女士的手不由自主地把女孩推回去，旋即粗里粗氣地把她拉向自己胸前。

「妮絲，」她說，「母親和媽媽都一樣！」

但妮絲沒有回答。她一直都稱呼已逝的那位母親。

談話結束了。男主人再次走進來，他看見小女兒在他年輕妻子的懷裡，發出滿意的微笑。

「現在來吧，」他輕快地說，手伸向後者，「以女主人的身分占領這棟房子的所有房間！」

他倆一塊離去；走過樓下一間間房，走過廚房和地下室，然後踏上通往大廳的寬敞階梯，走進樓梯兩側通道上一間間較小的房間。

夜色已經降臨，年輕女士依舊重重地掛在丈夫臂膀上，彷彿每一扇在她眼前打開的門，都成為落在她肩上的一個新負擔；她總是用單音節來回答他愉快湧現的話語。最後，當他倆站在書房門前時，他也沉默了，扶起無言倚靠在他肩上的美麗的臉。

「怎麼啦，伊娜斯？」他說，「妳不高興！」

「哦，不，我高興呀！」

「好，來吧！」

他打開門，迎面是一道柔和的光，小花園灌木叢那裡的夕陽餘暉經由西窗照進來。牆上那幅已逝者明豔動人的畫像在光線烘托下目光下垂，霧金畫框上躺著那朵燦爛的新採紅玫瑰。

年輕女士不自覺撫著自己的心口，一語不發呆呆地看著那張甜美、生意盎然的畫；她丈夫緊緊擁住她。

「她曾經給我幸福，」他說，「現在是妳！」

她點頭，仍然沉默並喘著氣。啊，這位逝者仍然活著，一個家豈有容納她們兩人的空間！

和先前妮絲在這房裡時一樣，外頭朝北的那座大花園裡傳來一條狗震天價響的吠叫。

年輕女士被她丈夫溫柔的手帶到窗邊。「看看下面！」他說。

下面通往大塊草坪的斜坡上坐著一條黑色的紐芬蘭犬；妮絲站在牠跟前，用她的黑辮子在牠鼻子上畫圈圈，圈圈愈畫愈小。狗兒的頭往後仰，叫了起來，妮絲哈哈大笑，反覆地玩弄。

看著這場稚氣玩鬧的父親也露出微笑，但是身旁的年輕女士沒有笑，他的臉上掠過一朵烏雲。「若是母親在的話！」他心想；嘴上卻大聲說：「那是我們的尼洛，妳也要認識認識牠，依娜斯；牠和妮絲是好朋友，她甚至讓這個大塊頭拉她的娃娃車。」

她抬頭看他，「這裡的事可真多，魯道夫，」她心不在焉地說，「我要能都搞清楚就好了！」

「依娜斯，妳在幻想！我倆和孩子，這個家小得不能再小。」

「小得不能再小？」她無聲重複了一遍，眼睛追蹤著此刻與狗兒在草地上追逐的孩子，突然驚恐地抬眼看她的丈夫，環住他的脖子，懇求說道：「抱緊我，幫幫我！我覺得好難。」

*

幾星期、幾個月過去了。年輕女士畏懼的似乎並未成真；家務井然有序，無須她操心。她友善又有教養，僕人們都心悅誠服，從外面走進來的人也感覺得到，現在又有一位與主人門當戶對的女士管理內部了。但在她挑剔的丈夫看來卻不是這麼回事；他只知道她並未真正參與家務事，倒有點客人的味道，沒把這裡當作她的家。她是個認真負責的人，更應該事必躬親才對。她若偶爾濃情蜜意地鑽進他的臂膀，好像必須確認一下，她屬於他，他屬於她，這個閱歷豐富的男人就覺得很不安。

她也沒有和妮絲建立起較親近的關係，一個內在的聲音——愛與聰慧——要求年輕女士和這孩子談她的母親，她對母親的記憶栩栩如生，自從繼母來到這個家以後，她很固執地把這份回憶藏了起來。但是——就只是這樣！掛在她丈夫書房那幅甜美的畫，她內在的眼睛避免去看。她不只一次鼓起勇氣，伸出雙手把那孩子拉近自己，但她接下來什麼都不說；她的嘴唇不聽使喚，於是，黑眼珠中閃著對這真誠舉動之喜悅的妮絲，快快地又跑開了。說來怪異，她渴望得到那位美麗女士的愛；是的，像孩童常有的行為，她偷偷崇拜她。但她不知該如何稱呼她，於是缺了那把開啟每次真心對話的鑰匙。她可以稱她媽媽，但無法張口叫她母親。

依娜斯感覺得到這最後一重阻礙，它似乎最容易除去，因此思緒一再回到這個點上。

一天下午，她與丈夫併肩坐在客廳裡，盯著茶壺於輕聲吟唱中升起的蒸氣。

剛看完一份報紙的魯道夫拉起她的手，「妳好安靜，依娜斯；妳今天一次都沒有影響我看報！」

「我其實有話要說。」她遲疑地回答，同時把手縮了回來。

「那就說吧！」

但她又沉默了一會兒。

「魯道夫，」她終於開口，「讓你的小孩叫我母親！」

「她沒這麼叫嗎？」

她搖搖頭，然後告訴他，他們抵達當天發生的事情。

他靜靜地聽她敘述，「這是一條出路，」他說，「孩子的心靈在此本能地找到了一條出路。我們何不讓她心存感激地繼續下去呢？」

年輕女士沒有答話，只說：「這樣的話，那孩子永遠都不會親近我。」

他想再次執起她的手，但她掙脫了。

「依娜斯，」他說，「天性中缺乏的，就別期待了。別要求妮絲當妳的小孩，別要求妳當她的母親！」

眼淚奪眶而出，「但我應該當她的母親啊。」她有點激動地說。

「她的母親？不，依娜斯，妳不必這樣。」

「我應該怎麼樣呢，魯道夫！」

如果她能聽懂這個問題的答案有多簡單，就不必問他了。他感覺到了，若有所思看進她的眼底，彷彿必須在那裡找出有助益的話語。

「承認吧！」她誤解了他的沉默，「你沒有答案。」

「喔，依娜斯！」他喊道，「等妳自己生養的孩子坐在妳腿上就明白了！」

她的身體像在拒絕。他卻說：「這一天會來的，妳將感受到從妳眼中湧出心醉神迷是什麼滋味，妳的孩子發出的第一次微笑，他幼小的心又如何吸引妳。妮絲一雙純真的眼睛也曾讓人眼睛發亮，她的小手摟著俯身向她的那個人的頸子，說：『母親！』她沒法這樣稱呼這世上的另外一個人，別和她生氣！」

依娜斯沒怎麼聽他說話，她的思緒只依循一個重點。「如果你都能說她又不是妳的小孩，為什麼不也說妳不是我的妻子！」

話說至此，他的理由與她何干！

他把她攬到懷中，試著安撫她。她親吻他，淚眼婆娑微笑凝視他，但對她都無濟於事。

魯道夫離開後，她來到那座大花園。進去時，她看到妮絲手裡拿著一本課本，正在大草坪上漫步；但她躲著她，拐進一條沿著花園圍牆、種滿灌木的岔路。

小女孩匆匆一瞥，沒有看見繼母迷人眼中憂愁的神思，像被磁鐵吸住似的專心讀書，對著課本喃喃自語，也慢慢地來到斜坡處。

依娜斯站在高大圍牆那邊的小門前，那扇小門險些被一種開著紫色花朵的攀緣植物蓋住。她心不在焉的目光停駐其上，然後想再安靜散一回步時，正好瞧見那孩子迎面而來。

她站在原地，問道：「這扇小門通到哪裡，妮絲？」

「通到外婆的花園！」

「外婆的花園？妳的外公外婆不是都已經去世了嗎？」

「是呀，好久好久了。」

「這座花園現在是誰的呢？」

「我們的！」女孩說，一副不用說也知道的模樣。

依娜斯美麗的頭俯向那些灌木，開始轉動門上的鐵製手把；妮絲一語不發站在一旁，似乎在等待這番辛苦的結果。

「鎖起來了！」年輕女士呼喊，她放棄並且用手帕擦手指上的鐵鏽。「這就是從爸爸書房窗戶看得見的那座荒廢花園嗎？」

女孩點頭。

「聽，那邊的小鳥在唱歌！」

這時那位老女僕走進花園，當她在圍牆那邊聽到這兩人的聲音時，便加快腳步來到她們身邊。「家裡有訪客。」她報告。

依娜斯的手親切地摸摸妮絲的臉頰，「爸爸是個很不高明的園丁，」她邊走邊說，「所以我們兩個應該進去好好整理。」

在屋內，魯道夫迎面向她走過來。

「妳知道米勒四重奏[2]今天晚上要表演，」他說，「醫師夫婦想警告我們，若是錯過實在不可原諒呢。」

當他倆走進房間陪客人時，長時間的熱烈音樂討論才緩和下來；接下來談的是家中還需要添購的物品。那座荒廢的花園在今天被遺忘了。

*

音樂會於晚上登場。不同凡響的音樂，聽眾們已經聆聽過海頓和莫札特，現在貝多芬c小調四重奏的最後和絃漸漸歇止，原本僅有樂音起伏光芒的莊重靜默，現在寬敞空間裡爆出簇擁聽眾的閒聊聲。

魯道夫站在他年輕妻子的座位旁，「演奏完了，依娜斯，」說著他俯身向她，「妳還有聽到什麼嗎？」

她好像仍然在聽似地坐著，目光對準了指揮臺，臺上只見空空的樂譜架。現在，她把手伸給丈夫，「我們回家吧，魯道夫。」說著她站起來。

他倆在門口讓家庭醫師及其妻子攔下來，他們是依娜斯到目前為止唯一有些往來的人。

「現在就走？」醫師說，心滿意足地朝他們點了點頭，「兩位和我們一起走，順路呢。這樣一場音樂會過後，應該再同坐個一小時才行。」

魯道夫打算興高采烈地附和，但他感覺到手臂被拽了一下，妻子哀求似的眼神盯牢他。他知道她的意思，「我把決定權轉交給上級。」他開玩笑地說。

2 十九世紀德國著名的樂團。

於是依娜斯明白，他倆將於另一天晚上去打攪這位不輕易放棄的醫師。

當他們到了朋友家並與之告別後，她如釋重負鬆了一口氣。

「妳今天對我們親愛的醫師夫婦有什麼意見嗎？」魯道夫問。

她緊緊抓住丈夫的手臂，「沒有，」她說，「今天晚上很開心，現在我只想和你單獨在一起。」

他倆快快走回自己的家。

「看，」他說，「樓下客廳的燈已經開了，我們的老安娜一定把茶几都布置好了。妳是對了，在自己家中怎麼樣都比別人家好。」

她只點點頭，默默地捏一下他的手。然後他倆進屋；她靈活地推開房間門，又拉上窗簾。

原先擺著玫瑰花瓶的那張桌子，這會兒立著一盞很大的銅製燈，照亮了枕著纖細手臂沉沉睡下的黑髮小腦袋，底下一本圖畫書的書角翹了起來。

年輕女士僵住似的站在門邊不動。她在這之前完全忘記這個孩子了，她漂亮的嘴唇掠過一絲苦澀的失望。「妳呀，妮絲！」丈夫帶她走進房間時，她衝過去，「妳在這裡幹什麼？」

妮絲醒了並一躍而起，「我在等你們。」她淺淺一笑，揉一揉惺忪的眼睛。

「安娜真糟糕，妳早就應該上床睡覺了。」

依娜斯走開，來到窗邊；她察覺眼淚正從眼睛內湧出。各種難受的苦澀混雜在一起，在她胸臆中翻攪；她想家，自憐；對深愛的丈夫的孩子冷淡無情，她深感懊悔；她自己都不知道，此刻襲上心頭的究竟是什麼；但是——她懷著歡樂與不公平的痛苦告訴自己——是這個：她的婚姻少了青春氣息，她自己卻仍然年輕！

她轉過身去時，房間裡已空無一人。她盼望的愉悅時光哪裡去了？她不認為是自己把它趕跑的。那孩子，半驚嚇看著她無法理解的事情，已經被爸爸靜靜帶了出去。

「耐著性子！」他對自己說，懷裡抱著妮絲，和她一起爬上樓梯；他也說了一句：「她還那麼年輕。」

他心中浮現一連串想法和計畫；呆滯地打開妮絲和老安娜的臥室，老安娜正在等妮絲。他吻她並說：「我會幫妳和媽媽說晚安。」然後他想下樓去妻子那裡，但是他轉過頭，最後踏進在走道盡頭的書房。

書桌上檯面立著一盞來自龐貝的小銅燈，是他新近添購的，而且灌滿了油。他把燈盞拿下來，點上之後又放回原位，在那張已逝者畫像下方。然後他坐下來，坐在放有插花玻璃瓶的桌子旁。這些全在未及多想中進行，好似腦袋與心忙碌之際，雙手也不能閒置。接著他走近窗邊，打開兩個窗扇。

天上雲層很厚，月光穿透不下來，下面那座小花園裡蔓生的灌木仿如一大片陰暗；只有栽植在通往茅廬斜坡上的黑色金字塔形針葉樹之間，白色鵝卵石閃著晶瑩的光。

這個孤單的男人往下望，開始發揮幻想力：那裡出現一個不再屬於塵世的可人兒，他看見她在斜坡上漫步，而他覺得自己彷彿走到了她身邊。

「回憶妳讓我更愛妳。」他說，但那位已逝者沒回答，她低下她美麗、蒼白的頭；近在眼前的她讓他打了一個甜蜜的寒噤，但她什麼都沒說。

他想到這上頭只有他一個人，他相信第一任妻子之死不容改變，一起度過的時光已成為過去。但下方那座她父母擁有的花園跟往常一樣；他從書堆中看出窗外，在那裡第一次瞧見那個不滿十五歲的女孩；女孩偷走這個嚴肅男人的心思，一天比一天多，一直到她終於長成女人，跨過他家門檻，把一切的一切都交給他，甚至帶來更多。與她在一起的歲月很幸福，創造了許多快樂；但那座小花園，當父母早逝、房子要被賣掉的時候，他倆保留了它，透過圍牆邊緣的一扇小門，小花園與他們房子的大花園銜接了起來。那時垂吊而下的灌木幾乎快把這扇小門掩住，他們讓灌木恣意生長；他們可以穿過小門，來到他們舒適安逸度過夏日時光的地方，連家裡的朋友都鮮少被帶到這裡來。

茅廬裡，他曾經從裡面的窗戶偷看他年輕的情人做學校功課，現在有一個黑眼珠若有所思的小孩坐在金髮母親的腳邊；倘使他暫時不埋首工作，就能瞧見人生在世最幸福的一面。但死神悄悄撒下種子，那是六月初的時候，有人把重病患者的床搬出臥室，放進她丈夫的書房裡；她希望能打開窗，讓幸福花園內的空氣吹進來，充盈她周圍。大書桌擺到旁邊去了，他的心思現在全在她身上。外面正值無與倫比的春天，盛開的櫻桃樹似雪花紛飛。他情不自禁將那個輕盈的人兒抱離枕頭，抱她到窗邊。「哦，再看一次！這世界多美！」

但她輕輕搖頭，說：「我再也看不到了。」

時刻不多久就到來，因為他不再聽得懂她嘴裡發出的低語，生命的火焰愈來愈微弱；唯有嘴唇痛苦地抽搐了一下，呻吟，在掙扎求生中呼吸。然而呼吸變淺了，愈來愈淺，到最後有如蜜蜂甜甜的嗡嗡聲。然後再一次呼吸，宛如有一道藍色光澤穿透睜開的眼睛，於是平靜了下去。

「晚安，瑪麗！」她再也聽不見了。

再過一天，樓下那間大而陰暗的房間裡，靜謐、高貴的人兒躺在棺槨內。家中僕人出現時總是安安靜靜；房間裡，他站在抱在老安娜手中的孩子旁邊。

「妮絲，」安娜說，「妳不會害怕吧？」

感受到死亡崇高的孩子答道：「不會，安娜，我在禱告。」

接下來是最後一程，他尚且能陪她一起走；根據他倆的意思，沒有神職人員在場，也省略了鐘聲。那是個莊嚴的清晨，雲雀飛上天的時刻。

結束了，但他仍坐困愁城，雖然看不見她，她一直與他同在。但這感覺於不經意中也消失無蹤，他經常膽怯地尋覓，卻愈來愈找不著。直到現在方才察覺，他的家空虛又寂寞，角落裡盤踞著一股以前不曾有過的黑暗。周遭有股奇怪的氛圍，而且她不見了。月光掙脫出雲霧，照亮了荒廢的花園。他依舊站在原處，頭倚在窗臺中的十字梃架上；他看不見外面的動靜。

他身後的門打開，一位留著嫵媚黑髮的女士走進來。

他的耳朵循著她衣裳發出的窸窸窣窣，他轉過頭去，探求也似凝望著她。

「依娜斯！」他呼喚，口中迸出這個名字，但並未朝她走過去。

她站著不動，「魯道夫，你怎麼啦？你怕我嗎？」

他搖搖頭，嘗試擠出一個微笑，「來，」他說，「我們下樓去。」

當他拉起她的手，她的眼睛落在油燈照亮的那幅畫像，以及一旁的花朵上。她臉上忽然掠過一種恍然大悟。「你這裡好像一座小教堂。」她說，話聽起來冷冰冰的，幾乎帶著敵意。

他全都聽明白了，「喔，依娜斯，」他說，「妳不也覺得已經過世的人很聖潔！」「已經過世的人！誰不認為他們聖潔！但是，魯道夫，」她再次把他拉到窗邊，她的手在發抖，黑色的眸子因激動而閃耀，「告訴我，我現在是你的妻子，為什麼把那座花園鎖起來，不讓任何人進入？」

她指著深邃處，黑色金字塔灌木之間閃爍如鬼魅的白鵝卵石，一隻很大的蛾正往那裡飛去。

他無言往下看，「那是一座墳，依娜斯，」他說，「或者，如果妳同意的話，是一座往日花園。」

她生氣地看著他，「我知道得比你清楚，魯道夫！那是你守著她的地方，你們倆在那白色的斜坡上漫步，因為她沒有死，就是現在，此時此刻，你也守著她，並且向她抱怨我，你的妻子。這就是不忠，魯道夫，你用一個影子來破壞我的婚姻！」

他沒說話，攬著她，半強迫地把她帶到窗邊，然後他拿起桌上那盞燈，對著那幅畫高高舉起。「依娜斯，請看一看她！」

已逝者那雙無辜的眼睛向她看下來，她的眼淚如山洪爆發。「哦，魯道夫，我覺得自己真糟糕！」

「別哭，」他說，「我也有不對的地方，但妳也要給我一點時間！」他打開書桌的一個抽屜，在她手上放下一把鑰匙。「打開花園，依娜斯！如果妳是第一位再度踏進花園的人，我求之不得。也許她的心靈會在那裡與妳邂逅，她那雙溫和的眸子慢慢盯著妳看，直到妳親如姐妹般摟住她的頸項為止！」

她動也不動凝視手上那把鑰匙，手仍是張開的。

「哎，依娜斯，不想接受我給妳的東西嗎？」

她搖頭。

＊

一顆種子掉落地上，其實離萌芽還早了些。

時值十一月。依娜斯再確定也不過，她將要成為母親了，自己孩子的母親。她很清楚地察覺到，她滿心歡喜之餘，不多久就帶來另一個東西。她心中興起一種蛇蠍陰險的想法。她想驅散它，躲著它，逃到家中所有的好人那裡，但它緊追不捨，三番兩次出現，而且愈來愈強大。她難道不像外來的陌生人，加入沒有她原本也過得好好的家庭嗎？再婚——究竟有沒有第二次婚姻這種事呢？第一次婚姻，絕無僅有那個，不是應該直到兩人死亡為止嗎？不僅直到死亡為止！仍然持續——持續下去，直到永永遠遠！真的嗎？

她的兩頰灼熱，折磨著自己，攫取那最殘酷的詞句。她的孩子，一個侵入者，將是這座祖宅中的雜種！

她魂不守舍地走來走去，孤單地承受她新的幸福與痛苦，倘若那個最有資格與她分享的人憂慮又狐疑地看著她，她便會恐懼地閉上嘴。他倆共用臥室內的厚重窗簾放下來，些微月光透過窗簾狹小的縫隙悄悄照進來。依娜斯苦苦思前想後，終於睡著了，這會兒正作夢；她曉得，她不能再留在這裡，她必須離開這個家，她只想帶走一小包行李，然後就走，走得遠遠的。去找她母親，永不再回來！花園栽種了雲杉的後牆那裡，有一扇通到外面的小門；鑰匙就在她皮包裡，她想離開，立刻。

月光繼續照耀著，向前挪移，從床架照到枕頭，現在，銀白色亮光駐留在她標緻的臉上。她起來，悄然無聲下床，把沒穿襪子的腳伸進面前的鞋子裡。現在她站在房間中央，身著白色睡袍；黑髮放了下來，她晚上習慣編兩根長辮子垂放在胸前。她平素靈活的身形現在看起來像往下坍塌；彷彿依舊昏昏欲睡。她伸出去的手摸索著，滑行過房間，但什麼也沒拿，沒拿那一小包行李，沒拿鑰匙。當她的手指輕輕撫過她丈夫放在一張椅子上的衣服時，她猶豫了一下，似乎另一個想法占了先；但她立即輕手輕腳但慎重地走出房門，然後下樓。樓下走道上的大門處有聲響，冷風吹來，晚風把沉重的髮辮掃到她胸膛上。

她不知道自己如何穿過了黝黑森林，並將之拋在身後，現在她在密林中，所到之處都聽得到有人跟蹤。她眼前出現一扇大門；她的小手使出全力撞開了一扇側門；眼前一片荒涼、廣闊的荒野，忽然響起大黑狗嗚嗚叫的聲音，踏著急促的步伐往這邊跑來；她看見牠們的紅色舌頭伸出氣喘噓噓的喉嚨，她聽到牠們愈來愈近的吠叫，聲音愈來愈大。

她睜開半閉的眼睛，慢慢看清楚四周。她明白自己站在大花園裡，手仍抓著花園鐵門的門把。風兒輕柔地拂過她的睡袍，從屹立於入口旁的菩提樹抖落的黃葉打在她身上。但，那是什麼？在冷杉木那邊，和她剛剛以為聽到的一模一樣，現下響起狗的吠叫，她聽得很真切，大概是從枯枝那裡傳過來的。她膽戰心驚。吠叫聲再度響起。

「尼洛，」她說，「是尼洛。」

她並未和這個家的黑色守護者交上朋友，不由自主地把那隻真正的動物與夢中怒氣衝天的狗混為一談。現在，她看見牠正從草坪另一端奮力向她跳過來，到她跟前時，牠卻突然躺下，歡樂中迸出低鳴，開始舔她赤裸的腳。同時有從莊園走過來的腳步聲，眨眼間她丈夫手臂環住了她。有了保護的她把頭靠過去，偎在他胸前。

他被狗兒的叫聲吵醒，看到她躺的那一邊床鋪是空的，吃了一驚。他內在的眼睛前方閃耀著一條黑水，就在花園後千步之外的田間小路旁。和幾天前一樣，他看見自己與依娜斯站在綠色的岸邊，他看著她走下那艘船，看到她把之前在路上撿拾的石頭扔進水中。「回去吧，依娜斯！」他說，「那邊不安全。」但她仍然站在原處，憂傷的眼睛呆呆望著漣漪，黑色水面上的漣漪逐漸消散。「真的沒法解釋嗎？」她問，於是他終於鬆手讓她離去。

他疾步走下通往莊園的階梯時，這一切在他腦海中狂奔飛馳。那時他倆也曾從家中穿過這座花園離去。現在，他在這裡遇見了她，簡直沒穿什麼衣服，一頭秀髮被夜露浸濕了，露珠仍不停地從樹上滴下來。

他將她裹進方格花呢披肩，他來到下面時披在自己身上的那塊。「依娜斯，」他說，他的心跳得狂亂，脫口而出的話幾乎沙啞生硬，「怎麼回事？妳怎麼走來這裡的？」

她打了個冷顫。

「我不知道，魯道夫，我不想走，在作夢吧；哦，魯道夫，這好可怕！」

「妳作夢啦？真的，妳作夢了！」他重覆了一遍然後深吸一口氣，好像卸下了重擔。

她僅是點點頭，像小孩似的被帶回家和那間臥室。

臥室裡，他溫柔地把她放開時。她說：「你好安靜啊，不生氣嗎？」

「我幹嘛生氣呢，依娜斯！我擔心妳，妳以前也會這樣作夢嗎？」

她先點點頭，隨即陷入沉思。「有，有一次；但沒有什麼恐怖的東西。」

他走到窗邊，拉開窗簾，讓月光慷慨地照進來。

「我得看看妳的臉，」他說，同時帶她到床邊坐下，自己也坐過去，「妳現在願意告訴我以前做的那個可愛夢境嗎？不必大聲說，月光如此柔美，最輕的聲音也會送進耳裡。」

她的頭偎在他胸前，這會兒抬起看著他。

「如果你想知道的話，」她沉思著說道，「那是，我想，我十三歲生日那天；我全心全意愛上了那個小孩，耶穌聖嬰，我因此不想再看見我的娃娃。」

「愛上耶穌聖嬰，依娜斯？」

「是呀，魯道夫，」然後她好像要歇息，緊緊地倚著他的臂膀，「我媽媽送了我一張畫，聖母和聖嬰；它裝在一個漂亮的畫框裡，掛在客廳裡我的小書桌上。」

「我知道，」他說，「它還掛在那裡，妳母親希望留著它，做為小依娜斯的回憶。」

「喔，我親愛的母親！」

他緊擁著她，然後說：「我可以繼續聽嗎，依娜斯？」

「當然！但是我覺得好慚愧，魯道夫。」接下來，她輕聲且遲疑地繼續說：「那天我的眼中只有耶穌聖嬰，下午我的玩伴來的時候也一樣；我偷偷溜進去，親吻祂小嘴前面的玻璃；對我來說，祂全然是活生生的，我多希望能像畫中聖母那樣，把祂抱在我的懷裡！」她沉默了，說最後那句話時，聲音宛如低語又似呵氣，沉了下去。

「然後呢，依娜斯？」他問，「妳的話何等不安！」

「不，不，我的魯道夫！但是，隔天晚上，我一定也是在夢中起床，因為第二天早晨，他們發現我躺在床上，手上放著那張畫，頭靠在壓斷的玻璃上睡著了。」

有那麼一會兒，房間內一片死寂。

「現在呢？」他似有不祥預感問道，真摯地看進她的眼睛深處，「今天晚上是什麼讓妳離開我身邊呢？」

「剛剛嗎，魯道夫？」他感覺到她全身顫慄了一下，她忽然摟住他的脖子，像快要窒息似的，很害怕地說著混亂的話，他聽不懂話中的意思。

「依娜斯、依娜斯！」他捧住她那張滿是憂愁的臉。

「喔，魯道夫！讓我去死，但別拋棄我們的孩子！」

他跪在她膝前親吻她的雙手，只聽到她明確說出的訊息，錯過了那些模糊的話；所有陰影從他心中飛走，他滿懷希望抬眼看她，低低說道：

「現在，一切的一切都必須轉變！」

*

日子繼續過下去，但那黑暗的巨獸尚未被打敗。依娜斯勉為其難才習慣妮絲在襁褓時期就用過的東西，幾滴眼淚掉在她現在安靜又勤快地縫製的小帽和小外套上。

妮絲也感覺到了，有一件非比尋常的事在醞釀。在樓上，朝著大花園的方向，突然有一間多半鎖起來的房間，平常那是她放玩具的地方；她從鑰匙孔往裡瞧，裡面一片昏暗，似乎籠罩著一股莊嚴的沉靜。當她在老安娜的幫助之下，想把放在走道上的玩具廚房拿到地板上時，沒能找到有綠色塔夫綢雨傘的搖籃，她努力想了又想，應該就放在斜斜的天窗下呀。她好奇地在每個角落張望。

「妳為什麼像個查票員走來走去？」老婦人說。

「噢，安娜，我的搖籃到那裡去了？」

老婦人露出慧黠的微笑看著她，「妳覺得怎麼樣，」她說，「如果鸛鳥送妳一個小弟弟？」

妮絲錯愕地抬起頭來，她覺這這個問題傷了她十一歲的自尊心。「鸛鳥？」她很不屑地說。

「當然囉，妮絲。」

「妳不該和我說這些，安娜。只有小孩才會相信，我早就知道這都是傻話。」

「這樣啊？如果妳比我聰明，冒失小姐，若不是鸛鳥一年又一年送來幾千個小孩，他們打那裡來呢？」

「他們從親愛的上帝那裡來的，」妮絲熱烈地說，「忽然有一天他們就來了。」

「請賜予我們慈悲！」老婦人說，「看看今日活潑好奇的小孩多聰明！妳說對了，妮絲；妳想必知道，是親愛的上帝派給鸛鳥這個任務。我自己就相信，祂自己也能辦到。好吧，假如哪一天他來了，小弟弟，或者妳比較想要一個小妹妹？妳會高興嗎，小妮絲？」

老婦人坐在一個行李箱上，妮絲站在她前面，她嚴肅的小臉蛋因一抹微笑而熠熠生輝，但不一會兒便又心事重重。

「喂，小妮絲，」老婦人重新探索，「妳會高興嗎，小妮絲？」

「會，安娜，」她終於說，「我很想要一個小妹妹，爸爸也會很開心。可是……」

「咦，小妮絲，妳還有什麼好可是的呢？」

「可是，」妮絲又說了一遍，然後沉思了片刻，「那個小孩不就沒有母親嗎！」

「什麼？」老婦人嚇了一跳，費勁地從箱子上站起身來，「那個小孩沒有母親！對我來說，妳實在太有學問了，妮絲。來吧，我們下去！聽到沒有？鐘敲了兩下呢！妳得準備去上學！」

*

第一陣春風正在屋外呼呼吹著，那個時刻即將來到。

如果我捱不過去，依娜斯心想，他會想念我嗎？

她眼中流露著怯憐從房間門旁走過，房間悄然無聲等著她以及她未來的命運。她靜悄悄出現，好像房裡有個她擔心會驚醒的東西。

家中終於有一個小孩出生，一個小女兒。外頭淺綠色的枝椏敲打著窗戶，屋內躺著那位年輕的母親，臉色蒼白且扭曲，原本曬黑的溫暖臉頰褪了色，但她眼中有火在燃燒，啃蝕著她的身體。魯道夫坐在床上，握著她細瘦的手。

她艱辛地轉過頭去看搖籃，有老安娜保護的搖籃放在房間另一頭。「魯道夫，」她無力地說，「我還有一個請求！」

「還有一個，依娜斯？妳要我做的還多著哩。」

她哀傷地凝視他，只有一秒鐘，然後她的眼睛迅速轉向搖籃。「你知道，」她說，呼吸愈來愈沉重，「你沒有我的畫像！你一直想請一位好畫家幫我畫，我們不能等專業人士來畫了。你可以請一位攝影師來，魯道夫，有一點複雜，但是，我的孩子，她不會認識我，她應該知道，她的母親長什麼樣子。」

「再等一等吧！」他說，試圖讓自己聽起來勇氣十足，「妳現在不應該太激動，等到妳兩頰恢復豐潤的時候再說！」

她雙手撫摸鴨絨被上她長而亮的黑髮，帶著點任性的目光在房間內蒐尋。

「鏡子！」她一邊說一邊從枕頭上起來，「給我一面鏡子！」

他想阻止，但老婦人已經拿了一面帶柄的小鏡子來，放在床上。病人急著去拿，當她看到鏡中的自己，臉上出現一抹劇烈的驚恐。她拿一塊抹布擦，但一點也沒改變。迎上她的那張帶著病容、受苦的臉，愈來愈陌生。

「這是什麼？」她突然大叫，「這不是我！喔，我的天！不要畫像，不要留給我孩子不好的印象！」

她摔開鏡子，那雙又乾又瘦的手相互扭絞。

有哭聲，不是她毫不知情躺在搖籃酣睡的孩子。妮絲趁人不注意溜了進來，她站在房間中央，悶悶不樂看著她繼母，同時抽抽噎噎咬著嘴唇。

依娜斯注意到她，「妳哭了，妮絲？」她問。

那孩子沒回答。

「妳為什麼哭，妮絲？」她急切地再問一遍。

孩子的臉色變得更加陰黯，「為了我母親！」那張小巧的嘴突然吐出這句話來，有點兒倔強。

病人愣住了，但旋即伸出被子裡的雙手，而那孩子情不自禁靠過去，她一把將她攬在胸前。「哦，妮絲，不要忘了妳的母親！」

有兩隻小手摟著她的脖子，只有她聽得清楚，孩子輕輕說：「我親愛、可愛的媽媽！」

「我是妳親愛的媽媽，妮絲？」

妮絲沒回答，只在枕頭上用力點頭。

「那麼，妮絲，」病人欣慰地低聲說：「也別忘了我！哦，我不喜歡被人忘記！」

魯道夫冷靜地看著這一切，生怕打攪她們。他一方面怕得要命，另一方面又暗自歡呼，但害怕的成分居多。依娜斯躺回枕頭上，不再說話，她睡了，出其不意的。

靜靜從床邊走開的妮絲蹲在她小妹的搖籃前面，她讚嘆地看著軟墊上那好小、好小的小手，還有那張皺成一團、紅通通的小臉，發出含糊不清的聲音，她的眼中滿是陶醉。不出聲走過來的魯道夫，親切地把手放在她頭上，她轉過去吻她父親的另一隻手；然後繼續看她的小妹妹。

時間一小時一小時過去了，日正當中，窗簾拉得更緊密了些。他坐在親愛妻子的床邊已經好一會兒了，在模糊的期待中，各種想法與畫面來了又去；他沒有注視，任由它們來來去去。

以前也有過一次像現在這樣，一種毛骨悚然的感覺席捲而來；他覺得自己似乎重新活過來。他又看見那棵死亡樹向上長，他的房子全被幽黯的枝條覆蓋。他惴惴不安瞧瞧病人，但她睡得正熟；她的胸脯一起一伏，呼吸順暢。窗下開滿丁香花的地方，有一隻小鳥不停地唱著歌；他沒聽見，正努力把此刻打算將他牢牢套住的虛假希望驅逐出去。

下午醫師來了，他彎身向熟睡中的人，拉起她的手，手上有一層溫暖濕潤的氣息。魯道夫屏息看著他朋友的臉，五官間透露著驚喜。

「我承受得住！」他說，「統統告訴我！」

醫師按了按他的手。

「救過來了！」是他唯一記住的話。他忽然聽見鳥兒在唱歌，整個生命又奔流回來。「救過來了！」夜裡他以為已經失去了她，猶恐劇烈震盪的清晨會毀了她，然而：

她得到庇佑，
拽她向上！

他用詩人的這兩句話總結自己的幸運，似音樂般不斷在他耳畔響了又響。

病人仍在睡覺，他仍坐在她床邊，期待著。外頭花園裡，此刻簌簌晚風取代了鳥鳴，有時像豎琴的音調揚起，然後牽曳過去；新抽的枝葉輕拍著窗戶。

「依娜斯！」他低語，「依娜斯！」他無法不呼喚她的名字。

她睜開眼睛，定定看著他，良久，彷彿她的靈魂必須先從沉睡中出來，才能抵達他身邊。

「你，魯道夫？」她終於開口，「我醒過來了！」

他凝視她，她的模樣怎樣都看不膩。「依娜斯，」他說，聲音中似有懇求的意味，「我坐在這裡，我所承受的幸福像是頭上頂著一付重擔，幫我一起扛下，依娜斯！」

「魯道夫！」她猛然坐起來。

「妳會活下去，依娜斯！」

「誰說的？」

「妳的醫師，我的朋友。我知道他沒有弄錯。」

「活下去！喔，我的天！活下去！為了我的孩子，為了你！」

她好像驟然有了回憶，兩手環繞她丈夫的脖子，唇壓在他的耳邊，「還有為你的，為我們的，我們的妮絲！」她喃喃地說。然後她放開他的頸項，握住他的雙手，溫和又充滿愛意地對他說：「我覺得好簡單！我再也搞不清楚，為什麼以前百般困難！」又對他點點頭，「你看好了，魯道夫；好日子就要來臨！只不過……」她抬起頭來，與他四目交接，「我必須參與你的過去，你得把你所有的幸福快樂都告訴我！還有，魯道夫，她那張可愛的畫像應該掛在你的書房，屬於我倆共有的房間；你說給我聽的時候，她必須也在場。」

他如同被賜福似地看著她。

「沒錯，依娜斯。她應該也在場。」

「還有妮絲！我要把從你這裡聽到關於她母親的事，再說一遍給她聽，適合她的年齡聽的，魯道夫，只說那個。」

他僅能無聲地點頭。

「妮絲呢？」她問，「我要給她一個晚安吻！」

「她睡了，依娜斯，」他說，溫柔地撩一下她的額頭，「已經半夜了呢！」

「半夜了！現在你也該去睡覺了！我卻，別笑我，魯道夫，我好餓，我要吃飯！然後，待會兒，把搖籃挪到我床前，很近，很近，魯道夫？然後我也睡覺，我感覺得到，真的，你可以放心離去。」

他仍留在房內。

「我要讓自己開心一下！」他說。

「開心一下？」

「對，依娜斯，一種全新的喜悅；我想看妳吃飯！」

「哎呀，你！」

看完了之後，他與看護一起把搖籃放在床前。

「好啦，現在，晚安！我覺得好像在重溫我們的新婚之夜呢。」

她帶著幸福的微笑指了指她的孩子。

不一會兒萬籟俱寂，黝黑的死亡樹沒把枝椏伸到屋頂，遠方莊稼已熟的金黃田地上，假寐中的紅罌粟款款搖擺。想必有一場豐收。

*

又是玫瑰綻放的季節。大花園寬敞的斜坡上停了一輛歡樂的小車。看得出來尼洛晉升了一級，因為套在牠身上的不是洋娃娃車，而是一輛真正的嬰兒車。妮絲在牠的大腦袋瓜上繫上皮帶的時候，牠很有耐性地站立不動。老安娜彎下腰去對著小車的傘，把枕頭拍鬆，這家尚未取名的小女兒睜大了眼睛躺在上頭。妮絲叫嚷著：「吁，駕，老尼洛！」這個小商隊以莊重的步伐展開他們每日的散步之旅。

魯道夫和比任何時候都高興、掛在他臂彎的依娜斯，微笑看著這一幕；現在，他倆走自己的路，穿過一旁的灌木叢，再沿著花園圍牆走，沒多久就站在仍然深鎖小門前面了。灌木不像平常那樣下垂，因為先前蓋起了一個支架，如此就好像走在陰涼的林蔭小徑上。他倆聆聽一下鳥兒的多重合唱，鳥兒們正在那邊無人攪擾的清幽中活動。接下來，在依娜斯小手的攻克之下，鑰匙轉動了，插銷吱嘎作響彈了回去。他倆聽到裡面的鳥兒瞬間大聲唱起來，然後四下寂靜。小門開了一掌寬，但裡頭開滿花的藤蔓把它卡得緊緊的；依娜斯使出全身力氣，後方咿咿呀呀、沙沙沙，小門卻文風不動。

「你來開！」她終於說，微笑且筋疲力竭地抬頭望著丈夫。

男人的手使入口門戶大開，然後魯道夫細心地把壓碎的灌木放到兩側。

他們眼前是陽光下閃閃發亮的鵝卵石小徑，好安靜，宛如那個有月色的晚上，他倆走在兩旁種滿深綠色針葉樹的小徑上，走過百葉薔薇，上百朵玫瑰從恣意生長的雜草中發出晶瑩剔透的光，斜坡盡頭那個倒場的蘆葦屋頂下，整張花園椅都被鐵線蓮蓋住了。屋內和去年夏天一樣有燕子築巢，毫不畏懼地在他們頭頂上飛進又飛出。

他倆在談些什麼呢？對依娜斯而言，這裡現在也是神聖的地方。這時刻他倆沉默了，只專心聽屋外花香中玩耍的蟲兒唧唧叫。幾年前魯道夫就聽過這叫聲，都沒變。人會消亡，這些小音樂家們是否永生不死？

「魯道夫，看我發現了什麼！」依娜斯這會兒開始說話了，「把我名字的字母倒著拼！叫什麼呢？」

「妮絲！」他笑著說，「妙不可言。」

「你瞧！」她繼續說，「所以妮絲其實是取了我的名字，現在我的孩子就取她母親的名字，好嗎？瑪麗！聽起來真不錯，而且柔和。你知道，小孩叫什麼名字，並非無所謂唷！」

他靜默了片刻。

「我們別開玩笑了！」他說，鄭重地看進她的眼底，「不，依娜斯，我親愛的小女兒的臉不要也被她的畫像蒙蔽。不要叫瑪麗，也不要如妳母親所願取名叫依娜斯。取名字不是兒戲，嚴肅些比較好！依娜斯對我來說也是絕無僅有，世界上不會有第二個。」過了一會兒他又添上一句，「妳現在是不是想說，妳有一個很頑固的丈夫？」

「不，魯道夫，只是因為你是妮絲真正的父親！」

「那麼妳呢，依娜斯？」

「有點兒耐性，我當然是你真正的妻子！但是……」

「又有一個但是囉？」

「不是不好的，魯道夫！但是，等到有一天，因為一切總有結束的時候，當我們都在那邊時，雖然你並不相信，但也許仍是一個希望，我們到了她先我們而去的地方，然後，」她抬頭看他，雙手環繞他的脖頸，「別甩開我，魯道夫！試都別試。我不會放開你的！」

他緊緊擁住她，說：「讓我們先從近在眼前的事做起；最好的事，能教自己也能教別人的事。」

「是什麼呢？」她問。

「活著，依娜斯，美好且長久地活著，盡我們所能！」

他倆聽到小門那邊傳來嬰兒聲，細微、發自內心的聲音，還不成句，還有明朗的

「吁」、「駕」，是妮絲嘹亮的聲音。在拉車的忠誠尼洛以及老女僕的保護下，這個家的快樂未來就是這對新結合的夫妻，他們的新生兒以及妮絲。（一八七四）

城堡 Im Schloss

村莊這裡

從村子的教堂墓園那裡，穿過冷杉林走上一刻鐘，首先映入眼簾的是類似停車場的花園，四周圍著高大無比的老菩提大道，其中一邊的路通往村子。那座石造大莊園位於路的後方，它的側翼建築再圈出一個極寬敞的庭院。這是以前一位富有伯爵的獵莊，和真人一樣大小的家族成員肖像現在仍掛在樓上名為騎士廳的牆上；半個世紀前賣掉這棟莊園時，新主人同意讓那些肖像暫時掛在牆上，看起來從此再也沒有人去管它們了。

大約二十年前，這棟與周遭土地上幾幢建築物不往來的房子，轉為歸屬一位年老白髮的外交官，即一位退休的公使所有。公使帶來兩個小孩，一個十歲左右，有一雙藍色眼睛以及頭髮黑得發亮的白皙女孩，另一個是年幼體弱的男孩，兩個孩子都是一位上了年紀的親戚託他照顧的。後來還有一位年老的侯爵，公使的遠親，也上門來，他是住在城堡內的人中唯一偶爾會在村裡露面的人，也是唯一會在田野間與村人聊一下的人；因為他習慣在炎熱的夏季或者明亮的春日到處健走，而且走得很遠，以便收集各種小動物，把牠們裝在盒子及玻璃罐裡帶回家。偶爾他那位年輕的小姑娘跟在他旁邊，背著一個輕巧的捕捉器，一邊走路一邊與身旁的叔叔說上一籮筐話，但她與一路上碰到的人幾無互動。老外交官瘦削，個頭又小，星期日他在教堂裡坐在那張華麗的椅子上做禮拜，很容易就被辨認出來。除此之外，若他在寬廣的菩提大道上來回走著，或者停步用手杖撥開路上的青苔，認得他的人可就沒幾個了。過往的農夫含蓄地和他打招呼時，他習於以一個輕微的手勢答禮；平常他都是與負責經營這塊小土地的管理員與農夫打交道。

幾年之後，這棟房子裡的成員因為小侯爵的老師加入而擴大，村裡的人對他記憶猶新，他是這附近的人，而且也是農夫出身。村人常看見他與老侯爵在一起，至於那位小姑娘，彼時已是年輕的淑女了，這期間也成為這個小團體的一員。村人至今仍津津樂道，那位老師與老先生如何在冷杉樹上架好捕鳥網，而那位小姐早就搶先一步到達，偷偷放了圈套中活蹦亂跳的鶇；有一回那位年輕友善的男士抱起那個殘障的小男孩走過冷杉林，因為輪椅在狹窄的小徑上無法前進；以及男孩會自已從網子裡拿走小鳥。

不久一切變得更加沉寂，可憐的男孩死了，家庭教師也離開了。這之前村人只在前往城堡的路上看過一位訪客，那人不是鄰居就是從城裡來的，現在則幾乎沒有人登門，大家也愈來愈少看見老外交官在花園的大道上漫步。

隔年秋天，慶祝那位年輕小姐結婚的時候，城堡倒是一度熱鬧了好幾天。婚禮於村中教堂舉行，好久不曾有這麼多優雅的人士在那裡出現，但新郎倌骨瘦如柴，頭髮稀少，又佩帶太多勳章，所以不太討大夥喜歡。新娘在老外交官的陪同下走向聖壇時，長長的白色頭紗下一雙距離太窄的黑眉毛，看起來實在無精打采；然而最糟的是她沒有哭，不像別的新娘不免俗會哭一下。老侯爵失神地坐在那張華麗椅子上，沮喪地向新娘望過去，儀式結束後他獨自悄悄從旁邊往田野方向走去。

隔天下午，這對新婚夫婦搭乘的馬車曾在村中的餐館稍事停留，村人駐足圍觀，仔細端詳馬車門上的徽章，那是一個藍色田野上的公豬頭。那位骨瘦如柴的優雅男士下了車，親手端一杯水至馬車給那位年輕小姐；她裹著大衣靜默地坐在昏暗的後座，等於沒亮相。

馬車駛離後，好些年過去了，誰也沒聽過任何關於那位小姐的事。老侯爵倒是有一回與牧師聊起，她在婚後第二年生下的那個男孩因感染一種兒童疾病而夭折；後來，當老外官過世，晚上在火把照耀下，葬於教堂墓園的冷杉木後面時，她可能於夜晚時分在城堡出現；但村裡的人誰都沒見到她。不久之後，老侯爵也帶著他的收藏和書籍離開了，據說要到另一位表兄弟那裡繼續他百無一害的研究。

那石造的城堡無人居住有一整個夏天之久，雜草在花園大道上寬敞的小徑恣意生長。又是一年已過，這一日下午，那輛有公豬頭徽章的馬車再度停在村莊餐館前，年輕小姐坐在餐館內，就是昔日那位城堡的小姑娘；她和氣地與大家聊天，告訴他們現在她自己經營她的莊園，並且即將住下來，因此她很希望有親切可靠的左鄰右舍。然而她看起來一點都不開心，而且不再年輕了，雖然她大概不會超過二十五歲。

大夥簡直迷糊了；不一會兒傳言便傳遍城裡和村裡，餐館和酒館也不例外，都說在教堂內訂定的高貴婚約沒結出善果；此外，這位年輕小姐好像在她顯貴夫婿的官邸和一位年輕教授有曖昧關係。有幾個人甚至聽說，就是那位他們都認識的已逝小男孩的家庭教師，而那位年輕小姐，據說，形同被逐出家門，不准再回官邸了。還有一則十分吸引喜新厭舊的好事者的傳言：前不久下葬的小孩血統可疑，可能就是導致那對夫妻分居的主要因素。傳言由已經發生的事情構成，但不曾發生的，占的篇幅卻更多。

這期間女侯爵已在對面那棟老城堡住下來，她非常孤單，從來沒有誰見過來自城裡或附近貴族家庭的馬車往冷杉林方向駛去。如同一位學校老師所言，她讓人幫她從城裡帶書來，好讓她研究農業，她也喜歡與散步時遇到的村民聊這一類話題。沒錯，炎熱的七月午後，有人看見她在田間把收集來的石頭裝進絲質圍裙裡，再搬到路旁，一頭壯碩的黑色聖伯納犬陪著她，須臾不離。

她不覺得自己完全能掌握接手的工作，約莫三個月前來了一位管理員，但他是一位年輕高貴的男士，他的父親早就打算要送他一塊比這裡還大上兩倍有餘的土地。農夫們不明白，他想在這小小的農莊上獲得什麼好處，尤其是他們很快就打聽出來，他對農事很在行；但是校長認為，他是女侯爵的遠房表哥；這位有親戚關係的年輕男士不只光想協助擔任森林管理員。他緊閉眼睛神祕兮兮地說：「在城裡發生過的那些事，現在，朋友，您可是位校長，自個兒劃下句點吧！」

城堡裡

在無光澤的角樓旁，房屋正面的左方盡頭，有一扇厚重的門通往屋內；從右邊沿著對面的寬敞廊道可以到達樓上，那裡延伸出一條長長的走廊，走廊的白色牆壁上什麼也沒掛。可以望見寬闊石院的高高窗戶對面是一排房間，房門這時都已關上，只有最後一間有人住。那個房間非常大又陰暗，深綠色的厚羊毛織料做的窗簾半掩，一位身穿黑色絲質衣裳的女性站在深深的窗龕那裡。在這個九月午後，她一隻手上拿著一把玳瑁梳子用力梳她黑色的粗髮辮，額頭倚在一塊窗玻璃上，出神地朝外頭望。窗戶前有一個約二十步寬的石院，隔開了房屋和花園。她深邃的藍眼睛，一對濃濃的彎眉，凝視對面花園入口處柱子上的一只巨大沙岩花瓶好一會兒。就在石製玫瑰花環纏繞的地方，有羽毛和麥稈冒出來，一隻想在裡頭築巢的麻雀跳出來，坐在鐵柵門上；但不一會兒就展開翅膀沿著小徑飛向花園，那條小徑的高牆爬滿野薔薇果，照不到太陽。

距離入口約一百步遠的地方，這條林蔭小徑被一塊寬闊、陽光充足的廣場切斷，廣場中央蔓生的紫菀和木樨草之間，一眼即可望見一座小小基座上的殘破日晷。那位女士的目光跟隨著鳥兒；她看著牠在金屬指針上歇息了片刻；又看著牠起飛，消失在後面的林蔭小徑裡。

她輕手輕腳回到房間，輕到連絲質衣裳都沒發出聲響。她把書桌上幾張寫了字的紙整理好並鎖進抽屜裡之後，拿起牆邊翼形大鋼琴上的一頂草帽，然後走到門那邊。壁爐旁地毯上有一隻黑色聖伯納犬，站起來緊跟著她走出通道。她很自然地把手放在狗兒美麗的頭上，帶著牠走到位於高大主階梯下、一扇通往狹長庭院的門。她和狗兒走在長滿雜草的石頭上，從客廳窗戶對面的柵門朝寬敞的花園小徑望下去。

空氣中充滿了濃郁的秋天氣息，是木樨草的味道，從明亮的圓形花壇那裡開始，開滿了整座花園。右邊延伸出去的山毛櫸形成一間仿造的莊園，最前端有不可或缺的門及窗戶，樓下和樓上，主要入口旁邊甚至有一座低低的塔，一切都是矮樹籬修剪出來的，儘管荒廢了好幾年，形態仍保持得不錯。仿造的莊園前延展出一座長滿低矮果樹的園子，樹上垂掛著蘋果和梨。只有一棵樹與眾不同，它茂密的枝椏闊氣地伸展出去，比這座綠葉築成的城堡還要高。那位女士站在那裡，四下隨意張望；然後她靈活的腳放進這棵樹底部的樹叉內，輕鬆地從這個枝幹攀上另一根枝幹，直到綠葉築起的高牆不再限制她的視野為止。

冷杉林屹立於花園側邊，遮住了更遠處的村落；但她眼前展開一望無際，直達村子裡的景色。那座城堡所在的高地下方，兩側延展出一條長滿歐石南、遠至地平線的路，籠上一層棕中帶紫的薄霧；也只有在這個地方，城裡陰暗的塔才會在背景出現。她苗條的身影悠哉地倚著一根搖搖晃晃的樹枝，銳利的目光遙望遠方。空中傳來一聲尖叫，她不禁抬起眼來，當她認出那是在陽光燦爛的高空搜尋獵物的老鷹時，她舉起手，像打招呼似的對那頭鷹揮舞手帕。她突然想起一首古老的民歌，便在這清新的九月天哼唱起來。狗站在放在地上的草帽旁邊，口和鼻抵著樹幹，一雙棕色眼睛往上望著女主人。現在牠正用爪子刨著樹幹，「我就來，圖克，我來啦！」她朝下面喊著；不久她從樹梢下來，與她不會說話的夥伴走進山毛櫸林，林子從圓形花壇一直擴展到平坦寬敞的菩提大道。

她才走上大道，迎面來了一位大概不會超過二十歲的年輕男子，誰都看得出來，他曬成棕色的臉上那精巧的鼻樑和她同出一源。「我在找妳，安娜！」他說，然後親吻美麗女士的手。

她開口問「有何貴幹，魯道夫表弟？」的時候，友愛堅定的眼神落在他身上。

「我得向妳報告！」他一邊答道，一邊很優雅地將她帶引到旁邊一張花園座椅。接下來他站在她面前，一本正經地報告如何讓一塊潮溼草地達到最佳排水狀態，以及因而衍生的費用。他說了好一段時間，她靠在椅背上，悄悄以手掩口打起哈欠。最後她一躍而起，「魯道夫，但是，」她嚷了起來，「我一點都不懂；你已和我解釋過了！」

他皺起眉頭，語帶懇求地說：「慈悲的女士！」

她笑了起來，「儘管說吧；耐心我倒是有的！」

於是他把要說的都說了。她伸手向他誠懇地說：「你是個有良心的管理員，魯道夫，但是我必須另外找一個人來。我不能再這樣要求你為我工作了。」

她與他眼中的一抹熱切相遇，「這不叫犧牲，」他說，「妳明明知道。」

「哎呀！哎呀！我還知道，」她鎮靜地回答，「你十歲還是小男孩的時候，就是我忠心耿耿的騎士了。幫我備那匹黑馬吧，我們立刻騎馬到草地去。」

他走開，而她若有所思看著他，輕輕搖頭。

片刻後兩人跨上馬，年輕的騎士設法騎在她旁邊，但她始終比他快上幾步。她讓馬兒盡情奔馳，那條狗一旁大步躍進的同時，馬的嚼環噴出唾沫星子來。她的眼睛漫遊至遠方，越過棕色的原野，暮色已開始染上了大地。

幾小時之後，她又獨自坐在房間裡，書桌上放著下午收進抽屜裡的紙張，圖克就在她旁邊的地毯上休息。燈火照亮了她並不特別高的額頭上簡單挽起的黑髮，顏色似乎變淡了，幾乎透明而呈灰色。她寫得很慢，這會兒放下筆來，往前看去，好像想辨識出遠處什麼東西。

她憶起某年十一月，她搬離前一個住所前最後一次踏進城堡的那個夜晚。因為她叔叔寄了一封信到官邸，捎來她患病父親過世的消息，信封上有一個幾天前蓋上的郵戳。她匆匆上路；第二天夜幕初降時，路旁的森林與農田漸漸眼熟，黑暗中仍可看見附近有一座村莊，她聽到狗吠，並且聞到了松樹林燃燒的味道。馬車在村內大街上一間很小的房子前面停下來，她的侍女下車，因為她允許她去她住在那座村子裡的父母家，第二天早晨再回來。馬車繼續向前行駛，她縮在車內的角落，打著冷顫把大衣披在肩上。父親的模樣在她心中浮現；她看見他，最後與她共同生活的那段時間裡他習慣做的事情：冷清騎士廳的昏黃燈光下，他拄著拐杖來回踱步；斑白的頭低垂，在一幅畫前佇立良久，一雙黑色眼睛有時也向她投過來。

天已經完全黑了，馬兒的腳步放慢，但她不敢鼓動車伕加速。一股無意識的退縮使她閉上嘴巴，甚至不反對晚一點到達。雖然她一直都閉著眼睛，卻看見那個矮小瘦削的身影從旁邊漫步過去，風吹過時，她彷彿聽見那熟悉的均勻腳步聲，以及拐杖敲擊地板的聲音。

抵達榆樹大道，過橋往城堡方向駛去時，塔鐘傳來響聲；那勻稱規律的鐘聲一向由老外交官親自監督。她吸了一口氣，靠著車子，他們走進莊園時，一道不尋常的光線刺入她的眼睛，這棟建築物樓上的燈似乎全打開了。馬車轆轆行駛在石板上，在塔樓附近的入口處停下來。車伕空中揮了幾下鞭，回音在古老馬廄的牆邊響起。等了一會兒，什麼都沒等到之後，這位打冷顫的女士吩咐打開車門，向她的車伕描述一間可供馬匹過夜的地方，然後她下車，關上那扇厚重的門之後，她走進樓下那個寬敞的廊道。她站了好一會兒，猶豫地四下張望，直通樓上的寬闊樓梯那裡柱子上的銀製多層燭臺正燒著鯨腦油。她彎下身去，側耳傾聽，但四周一片寂靜。靜悄悄的，她幾乎不敢直起身子，開始登上樓梯。接下來，她似乎聽到走廊上通往騎士廳的那扇門吱嘎作響；就在那上頭，樓梯上有個東西衝著她跑來，現在她看見牠了，是父親養的狗；她呼喚牠的名字，但那狗充耳不聞，追趕著從她身邊往下跑向廊道，一溜煙穿過敞開的門，跑到外頭去了。直到這會兒，她才發覺有皮裘厚實的味道。她慢慢爬上最後幾節階梯，走進燈火通明的樓梯間，到了樓上的走廊才停步。騎士廳的門是打開的，她看見寬闊廳堂內的中央，高高的獨角架上有兩排蠟燭在燃燒；兩排蠟燭之間的地毯上出現了一道陰影。沒有人在廳內，只有已逝者的畫像一如往常沉默地掛在牆上。對面叔叔的房間門大開，房內好像也點著蠟燭，因為她可以清楚認出壁爐橫線腳下那個鍍金的天使頭顱。

她遲疑地踏過門檻，走進廳裡，但拘謹的她仍先在窗龕那裡站了一下。遠處好像有人在唱讚美詩，她的目光穿過窗玻璃，投向黑暗處，於是看見教堂墓園所在的那一端冷杉木，天上有一道熊熊的紅色火燄。現在她知道了，她太晚回來；她的眼睛只好轉回空蕩蕩的廳裡。靜靜燃燒的蠟燭不斷發出嘶嘶聲，就在可能是這段期間擺放棺材的地方，地板霹啪一聲，有若向她擠壓過來，以便從本應由她扛起的陰森森重擔中喘一口氣。她覺得毛骨悚然，鑽進窗戶角，她感受到的並非悲傷，純粹是恐怖。

＊

但是她的筆跟不上她所思所想的速度。

紙上的敘述

我想寫下來，這樣我會好過一些，因為這裡好寂寞，甚至比以前還寂寞。他們都走了，如果我說，姑姑在外頭走道上咳嗽，又說聽到小庫諾的拐杖聲，全都不是真的。我們在一個清朗的晚秋早晨舉行葬禮，村裡的人都站在四周，帶著隱藏不住的好奇，他們至少都想看看裹屍布如何滑進墳裡，即使只瞄到布的尖角也好。然後，我離開後，姑姑去世，接下來是我父親。多少次我仔細探索他的眼睛，按理他的靈魂已安息，但我不曾聽聞；只覺得他英俊臉龐上突起的肌肉正努力壓抑，不讓他說出向我推擠而來但永遠說不出口的愛的話語。

畫像依舊掛在騎士廳；已逝男人和女人組成的團體沉默不語，他們陌生的表情一如往常跳出相框，看進空蕩蕩的大廳；然而大廳後面的那間房間，既沒有傳出紅腹灰雀在吹口哨，亦無名喚彼德先生的歐掠鳥那嘈雜、懶洋洋的叫聲；刀子嘴、豆腐心的好叔叔，早就棄他死去以及仍存的小動物離開了。但他仍然活著，當春天來臨，他也許會回來；而我將和從前一樣，找一間無人涉足的房間當作避難所。

從前！我一直都是個孤單的小孩，生下小庫諾之後，母親的病情加劇，她的小孩因此不太獲准待在她身邊。她過世後我們搬出城堡，在城裡我們一如過往，只住在一棟大宅子裡的樓下；現在我擁有一整座城堡，一座大且種著特殊花木的花園，一座冷杉林就位於花園後方。再者，我擁有足夠的閒暇；父親只有餐桌上才看得到我，我們小孩吃飯時是不准說話的；姑姑烏蘇拉是位墨守成規的好心淑女，不喜歡離開她為各方朋友織打花紋繁複東西的位子，就是窗龕那裡；當我在她跟前縫完衣裳的鑲邊，或者朗讀完一篇拉封丹寫的寓言故事，我就和父親那隻灰色獵犬跑向花園裡的山毛櫸角落，她頂多抬起頭來往窗外看一眼。

我沒有玩伴，弟弟差不多小我八歲，貴族家庭賴以維生的房產土地都在遙遠的地方。雖然剛開始城裡的公務員曾一一登門，但我們鮮少回訪，接待也極馬虎，因此，尚未展開的往來不久就打住了。但我並非獨自一人，在城堡裡一間間寬敞的房間裡，外頭花園灌木叢之間，或者冷杉林中高聳的枝幹之間都不孤獨；「親愛的上帝，」一如祂在孩童心目中那般，處處與我同在。教堂裡一幅古老的畫讓我對祂熟得不能再熟；我知道祂穿一件紅色無袖袍子，又披著一件藍色寬大衣；白鬍子如溫柔的波浪飄冉在寬闊的胸前。我覺得好像仍然和叔叔一起站在冷杉木那邊，那是我第一次聽到頭頂樹梢上的春風在呼嘯。

「聽！」我說，手指朝上舉起。「祂來了！」

「誰呀？」

「親愛的上帝！」而且我的眼睛睜得好大，彷彿看見祂藍色大衣的鑲邊正在枝椏間飄揚。好多年之後，晚上我將入眠之際，仍覺得我的頭枕在祂的腿上，感覺得到祂在我的額頭上溫和地呼吸。

我最喜歡待在寬敞的騎士廳裡，這間大廳的寬度整整占去樓上的一半。我悄悄、多少心懷畏懼地，在沉默的人群面前溜進廳內；大廳後方壁爐上陳列著在戰爭中逝去的人的大理石雕像。多少次我站在那裡，用好奇的手指試著感受他們冰冷的肋骨！那些畫像特別吸引人，我踮起腳尖走過一幅又一幅；那些身著奇特的紅以及火紅色禮服的女士們，不是手上有一隻鸚鵡，就是腳邊伴著一條哈巴狗，我永遠也看不膩。她們蒼白臉龐上淺棕色的眼睛向我望，古怪極了，如此非比尋常，好像我曾在活著的人身上看過這一幕似的。然後是緊鄰入口的那幅騎士畫像，他心懷愧疚，雜亂的黑鬍子似乎在說，一旦有人盯著他瞧，他將變得面紅耳赤。我經常盯著他瞧，緊盯不放好久好久，一旦我覺得他的臉似乎充滿了血，我就逃跑，努力跑到叔叔的房門那裡。但門那邊有另一幅畫，應該是一幅幾百年前兒童們嬉戲的畫作，畫中的兒童都打著寬邊花領結，像九柱球似的，男孩和女孩一個挨著一個站著，一個比一個矮小。顏色掉了也褪了，當我穿過門，在畫像下方跑的時候，老覺得他們已入土的小臉上和歐洲黑莓一樣黑的眼睛全都往下看著我。若是叔叔在房間裡，我便逃到他那邊，而他則從書本後面一躍而起，愉悅地斥責我並嚷嚷：「怎麼？那些乏味的畫像又追著妳不放啦？」

我曾經認真考慮黃昏時分穿越那間廳堂，幸好花園側邊的幾扇門正對著這裡，從這邊的窗戶可以往西看去，撫慰人心的夕照正輝映在冷杉林上。叔叔房裡的鳥鳴已停，只有外頭窗前的倉梟在牠偌大的籠子裡生龍活虎。叔叔長了皺紋的手臂靠在扶手椅上，夕陽餘暉平和地透過窗戶照進來。我知道如何讓他開口說話，他如果不講那個荷勒太太的童話，[1]或者那則百發百中魔彈射手的傳說，我絕不罷休；這些故事我怎麼聽都不膩。尤其是有一次，正講到精采的地方，他突然站起來，說：「唉，安娜，妳難道真的相信這些蠢事嗎？等一下就好，」他繼續講故事，並點燃他的滑動燈座，「妳應該聽一些更美妙的故事。」接著他抓到了一隻蒼蠅，弄死牠之後，把牠放在我倆面前的桌上。「好好看牠一回！」他說，「有沒有看見牠小腦袋瓜旁，黑色絲絨底上的小銀點？」我聽從他的指示觀察之時，他開始解說這受人輕視的小蟲巧奪天工的構造。但我覺得十分無趣，在聽過奇妙的童話世界之後，大自然奇蹟當然激不起我任何好奇心。

與此同時，我悄悄長大了；有一次我站在鏡子前，不過我很少這麼做就是了，就會看到自己瘦削的身子配上一張黃而稜角分明的臉。雖然我察覺到眼中那奇特的藍；但一般來說，我一點都不欣賞這種吉普賽式的特質和黑色頭髮，因此我不太關心我的外表。我一頭栽進父親的圖書室，那裡有好多上一個世紀末、知識豐富的好書，我開始閱讀，沒多久就不可自拔；我在屋子裡的祕密角落啃書本，不然就是在花園裡，有時因為沒聽見吃午飯的呼喚，因而遭受父親斥責。有一天下午我在外頭，口袋裡放著閱讀糧食，爬進樹屋的上層窗龕裡，用剪平的樹枝布置一個舒服的窩。我坐在樹蔭下，頭頂上有綠葉形成的圓拱，不一會兒就沉浸在穆索斯[2]的民間童話中，七月驕陽卻在下面的圓形花壇中央發威。突然叔叔的聲音闖進了我的童話世界，我往下看去，看見他站在小矮樹的中間，用手遮擋陽光，對著我說話。「喂，」他大叫，「如果妳在上頭扭斷了脖子，不會有人照顧妳喔？」

「我不會扭斷脖子的，叔叔！」我往下喊，「這些樹木又老又可靠！」

但是他不放心，搬來一架花園用的梯子爬上來，測試一下我逗趣的座位是否安全。他瞥了我的書一眼之後，說：「怎麼，妳簡直無藥可救，儘管胡思亂想吧，妳這隻野貓！」

那段時間裡我全身上下洋溢著一股罕見的心醉神迷。騎士廳內掛在門上方的那張畫，在那些盛裝的男孩旁邊，有一個約莫十二歲模樣的男孩，穿著一件毫無裝飾的棕色輕便上衣，可能是受雇管理土地者的兒子，經常與城堡主人的小孩玩在一起。他的手上拿著一隻麻雀，透露出他出身貧困。他簡單修剪過的頭髮下的藍眼睛，堅定地看著前方，然而緊閉的嘴巴又透露出一些煩惱。以前我不曾注意到這個不起眼的人，現在他突然不一樣起來。我開始想像這個男孩的人生，研究他以及他高貴玩伴的臉，他後來怎麼樣了，成長為一個男人，是否克服了病痛，在他嘴唇周圍的痛楚以及額頭上顯現的倔強，難道是因病而起？他的眼睛注視我，彷彿有話要說；然而那張嘴始終沉默。我覺得

1 出自《格林童話》。

2 Johann Karl August Musäus, 1735-1787，德國作家、語言學家暨童話收集者。

悲傷，湧起崇高的同情心，忘了這個少年只是幾百年前活過的人所留下的無關緊要痕跡而已。一旦我踏進大廳，就覺得那張畫中的眼睛似乎在我的眼皮上，直到我抬起眼來，回應那個目光為止；晚上臨入睡前，不僅親愛的上帝的臉龐俯身看我，那蒼白男孩的臉出現的次數更為頻繁。

有一次叔叔留在田野上，於是我走出他的房間，也是我存放小倉鴞飼料的地方，當我穿過大廳，一回頭，正好看見午後陽光從旁邊高高的窗戶照進來，門上方的那張畫因而閃閃發光。男孩的臉變得生動，是我之前不曾見過的，我突然感到一股難以抗拒的渴望，想近一點觀察。我側耳傾聽四周是否絕對安靜，然後我吃力地把幾張牆邊的桌子搬到叔叔的房門前，一張一張疊起來，一直疊到與那張畫齊高為止。我把自己和牆上這群默不作聲的人關在房間裡，冒著生命危險爬上去，怯生生地一一瀏覽。爬上頂端的時候，我的血液沸騰，聽得見心臟大聲跳動。男孩的臉就在我正前方，但他的眼睛矇上了陰影，只有那緊抿的紅唇仍受到陽光照耀。當下我有些遲疑，我覺得呼吸好像愈來愈困難，血似乎就要衝上臉來了；但我仍然壯起膽子把我的嘴唇輕輕印上去。我打著哆嗦，彷彿犯了偷竊案，爬下來，並且把桌子一一歸位。

*

這一切戛然而止。我過十四歲生日時，父親宣布，未來三年直至堅信禮之後，我都要住在阿姨位於一座大城市的家中，堅信禮也將在那裡舉行。就這麼，我再度像小時候那幾年一樣，被限制在幾個房間的空間裡，沒有森林，沒有花園，沒有一方小小天地，可讓我編織白日夢。我必須學習從前不曾學過的東西，從裡到外受到訓練，而我在她眼皮下過每一分鐘的阿姨，是個非常嚴厲的婦人，不容許所有因襲的禮儀慣例稍有偏差。唯一比較喜歡她的人大概要算小魯道夫了，而我開始為他表現出來的高度眷戀感到不安。有時候我與魯道夫從阿姨那裡獲得允許，一起到城外的綠地散散步。在那裡停留變得尚堪忍受，我對音樂課的興趣愈來愈濃厚，透過老師介紹，我獲准去參加一個歌唱社團。阿姨顯然勉為其難地同意了，因為上課的人來自各個階層——平凡老百姓，就像她習慣性揮著拒人於千里之外的手說的那樣。我無所謂，休息時我喜歡和一位宮女的妹妹，以及一位上了年紀的女爵共處，這兩位都熱愛唱歌；幾個駐紮在城裡的少尉向我們走來，於是我們聊起天來，聊到指揮棒再度舉起時才停。至於其他人，我幾乎連姓名都不問。稍晚僕人準時來接我們回家。

接下來我收到一封父親簡短又正式的信，他警告我要聽從阿姨教導；我也收到一封相形之下長得多的信，叔叔寫來的，他別的沒說什麼，所言恰與父親相反，偶爾也捎來關於城堡以及花園的報導，使我在這個寂寞的地方滿懷鄉愁。

三年終於過去了，烏蘇拉姑姑和父親來接我回家，魯道夫的母親把我交還給他們，如同繳交一個她教育之下差強人意的作品。我的弟弟庫諾也跟著一起來，他長大了，但他好蒼白，看起來不太舒服。馬車抵達時，他拄著一根小拐杖下車的樣子，使我看了心如刀割。我倆立刻成為知心密友，回家路上他坐在姑姑和我的中間，握著我的手不肯放開。

一個清朗的四月午後，我們抵達家門。馬車才過了橋正駛進莊園，我就看見叔叔站在塔樓旁的門內，他一如往常沒戴帽子，滿頭灰髮在過去這段時間中看似並未變得更白。「唔，妳回來啦！」他不流露感情地說，把手伸向我。當我們坐在客廳裡，而我已經換下那罩住我的裝束，他狐疑地的目光逡巡過我時髦的衣裳。「妳穿著這廉價的單薄衣服要怎麼爬上妳美麗花園城堡的二樓呢？」他一邊說一邊用手指尖捏住我寬大衣袖的邊緣。「我剛剛特地叫人為妳打掃過了。」

但他多慮了，穿著衣裙上縫有荷葉邊和花邊的我，和那個穿著十分合身童裝的人，本質一樣，並未改變。我片刻都等不及，滿心歡喜跑到花園，山毛櫸的新綠正抽著芽，我從後門跑到冷杉林，再從那裡跑回屋內。我跳上寬敞的樓梯，覺得所有的東西都好大，而且空氣流通。然後去騎士廳與那些老先生女士們打招呼，但我不自覺地躡手躡腳走進去，經過了這麼長的時間，他們銳利的目光仍像從前那樣望進廳裡，我依舊覺得有些陰森恐怖。門的上方，那個手拿麻雀的男孩仍然站在伯爵的小孩旁邊，但我的心很平靜。我漫不經心從畫的下方走過，沒有回應他倔強的眼神，進入叔叔的房間。他像往常一樣坐在他那張老舊的扶手椅上，房裡都是書本和活蹦亂跳的小動物，以及動物標本。當我的手指穿過鳥籠縫隙時，彼德先生，那隻無精打采的歐掠鳥，用牠一慣的方式聒噪；窗前還有一隻小倉鴞坐在屋外一間木籠子裡，眼神迷迷糊糊過著一天。叔叔把書擱到一旁，我一一和熟稔的東西打照面時，感覺到他那雙親切的灰色眼睛再度落在我身上。

一會兒之後我走進樓下的客廳，烏蘇拉姑姑正坐在她的窗龕座上織毛線；一旁是父親的房間，透過打開的門我可以看見父親俯身讀著他的信件和報紙。家中一切還是老樣子，只不過比以前增加了一位成員，因為同一天晚上來了一位年輕的男士，一所高中校長把他推薦給我父親，來當小庫諾的老師。他在大學時主修語言學和歷史，在義大利待了很長一段時間之後，希望走上學術研究之路，但由於一些外在因素，不得不暫時接下這份私人職位。除了他已具備的學養之外，特別讓我感興趣的是他受過完整的鋼琴演奏訓練。

我初次看到他是在第二天，用午餐時他坐在他的學生旁邊，那蒼白的臉頰以及迅疾的目光讓我覺得眼熟，但我想不起來他長得像誰。他回答父親問他旅居外國時的種種問題時，頭時不時輕晃一下，好把他光滑的棕髮撥回耳後，好像說什麼也要擠出有深度的內在思考似的。午餐結束之後，父親將話題轉往音樂，要求他偶爾在我唱歌時為我伴奏。

雖然他一口答應，但幾個星期飛快地過去，我卻沒再想起這個約定，而且我除了吃午餐以及喝晚茶時與他打聲很一般的招呼之外，根本沒去管這位新的家庭成員。一天下午，我與一位住在城裡、有時與我一起練唱的年輕淑女，收到了一份新樂譜。我們試著練習舒曼的二重唱，但那獨一無二的伴奏實非我倆能辦到，「我們去找那個老師，」我說，然後請僕人去房間請他過來。

過了一會兒僕人回來了：「阿諾特先生現在沒空，但是會盡快來享有這份榮幸。」我們只能等待，我盯著時鐘，一分鐘又一分鐘過去了，已經過了一刻鐘。於是我們自己練習了起來，門打開，阿諾特先生走了進來。「很抱歉，小姐們，剛才那小孩的課還沒上完。」

我沒針對這句話作答。「勞駕您！」說著我指了指打開的樂譜。他後退一步，「請容我請求，為我介紹一下這位小姐好嗎？」「阿諾特先生！」我滿不在乎地說，沒有抬眼看；我也沒說那位年輕小姐的名字，我不想說。

他注視著我，一抹高高在上的微笑掠過他的臉頰，微張的嘴唇輕得不能再輕地震顫了一下。「我們開始吧！」他說，然後坐在椅凳上，充滿自信地彈起一開始的節奏。接下來我們唱起來，但不太高明，可能我表現得最糟，只有信心滿滿的彈琴者撐起場面。我們唱到曲子中間時，他停了下來，「再來一次！」他說，同時把手平放在樂譜上，「一部一部單獨唱！您，我的小姐，我可以知道您的芳名嗎？」

年輕淑女說出自己的名字。

「您就先唱吧！」開始了，不久也輪到我，一次嚴格的練習；他堅持我們反覆練習每一段的開頭及個別段落，我們唱得臉都發燙了，彷彿突然被年輕的老師控制。有時他柔和的男中音也會加入，這首曲子漸漸進入個別段落，愈來愈清越，直到我們流暢地唱完為止。

他面帶微笑朝我們走過來時，悄悄進來的父親就站在他後面，對音樂沒多大興趣的老先生臉色緩和，態度相當友善。「精采！我親愛的阿諾特先生，」他說，並且拍了拍那位年輕男士的肩膀，「您讓小姐們熱力四射；您現在應該單獨為我們高歌一曲！」

一隻手還放在琴鍵上的阿諾特再度坐下去，開始彈一首義大利民謠，一首悲嘆往日風采宛如心神不定的鬼魂的歌。父親先是站了一會兒，然後背著手在房間裡來回踱步。他的思緒早已轉到別的事情上，也許想著那幅國王的畫作，他透過一位頗具影響力的朋友仲介，希望能收到國王致贈的高貴禮物。小庫諾拄著拐杖，比父親早一步悄悄來到鋼琴旁，一語不發靠在他的老師身上。當老師的一邊彈琴，一邊摟住他，就這樣把那首歌唱完。「你喜歡聽歌嗎？我的好孩子。」他問，小男孩點點頭，抬起溫柔的眼睛望著他時，他把他抱到大腿上，嘴裡輕聲哼唱著，好似只唱給那孩子一人聽。那是一首很可愛的德文歌：「星斗滿天！」

但是，不管願不願意，這首歌也為我而唱。

之後他經常為我唱這首歌，因為從那天起，我們之間不知不覺產生了友誼。然而將我倆繫在一起的不僅是音樂，小庫諾不多久就把他的愛平分給我和他的老師，並且還巧妙地為我倆安排屋內屋外的共處機會。

*

七月某一天，叔叔、阿諾特和我以及小男孩，在城裡尋覓一輛小輪椅，因為那時走路對男孩來說有時變得很艱難了。我們很快辦完這件事，然後採納阿諾特的建議，走一條較遠的路，沿著一座美麗山毛櫸樹林回去。我們讓馬車停在林子後方的一座村莊內，一起走下街道，街的兩側大多為稻草覆蓋的農舍。一會兒之後，阿諾特突然拐進一條人行便道，兩條土堤上長滿了胡桃樹以及歐洲黑莓。我們都跟著他，庫諾今天的活力特別充沛，眼睛盯著陽光下繞著薊飛舞的黃蜂和蝴蝶。兩條土堤不長，走不了多久便到達終點，眼前出現廣闊的灌木叢與草地，那裡有一間與世隔絕的漂亮農莊。一溜深綠色樺樹，那幾乎垂到地面的巨大稻草屋頂特別醒目，粉刷成棕色的山墻正對著我們，山墻上漆成白色的窗戶發出溫暖的亮光。

「這棟房子，」阿諾特說，「我小時候常常來，世界上哪個地方都比不上它討我喜歡，因此我希望你們也能看一看。」

叔叔點點頭，「這棟漂亮房子的主人是誰？」

「村長海因希・阿諾特。」

「海因希．阿諾特？」

「是呀，這塊土地上的農夫一直都叫做海因希．阿諾特。」

「但是，」我問道，「您不是也叫這個名字嗎？」

「這個家族的所有長子都叫這個名字，」他回答，「這個家族搬到城裡去的旁支也一樣，目前屋主的父親是我父親的弟弟。」

這時我們走到了房子那裡，穿過房子盡頭打開的大門，阿諾特帶著我們走過與屋子齊高的過道，兩側是已閒置不用的家畜棚。陰暗的圈舍猶有一股淡淡的煙味，客廳門後面的過道變寬了，並且因兩邊的窗戶而明亮宜人。一位老婦人站在一個在地上玩耍的小男孩旁邊，她穿著一件普通的農家傳統服裝，黑色的布是自己織的，一頭灰髮攏在黑絲絨的便帽下。當我們更靠近一些時，她慢慢站起來，曬成棕色的臉上有一對仍然很黑的眉毛，顯得很突出，眉毛下那雙灰色眼睛平靜地打量我們。「看，看哪，海因希！」片刻之後她說，握了握我們年輕朋友的手，似乎沒再多注意我們這些人。

「她是我的奶奶，」我們的朋友說，「我的父母都不在了，她是我最親的親人。」然後他介紹我們，她接著按照我們站的順序，一一與我們握手。

她帶著半憐憫、半觀察的眼神朝小庫諾望過去時，阿諾特問道：「奶奶，村長在家嗎？」

「他們今天在草地上割草、捆綁再曬乾，」她回答。

「您呢，」我的叔叔說，「大概就在等這個最年輕的海因希．阿諾特囉？」

「就算是囉！」她一邊回答，一邊打開某個房間的門，「一無是處的老人總該想想還能做點什麼吧。」

「奶奶啊，」我們剛好走進房間時阿諾特說，「不放過任何助年輕人一臂之力的機會，但是，」他對著她繼續說，「你們想必知道，村長和他的小孩忙完之後，若還能見到大家，他會很高興的。」

「當然，海因希，當然，」老人說，「但有人受不了老是看到有一個多餘的人在旁邊吧。」說著，她抬起頭來看她孫子的臉，「你看起來實在虛弱，海因希，」她說，「這都是讀了太多書的關係。他應該有更好的事可做才對，」她對著我們說，「他父親是這莊園裡的長子，而他恰好也是長子。但他父親在大學讀過書，所以當兒子的也只好在陌生人堆裡討生活。」

阿諾特微微一笑；她說這些話的同時走出門外，叔叔目送她離開。稍後她端了幾杯酸奶回來，是阿諾特拜託她為我們拿的。

在這個顯然不是每天都用得著的房間裡，牆邊有好幾個可以背的大板條箱，漆成綠或紅色，包覆著一層薄薄的黃銅膜，其中一個還繪有不太高明的花朵；因此，只有擺在窗戶下的椅子可供我們坐下。我希望讓老人家開心，「這裡布置得真好看，所有的箱子都好雅緻！」

她探究式地注視我，「您說的是哪個？」她說，「我想，幾個橡木櫃，旁邊再放上一張椅子或一張躺椅，大概比較好吧。不過這都是以前流行的樣式了。」

叔叔喝了一點酸奶，含著戲謔的眼睛向我望過來，老婦人走到門邊，想拿起一個放在小木板上的蘋果給我弟弟。因為她搆不著，我很快地搬一張椅子過去，爬上椅子並把蘋果遞給她。我因此掩飾了想瞞也瞞不住的尷尬，深覺慶幸。她默默地讓我幫忙。把蘋果放在小庫諾的手上時，她說：「我那條比較年輕的腿就是不聽使喚。」稍後，這位年老農婦嚴肅的眼睛往我這裡投來溫柔友善的一瞥，我竟覺得自己好像贏得了什麼，那個東西不但珍貴，還不容易得到呢。

不久我們便離開那個房間，參觀房子裡的陳設，特別是那間寬敞潔淨，空氣流通又涼爽的牛乳地下室[3]，如同阿諾特所言，其實是我們的農夫最好也最有價值的房間。接著，老人和莊園未來繼承人待在一起的時候，我們走出大門來到戶外，置身綠葉滿枝的老橡樹樹蔭下，「您的奶奶是個實話實說又謙虛的人，」叔叔一邊走一邊說，「但我們現在知道那裡才是您的家。」

老先生雖沒抬起眼皮，卻把手伸了出去，阿諾特緊緊握住老先生的手好一會兒。

主建築物的一側就在我們面前，是一間現在閒置不用的屋子，[4]後面草地上有一道殘存的四方形籬笆，這引起了我弟弟的好奇。昔日通往那個如今已關閉的小房間的一扇小門那裡，幾根柱子兀自挺立於灌木叢間。「那是蜜蜂房，」阿諾特說，「很多年以前，我父親還是個小男孩時蓋的。等到日後他的弟弟接管了土地，他雖然沒時間也沒興趣繼續他剛起步的養蜂工作，但他留下這個籬笆做為紀念，而村長是因為疼我才沒把它拆掉。」

我們前方目光所及之處是一片遼闊的草原，其間斷斷續續生長著盎然的矮樹籬以及小樹林。阿諾特用手指著說：「我很少走到這裡，十二歲那年暑假，我住在叔叔家，一天早上我與小我幾歲的堂哥，也就是現任的村長，跑到下面的草地。我們一直向前走，直到一座叢林把路一分為二。於是我吹起一根堂弟為我用羊角削成的笛子，我記得很清楚，有幾個開滿白花的沼澤地，讓我忍不住感到恐怖起來。大約一刻鐘以後，我倆進入

3 陰涼的地下室，儲放剛擠下的新鮮牛乳並加工處理的地方。

4 父母把農莊傳給子女之後搬過去頤養天年的屋子。

一座濃密的闊葉樹林，在忍受外頭的熾熱驕陽之後，突然感到到一股沁涼，因為陽光很難穿透樹葉照進來。我的堂哥不久就走遠了，而我因為到處都有的矮樹籬而跟不上。這時我聽到有人在叫我的名字，我吹笛子答覆，終於我走出了樹叢，來到一個透著些許陽光的地方。我不得不停下腳步來，一種無止盡的孤寂襲上心頭。那裡安靜得頗不尋常，幾隻蝴蝶無聲地在花上飛舞，陽光灑得樹葉一閃一閃的，似乎有一種凝重強烈的氣味鎖住這個偏僻之地。這地方中央，一根長滿青苔的殘幹上，躺著一隻亮綠色的蜥蜴，牠蠱惑人的金色眼睛盯著我瞧。我記得一清二楚；我很確定，我們是從蜜蜂房那裡往草地方向一直向前走的。當我提醒村長這一點時，他卻笑我；因為草地的後面並沒有森林，而且有史以來壓根就沒有什麼森林。那麼，我那時到底身在何處呢？」

「也許在那地方的另一頭？」我叔叔說。

「如果這樣的話，這條路就不會通往草地。」

「嗯，一隻綠色蜥蜴？我在這裡還沒找到一隻呢。您知道嗎？阿諾特先生，幸好您沒有成為這地方的村長。您是個夢想家，就像安娜跟她的古老畫作一樣。」

我不知道為什麼，當叔叔說這句話，看了看我，又看了看他時，我們兩個人都紅了臉。但我留意到，阿諾特輕輕地搖了搖頭，然後抗拒似的用手把頭髮撥到耳後。

不久便踏上回家的路，我倆沒再多交談，小庫諾沒一會兒就在我的臂彎裡睡著了，我的思緒很平靜也很平和。回到家時天色已暗，一顆顆星子正從天際冒出來。

*

城堡內的生活循慣例靜靜地持續下去，夏天也接近尾聲了。阿諾特和他年幼的學生愈來愈親近，小男孩即使有時因病而中斷上課，但他學得輕鬆且滿心歡喜。他反而覺得背誦古老教堂詩歌難得不得了，每個星期天早上都要去父親的房間背幾首詩給他聽。

一天早上，為了鼓勵他也背下已打算放棄的一首尼可萊詩歌[5]，我走到樓上的騎士廳，很快就穿過打開的門，來到叔叔的房間，這個時段通常他都坐在書桌旁邊的扶手椅上，今天也不例外。他對我投來匆匆一瞥，一句話也沒說，繼續把他昨天捕到的昆蟲平放在軟木塞做的板子上。我捧著書在房間裡走來又走去，一開始輕聲、逐漸提高些音量喃喃唸著那首詩歌。我唸到第三節：

5 Philipp Nicolai, 1556-1608，在漢堡擔任傳教士，寫過多首童謠。

澆注我心深處，
你這明亮的碧玉和紅寶石，
你愛的火燄。

我的叔叔突然抬起頭來，銳利的眼睛穿過他大大的眼鏡向我看過來。「過來！」他說，「妳在唸什麼？」我聽他的話走過去，他一隻手指著一隻下頷用針敞開來的黑色甲蟲，「妳知道大金龜怎麼吃掉小金龜子嗎？」接下來他一五一十解說這種貪吃的昆蟲如何以同樣方式成為另一種昆蟲的食物。我常在我們的花園裡觀察到這種景象，但從未激起我其他的想法，因此，我的眼睛眨也不眨盯著這位老先生的嘴唇，他的話引起我一陣莫名的恐懼。

「這就是，孩子，」他繼續說，每一個字都很慎重，「大自然的規則。愛情和終將一死的人，畏懼孤獨如出一轍。」

我沒答話，突然間覺得腳下的地板被抽走了。我的表情想必透露了一切，因為叔叔很明顯被他所言產生的效果嚇了一跳。「好了，好了，」說著他溫柔地摟住我，「也不一定就是這樣啦，還有一些和妳教義手冊中不一樣的說法。」

但這些話持續在我心中發酵，我在屋裡的房間漫步，母親的手永遠都不會伸向我，我寂寞的心頻頻呼喚著愛。午餐時我看到在田裡工作的人回來了，我以為我一定讀出了每一張臉上的悶悶不樂，但他們和平時一樣，滿不在乎地笑談莊園裡的趣事。

下午我覺得有必要請叔叔多講一些，因此再度走向他的房間。房門大開，但他不在房間裡。走道中間躺著一隻黑貓，爪子攫住一隻剛捕到的老鼠，那隻老鼠一定是在安靜午後時光壯起膽子跑了出來。我站在門檻上，若有所思看著牠們。貓開始玩遊戲，牠收回爪子，老鼠迅疾跑過走道，沿著牆壁逃。但那雙閃著綠光的眼睛不曾放過牠，肌肉暗地裡緊繃起來，一躍而起，那隻小獸便再次倒下，黑貓發亮的尾巴掃過地板，小心翼翼地用牠的尖牙咬住那隻被抓到的老鼠。牠還沒打算結束，於是遊戲重新來過。有的時候，若牠再三用牠小巧而彎曲的前爪把那隻逃跑的小東西抓回來，我簡直快要被同情心淹沒了，出於一半固執一半好奇，每一次我都忍住。

正當我站在那裡墜入苦思，聽見對面的門打開的聲音，貓叼著依舊活著的犧牲品跳了進去。「您哪，小姐！」一個年輕的聲音響起；我抬起眼來，看見阿諾特就站在前面，他已經與叔叔談了好一會兒話了。因為我沒回應他，他便一副準備離開的樣子；然而他好像突然從我臉上的神情讀出了我心中的徬徨無助，於是他稍稍遲疑了一下，幾乎是低聲下氣地說：「我能為您效勞嗎，任何事都行，安娜小姐？」

他的眼神使我想開口說話，我走到桌邊，要他看看叔叔上頭還釘著那隻黑色甲蟲的伸張板。

我說：「讓這隻黑貓放過我吧！」他滿腹狐疑地看著我，於是我告訴他那天上午在我眼前發生的事情。他靜靜地聽我敘述，「然後呢？」我說完時他問。

「我一直到現在都還感受得到親愛的上帝與我同在，」我羞怯地說。

他的眼睛落在我身上好一會兒，彷彿在檢查什麼，然後他輕聲說：「其實另有一個上帝。」

「但祂費人疑猜。」

一抹溫和的微笑浮上他的臉頰，「只有小孩才想伸手摘星星。」他站著陷入沉思，片刻之後才說：「聖經裡有句話：『你們尋求我，若專心尋求我，就必尋見。』[6] 但您似乎不明白這句話的意思，幾千年以前發現或者尚待發現的東西，您深信不疑並且感到滿足。」接下來他用呵護的手一一清除殘留在我心中已崩解的神蹟瓦礫；他一下子用即興的概念解開一個祕密，一下子又向我指出經文中已有的最高道德規範，逐漸將我的視野導向深度思考。我看到人類的譜系向上攀升，不斷發芽生長，以自然發展的形式，除了人類生命起源的創世紀之外，並不需要別的奇蹟。

他講得逸興遄飛，腮幫子都紅了，眼中發出光芒，我一動也不動聽他說話，乾渴的心靈中有若露水滴落。然後，當我不經意地抬起頭來時，看見叔叔站在對面的窗戶旁，好像在整理他的鳥籠；阿諾特這時也把頭轉向他，舉起手指作勢警告：「可別讓我尊敬的閣下聽到了！」他說，「這堂課也在我們嚴格審核過的課程計畫上嗎？也罷，也罷，」他笑著繼續說，「我不會告訴別人的！」然後他走到桌邊，神情愉悅地拿起較新穎的自然研究者的著作，自言自語似的說：「他就是希望被找他的男人們發現；只不過這條路很長，又經常讓人迷路。」

我常回想這一天是如何度過的。晚霞映在客廳的牆上，我年幼的弟弟坐在窗龕那邊的小桌子旁，從莊園裡往花園望過去，他想再到戶外一趟，而且我和「親愛的阿諾特」務必陪同前往。父親不在家，所以姑姑被我們說動了。阿諾特從他房間下樓後，我們把小男孩放進他的輪椅，由僕人將他推到花園，接下來就只有阿諾特和我能碰他，其他誰

6 耶利米書 29:13。

也不准，於是我們一人一手在寬廣的菩提大道上把這位小乘客推來推去。姑姑用一條網織的圍巾裹住她的頭，走在我們旁邊，又把一件小外套密實地蓋在男孩的腳上。我們幾乎沒有交談，四周和遠處一片安靜，偶爾只聽得到樹葉從枝椏間落到地上的些微聲響，星星在樹梢沉默但活潑地閃爍著。那孩子全身放鬆，在他柔軟的枕頭上沉入夢鄉；只有一次他直起身子，口裡嚷嚷著：「阿諾特，安娜！有一隻金龜子在飛耶，就在星星的最上方！」

「那是一顆流星，我的孩子。」烏蘇拉姑姑說。

我看見阿諾特轉頭向我，但我倆沒說話，我相信，我倆都被同樣的思緒感動了。稍後當我們帶著熟睡的孩子回到家時，我又在窗前站了許久，看著外面的夜色。心中有一種恬靜的幸福感，我不知道是什麼造成的，是因為新穎但謙卑的上帝尊崇在我心中生根，或者，是因為我從未感受到大地如此崇高？

＊

九月時因為樓下房間需要整修，我們便把樓上那間掛滿畫的大廳布置了一番。那是個星期天上午，晚上城裡將有慶祝新建議會廳喬遷之喜的活動，並舉行一場舞會。我的父親心情很不錯，因為那幅他朝思暮想的國王畫像已經掛在他房間好些天了，他同意我們可以接受市府的邀請。我們房產和土地所在轄區的首長，以及與她一起生活、但自我回家以後尚未來訪過的姊姊，將與我們一起用餐。兩位女士都受邀，晚上再與我們一起到城裡去。

我拿著刺繡活坐在窗戶旁，才與我一起唱過歌的阿諾特站在我旁邊，正與人談話。我的姑姑與其他賓客走進大廳的時候，他正要求我與他共舞。轄區首長是位大塊頭的中年女士，她的眼睛很堅定地半閉著，好似不屑正眼瞧這個世界，而我老是在想，她的腳大概會把她走過路上的每一隻小生物都踩爛吧，因為她簡直不看腳下的地板呢。然而當她朝我走過來時，她眼睛周圍的細紋消失了，她親吻了我，她為我臉上的朝氣以及眼中的亮光感到欣慰，她以平淡無奇的話語傾倒了一堆柔情給我。我的姑姑跟她提了阿諾特的名字，他行鞠躬禮，而她一邊與我說話，一邊簡單有禮地答禮。

「這位年輕男士是不是綠樹林那裡阿諾特先生的親戚？」一會兒之後她問我。

我看著這位女士傲慢的臉，沒勇氣直接否認，「我不太清楚，」我輕聲說，「他沒跟我們提過這個。」

他一定是聽到了我在說謊，因為他立刻來到我身邊，我低垂的眼睛感覺到他嚴肅的目光落在我身上時，也聽到他說：「我姓阿諾特，女士，我在年輕男爵家當老師已經幾個月了。」

轄區首長的眼睛上下打量，「哦？」她冷冷地說，「那小孩一定帶給您許多樂趣吧！」說完她面帶親切微笑轉向我姑姑，與她攀談來。

不消多時，姑姑與兩位女士進入她們的房間，我仍坐在窗邊繡花，阿諾特站在已打開的鋼琴旁。我倆都沒講話，屋內的空氣好像凝結住了，「您就唱點什麼吧，」我終於開口，「一首民謠，或者隨您的意思！」

他沒答話便坐到鋼琴前，彈過幾個充滿熱情的和絃之後，他唱起一首耳熟能詳的民謠風歌曲。

當我尚未看到什麼，
我的心卻必須承認，
我再也不能讓妳就這麼走過。

此刻夜晚的星光
灑在我的小房間裡，
我躺下但沒睡著，
想著妳。

我經常聽到這旋律，但歌詞不一樣，我有預感，這歌詞與我有關，當他繼續唱時，我感覺出來他的聲音在發抖。那些字句聽起來好甜美，以致於我迷醉似的停下手上的刺繡。

我的心
完全屬於妳，
在妳手中顫抖，
她一點兒也不在乎！

他沒把這一節唱完就起身，站在我前面，「安娜小姐，」他的聲音猶含有歌唱時的激昂，「您為什麼在那位女士面前不承認我？」

「阿諾特！」我提高音量，「喔，拜託，阿諾特！」那些話重擊我的心。

我抬起頭來，他的眼睛射出一道混合著驕傲與憤怒的光芒，我阻止不了眼淚滾下兩腮，滴在我的刺繡上。他默默地看了我一會兒，臉上激動的表情消失了，「別哭，安娜，」他說，「對於一個打從嬰兒時期便自覺高人一等的人而言，應該很難不說謊吧？」

「什麼謊話？您什麼意思，阿諾特先生？」

他承載著痛苦的眼神落在我身上，「自以為高人一等，」他慢慢說著，「誰又高到不知什麼時候忽然就跌下來呢？」

「噢，阿諾特，」我喊道，「您把責任統統推到我身上！」

他堅定的眼睛再度看著我，就像我第一次與他面對面站著時一樣；當下我突然明白了過來，何以我覺得這張臉如此熟悉。我緘默，因為我覺得臉頰發熱。但當他疑惑地注視著我時，我試著保持鎮定，指著門上方的那張家族的老畫像，「您看得出很相似嗎？」我問，「其中一個男孩應該是您的先祖。」

他匆匆看了那張畫像一眼，「您知道，」說著他輕輕搖頭，「我不屬於這個家族。」

「我是說那個男孩，手上有麻雀的那個。」

他的臉上掠過一抹苦澀的譏諷，「那個陪公子唸書並且代為受過的男孩嗎？這倒是有可能，我的家族世居此地。」他輕輕搖頭把頭髮撥到耳後，幾乎柔和地說：「原諒我，安娜小姐；我並非不會犯錯。」

我站起身來，黯然地看了他一下，「您這是在責備我，」我答道，「但是您自己，我認為，才是那個驕傲的人！」

「不是，不是，」他呼喊著，一邊抗拒似的伸出手來，「不是，我不低估任何人。」我們的談話被打斷，女士們都回來了，而我費了好大勁才掩飾住我激動的情緒。

*

晚上我們到齊了，只有叔叔例外，他從不參加在鄰城漂亮且燈火通明的市議會大廳裡舉行的任何社交活動。

大廳內本來掛著一系列生動的圖畫，用以陳述這座城市幾世紀以來的不同發展，現在大廳整理過，騰出空間跳舞用，老的少的四下站著，聊著剛剛結束的表演。「迷人，真迷人！」我聽到我父親的聲音，我一會兒看到他與這人，一會兒又與那人親切交談，請男士抽菸，到處都進行著無害的雙邊關係。我放棄與阿諾特跳第一支舞，我的心在跳，因為我好久沒和他一起跳舞了，而且從來不曾與他共舞過。我那位歌喉極佳的朋友走過來，我們手挽著手，在輝煌的吊燈下來回走著並東聊西聊。演奏者為小提琴調音的時候，父親向我們走了過來，他讚美這位年輕小姐與陳列出來的畫像互相輝映，然後順口說道：「妳得準備一下，車子已經出發了。」

「什麼，妳要走了嗎？安娜！還不到十點呢！」那位年輕小姐說。

我父親禮貌地欠一欠身對她說，「我們都感到由衷遺憾，但我們希望您盡快到寒舍來，大家都會開心。」

我的心快要跳出來了，但我一語不發。眼下發生的事我一點都不驚訝，我只是太快樂，所以忘了。

其他人也靠了過來，接著有來自各方面的請求與和善的脅迫。父親忙著一一婉拒所有人的挽留。他的藉口當然不足採信，但本來也就不打算讓大家都相信。然後大家逐漸會意過來，都不說話了，一個接一個抽身。父親走到他的家庭教師那裡，「盡情玩樂，最親愛的阿諾特先生，什麼時候您要離開了，勞駕您和馬車伕說一聲就行。」

「謝謝，閣下，我會的。」

然後我們起身，烏蘇拉姑姑、轄區首長及其姊姊讓我走在她們中間，就這樣打沉默的賓客身邊走過，再走下大廳。賓客中有長年用腦過度因此額上皺紋很深的男人，擁有深邃高貴眼眸的年輕男子，以及青春飛揚，驕恣又極其優雅的女孩；與這些人同處一室，我們怎麼說都太降尊紆貴了。走過他們身邊時，我看到有些年紀較輕的人雖然不說話，卻是一臉不屑，有些年長者的臉上則露出一抹微笑。我必須低頭走過，我痛恨，不，我蔑視這一切，真想踢那些逼迫我對自己也低聲下氣的人幾腳。

第二天上午我的心中仍盤旋著一樣的想法，走進花園，在菩提大道後方那條斜徑上遇見了阿諾特。他慢慢朝我走過來時，眼中含有一股暗暗的憂傷。我好像被內在巨大的力量驅使，對他伸出雙手，「阿諾特！」我呼喊著，「那不是我的錯！」

他抓住我的手，仔仔細細端詳我好一會兒，「謝謝，謝謝妳說這句話，」他說，臉上所有的幽黯頃刻間消失得無影無蹤，「我已經對自己說上一千遍同樣的話了，但一點用也沒有。」

然後我倆於沉默中併肩走回城堡。我再度走進大廳去找姑姑時，覺得好像卸下了胸口上的重擔。

*

之後我度過了一段晦暗又寂寞的時光。小庫諾日漸虛弱，醫師說他未來幾年都不宜再上課。因是之故，阿諾特離我們而去，他希望去官邸，以便在那裡的大學取得講師的資格。

小病人十分沮喪，阿諾特允諾一旦他康復，一定會再回來，或者把他接過去。如果我們預先知道，那張小床再過一個月將無人使用的話，他肯定會留到那時候。

一個清朗的十一月上午，我們的馬車停在莊園下面，要把他送到鄰城。我覺得焦躁苦惱，便走進花園，山毛櫸樹叢稀疏多了，樹上僅存的黃葉隨風搖曳。

我在綠葉城堡後方走道上來回走著之時，看見阿諾特從主要坡道上走下來，然後他靜靜地站著，四下張望；他在找我，這讓我很高興。但我沒有朝他走去，倔強以及因痛苦而起的強大欲望席捲我；既然我將永遠失去他，所以我也希望獨自忍受這悲慘的最後幾分鐘。我悄悄穿過矮樹籬，走到大道的側邊，像一隻被追捕的動物逃到坡道上。我從籬笆下面的一個空隙鑽過，來到毗連的小樹林。然後，我沿著旁邊的樹木走了又走，直到可以看見花園的主要入口才停下腳步，抱住一棵冷杉木樹幹。我又看見阿諾特走出花園，他身後的鐵柵門旋即關上了。我一動也不動，片刻之後當我聽見車輪軋過莊園的石板時，我倒在地上痛哭失聲。

一隻手溫柔地放在我的肩上，是我的叔叔。「來，」他說，「來吧，我的孩子；我們來幫小鳥找幾個松毬果。」他把我從地上拉起來，用手拂去我頭髮上的乾松針；他在樹幹間拾起幾個松毬果之後，再把我帶回家，從屋後面的樓梯進到他的房間。「唉，」說著他把我塞進他那張大扶手椅裡，摸摸我的臉頰，「好好想一想，我的孩子！」他背著手在房間內來回走了幾次，然後他餵紅腹灰雀以及懶洋洋的歐掠鳥吃東西，又在外頭的窗前逗逗鳥籠內的倉鴞，之後才終於回到我身邊。「妳勢必會變得很孤寂，」他說，「冬天時只和老人們在一起，但在東部，我這麼想，我會跟堂弟說，請他同意妳陪我一起旅行。阿諾特也在那邊，」他彷彿不經意地提了一下，「他可以帶我們到處看看；這小子想必已經到處宣揚我們要去的消息了。」

我聽他說這些話，並且在他眼中讀出對我最溫柔的關懷時，不由得想起他前不久也是在這間房間內向我解釋關於愛情之奇特。「叔叔，」我輕輕說，感覺到他的手放在我的手上，「這是否也只是因為害怕孤獨？」

「當然，」他答道，「不然還有什麼？我懶洋洋的歐掠鳥以及屋外窗前的老倉鴞，有時候是挺有趣的夥伴，但他們，正如黑格爾所說，總是非我族類嘛；不過，有時候我認為牠們其實並不真的瞭解我。」

我愛憐地看著他，搖了搖頭。

「也罷，也罷，」他溫和地補上一句，「說不定也是擔心妳太孤單唷。」

紙上敘述在此中斷。

另一天

今天客廳那厚重窗簾的顏色似乎太暗了，這是一個十月的下午，花園那邊濕淋淋的。房子女主人和她年輕親戚之間的談話靜默了下去，這應該具特殊的含義，因為當她走到書桌並拿起那本她幾個星期前寫的冊子時，他倚靠著窗龕出神，好像在這灰濛濛的日子抗拒惡劣的心情。

「看一看這個，魯道夫，現在就看，」她說，小冊子放在窗臺上，「我寫這些東西的時候，以為是為我自己寫的，但我信任你，你如果知道我經歷了哪些事情，也算好事。」

他默默地接過那本冊子讀起來。她凝視他片刻，然後坐到壁爐前的沙發上，壁爐在這個已涼的季節已經生起小火。她再一次把事情始末想了一遍，不由自主地在腦海中繼續撰寫，一幕幕往事像濃霧散去似的清晰了起來，展現在她內在的眼前，復而變得蒼白一片。魯道夫讀小冊子的時候向她投來一瞥，正好瞧見她雙手握拳摁在她的眼睛上。她想起舉行婚禮的前後幾天，她試圖搶奪那些畫像，但那些畫粗魯又笨手笨腳地逼上前來，無意退讓。它們達到目的了。她的周遭變暗，她覺得自己好像正穿過地心，聽到自己拖著細碎的腳步走著，劇烈的渴望使得她伸出雙臂；她知道那是她死去的孩子，他先她而去，孤寂地走過伸手不見五指的夜晚；他無法前進，小小的腳上沾有泥土。這是哪裡呀？她顫抖的手在空蕩的黑暗中亂抓一通。一雙眼睛穿透黑夜望過來，於是天又亮了，因為這雙眼睛仍然有生命。「阿諾特，」她輕聲說。她的孩子閉上那雙小小的眼睛時，他就是這樣看著她的，眼中有同情，也呼應著她的悲苦。

在花園默默告別後的那幾年，當她與她的丈夫在官邸加入當地社交圈，首次與他重逢時，他也是這樣看著她。那時他已是知名人士，成為一個「學富五車」的人，連位居要津者都以能邀請到他為榮。於是從那時開始，她偶爾在別的場合也看得到他。過不久他也到她家，愈來愈頻繁，最後幾乎每天都去，即使短暫停留也好。他為上課以及出書寫下的文章，初始只是他倆之間一種心靈交流。她漸漸成為他在這件事情上的最佳對話夥伴，而他不能沒有她殷切的肯定。這期間她的孩兒誕生了，不到一年又死了。他倆因此愈走愈近，竟然沒想到兩人的關係漸漸為眾人撻伐。這位年輕女士的丈夫看似被蒙在鼓裡，他的職務使得他沒有很多時間待在家中；此外，他把生活重心放在宮廷裡成千上百件小事上，而非街談巷議。最後，紙包不住火，他倆自己也到了突然要面對的時刻。他把唸給她聽的紙張捲起來，他的手在發抖，然後他走出門外消失了，這些她都歷歷在目。他們雖從未說過那有多傷痛，但兩人都知曉：他心想，他不應該回來；她那廂想的是，他將不會回來。

等到謠言悄悄但迅疾形成時，一切皆已太遲了，只稍再馱負最後一粒穀子，她頭上原本就岌岌可危的積雪便會崩裂。她必須讓丈夫同意分居；以他在宮廷的職位以及所交往的人士而言，此舉確實必要。接下來的日子是荒涼、空虛。

*

魯道夫讀過他的親戚的故事，眼睛望向窗外的山毛櫸步道。步道盡頭、菩提大道的後方就是冷杉林，以前有一位他不認識、出身較低的人，在那裡讓她淚流滿面。

「後來怎麼樣了？」一會兒之後他問，同時放下手上的小冊子。

她抬起眼來，彷彿在尋思傳進她耳朵的話是什麼意思。「然後，」她總算開口了，「然後就是一時軟弱。」

魯道夫點點頭，「我知道，妳又遇見他了。」

一抹暗紅從黑髮末梢升到她的額頭，「不，」她說，「不是這樣的，我太年輕了，不得不接受我父親將我許配給一個陌生的男人。」

「上流社會皆如此！」他脫口而出，「不然會怎麼樣呢？」

「別這麼說話，魯道夫；把傲慢說成是一種優雅的義務，它也不會變好。」

「命運吧，」他的口氣有些嚴厲，「所以妳因為這些基本規範受苦了。」

她點頭。「哦，」她呼喊著，「我很痛苦！過了幾年，我的心變得苦澀，我的感覺變得冷硬，確實，我們又相見了；乏善可陳的婚姻也差不多快決裂了。但是，他們撒謊，他們全都在撒謊！」她跳了起來，哆嗦地緊握雙手，「這樣，」她喊著，「喔，魯道夫，我沒有背叛我的婚姻。」

「但是，」他答道，「那時我住得離這裡很遠，卻也聽到人們竊竊私語。」他突然打住，似乎察覺自己說太多了。

她幽幽的眼神注視他，「儘管說，」她說，「我都知道，都知道！」

他神情緊繃看著她，「那個孩子呢？」他終於問了。

「是我的孩子，」她說，她的聲音因痛楚而顫慄。

「妳的孩子，難道不也是他的？」

她瞪大眼睛望著他，淚如泉湧，她以倔強和蔑視來對付那些意欲侮辱她、嘈齧她的心的人。「不，魯道夫，」她說，「可惜不是！」有那麼一會兒她站得直挺挺的，然後倒向扶手椅，雙手掩住眼睛。

年輕人蹲在她的膝前，他又驚又懼的眼睛落在她蒼白的手指上，不斷有新的眼淚從指間汩汩流出。一次他舉起手來，狀似要揮掉她的手，但又任其垂下。當她平靜下來，她的目光停在那張年輕的臉上數秒之久，他臉上的愛意像獻祭品燃燒時升起的煙一般迎上她。但沒多久她的頭就靠回去，皺著眉望著房間角落。「走吧，魯道夫！」她輕聲說道。

年輕人拉起她放在腿上毫無生氣的手，吻了一下，然後站起身離去。

天色轉為朦朧，明豔的夕暉映在牆上，但屋角和壁爐那裡漸暗，簡直辨識不出蜷曲在扶手椅中的女子模樣。然後，一道慘白的月光照射在鑲木地板上。外頭的風增強了，他從遙遠的地方來，她似乎看到他在下面打掃有月光照耀的荒地，又彷彿看見他在雲影中間晃；她聽到有人靠近的聲音，冷杉木窸窣作響，花園大道上的菩提樹款擺搖曳；現在那人來到窗邊，斷裂樹葉上的水灑落地上。大狗從地毯上一躍而起，頭倚在她的腿上。她看了狗兒晶亮的眼睛好一會兒，終於從那張柔軟的沙發上起身，把頭髮撥攏到腦後，好似用力甩脫所有夢境。「堅持到底！」她輕輕呼喊，然後走到門邊，拉了拉叫人鈴；同時聽到魯道夫在樓上房間裡來回踱步的聲音。晨曦漸露，「接下來要做什麼呢？」她看了火已熄的壁爐一眼之後，心中有了主意，於是坐到書桌旁。一小時之後她站起身來，蓋印封了一封信，信上寫著魯道夫母親的地址。

春天來臨

冬來了，一切轉為寂寥。樓上房間再也聽不到腳步聲，一如她所知，魯道夫已離開了城堡。戶外窗前的枯枝在風中呼呼作響，黎明時分可聽到走道那裡傳來尖細的叫聲，是倉促跑過走道的老鼠發出的。有時她晚上從客廳回到臥室時，會默默在門檻上站一會兒，像生了根似的。「一間致人於死的房間！」她打了一個顫，「但只要保持鎮定，大自然會攬下來！」

她繞室而行，苦苦尋思，她對遠方情人的思念究竟是一種心靈契合，抑或充其量僅是那使人心醉神迷的大自然力量，而她其實並不願意任其擺布？於是她下定決心，試著盡她所能修復她的婚姻。最後她寫信給丈夫，以她擅長的極其溫和、詳細又毫不隱瞞的筆調；然而對那個男人而言，婚姻只是聊備一格的外在形式與規範，這一封信白費了心機。

信寄出去了，一天過去一天，沒有回音。她在偌大的廳房裡不安地走動，冬日令人消沉的昏暗重壓著她，她揮不去心中的悲傷。

然而這棟老宅院畢竟重新有了光亮，耶誕節前後降下雪來，把窗戶照亮了。冬陽友善地高掛天際，一天下午隨報紙送來一封信，蓋著官邸的郵戳。她撕開封印時手在發抖，又過了一下子，一聲尖叫自她胸口蹦出，就像快要窒息的人猛然間又吸到新鮮空氣。

她收到了丈夫的死訊。

這一天下午她啟程，幾星期過去，她又回來了。外頭的雪漸漸融化之際，她勤快地與老叔叔魚雁往返。終於他倆商議好，花園裡山毛櫸轉綠之時，他就會回來，搬進他原先的房間；因為他之前收集的鳥類標本，繁多到當初無法一起運走。她收到這封信之後，走到樓上，穿過大廳來到好叔叔那間親切有味的房間。牆壁光禿禿一片，但那個巨大的倉鴞木鳥籠仍然掛在戶外的窗前。她轉回來，關上一扇又一扇的門，然後經過一整排房間走到樓下，她住到這裡以後一間都不曾踏進過。她不覺得那些被人遺棄、氣味混濁的房間很荒蕪，每一間房內的每一個空間，都可以是展開嶄新人生的地方。

春天終於來臨。黑色泥土上的灌木叢和樹木冒出了新綠，花園裡草地邊的紫羅蘭開出藍色花朵，早晨和晚上都聽得到冷杉林那裡有山鳥在鳴唱。

一個這樣的日子裡，城堡的年輕女主人在花園側邊大道上漫步，她的目光越過低矮的圍籬，往道路那邊看過去，順便欣賞明亮晨光中的風景。田野間左一棵右一棵樹，在火紅太陽照耀下發出燄光，一切都如此耀眼。過往的工人打招呼時語氣如此輕快，空氣中散播著春天「甜美兆頭」的芬芳。

她看見兩個男人走出冷杉木小樹林，再走上來，一個村裡的小夥子背著他們的行李跟在後頭。兩個男人中的一位頭髮全白了，他停步張望，用手遮擋陽光，朝花園的方向望去。他較為年輕的同伴也停了一下，摘下帽子並輕輕搖了搖頭，同時把他簡單修剪的頭髮撥往耳後。他倆走近了，她立刻認出他倆：「阿諾特，克里斯福叔叔！」她大叫並伸展雙臂迎向他們，「兩個！你們兩個都來了！」

老先生揮舞著他的便帽，「別急，別急！」他呼喊回去，「先要走到那邊的角落，然後越過院子才能進屋！來呀，教授！」他又說，接著繼續前進。

其實阿諾特已經到低矮園籬那裡了，並且緊緊挽著他的心上人的手臂。

「嘿！」老人叫了一聲，並四下尋找他的旅伴，「朋友就是這麼一回事呵。」然後他邁開步伐，比之前稍微慢了一些，走上通往莊園大門的路。

阿諾特與安娜從大道走上綠葉城堡對面的圓形花壇，城堡沐浴在陽光下，明亮動人。他牽著她的手，兩人就這樣走下綠色的山毛櫸過道，進入屋內。他倆在屋內客廳門前走道上再次遇見叔叔，他把他最鍾愛的孩子擁進懷中，她看得出他想說什麼，但他什麼也沒有說，只是把手輕輕放在她的頭上。

「好，」他說，好似有人在催他，「進去吧，我隨後就來，我得上樓去，好好看一下我以前的房間。」

她自叔叔的手中抬起頭來，目光跟著他匆忙的腳步下了走道，最後他的身影消失在樓梯間。然後她的手放在一直默默站在一旁的情人臂上。「阿諾特，」她說，「住在村長莊院裡的奶奶還健在嗎？」

「她仍健在，但她不再等那個年輕的海因希．阿諾特了，情況有些轉變，現她坐在房間裡的扶手椅上，由小海因希來服侍他的奶奶。」

「我們明天就去看她，也讓她把手放在我們的頭上，為我們祝福。」[7]

然後他倆走進客廳，當他看見那架已打開的翼形大鋼琴時，心中一陣盪漾，他沉醉也似彈起琴來，對著她唱：

當我見不到妳，
我的心卻必須承認，
我再也不能讓妳就這麼走過。

她微笑站在他面前，像作夢一般把她又黑又亮的頭髮往後攏，一邊張大她一雙藍眼睛看著他。他無法唱下去，一躍而起，雙手握住她的手，高高舉起，眼光始終沒離開她，彷彿怎麼看都看不夠。「如何？」他終於開口問道。

「現在，阿諾特，和你一起返回世間，回到高貴光明的日子！」

然後他們手挽著手，好像必須把每一秒的快樂都保存起來似的，極緩慢地登上上樓的寬敞樓梯。他倆走進騎士廳，遇見正好從房間走出來的叔叔。他的身子依舊挺直，

7 舊日風俗，一對將結婚的人，雙方父母會把手放在他們的頭上，表示賜予祝福；此處女主角安娜的叔叔應已祝福過，所以她希望也得到阿諾特奶奶的賜福。

目光和幾年前一樣充滿智慧。「妳需要一位管理員，安娜，」他說，「給我一間免費的房間，我就接下這職位。」

她想提出抗議，「不，不，安娜，和以前一樣，我待在這裡，看看是否一切都好。但我有傭人，放暑假時教授及其夫人會回到城堡來，幫我結算一整年的帳單！」

他倆欣然應允。

那個陪公子唸書並且代為受過，手上拿著一隻麻雀的男孩，一如以往在他們頭上方的古老畫像中，站在穿戴考究的小伯爵旁邊，無言且悲苦地往下看著另一個時代的孩子。（一八六二）

國家圖書館出版品預行編目資料

茵夢湖：史篤姆愛情故事集 / 提奧多．史篤姆(Theodor Storm)著；楊夢茹譯. --
初版. -- 臺北市：商周出版：家庭傳媒城邦分公司發行, 2018.09
面；　公分. -- (Neo fiction ; 17)
譯自：Immensee und andere Novellen

978-986-477-537-8(平裝)

875.57　　　　107015450

茵夢湖——史篤姆愛情故事集

Immensee und andere Novellen

作　　者 / 提奧多．史篤姆（Theodor Storm）
譯　　者 / 楊夢茹
企劃選書 / 程鳳儀
責任編輯 / 余筱嵐

版　　權 / 林心紅
行銷業務 / 林秀津、王瑜
副總編輯 / 程鳳儀
總 經 理 / 彭之琬
發 行 人 / 何飛鵬
法律顧問 / 元禾法律事務所 王子文律師
出　　版 / 商周出版
台北市104民生東路二段141號9樓
電話：(02) 25007008　傳眞：(02)25007759
E-mail：bwp.service@cite.com.tw
Blog：http://bwp25007008.pixnet.net/blog
發　　行 / 英屬蓋曼群島商家庭傳媒股份有限公司城邦分公司
台北市中山區民生東路二段141號2樓
書虫客服服務專線：(02)25007718；(02)25007719
服務時間：週一至週五上午 09:30-12:00；下午 13:30-17:00
24 小時傳眞專線：(02)25001990；(02)25001991
劃撥帳號：19863813；戶名：書虫股份有限公司
讀者服務信箱：service@readingclub.com.tw
城邦讀書花園：www.cite.com.tw
香港發行所 / 城邦(香港)出版集團有限公司
香港灣仔駱克道193號東超商業中心1樓
E-mail：hkcite@biznetvigator.com
電話：(852) 25086231 傳眞：(852) 25789337
馬新發行所 / 城邦(馬新)出版集團【Cite (M) Sdn. Bhd.】
41, Jalan Radin Anum, Bandar Baru Sri Petaling,
57000 Kuala Lumpur, Malaysia.
Tel: (603) 90578822 Fax: (603) 90576622
Email: cite@cite.com.my

封面設計 / 陳文德
排　　版 / 極翔企業有限公司
印　　刷 / 韋懋印刷事業有限公司
經 銷 商 / 聯合發行股份有限公司
電話：(02) 2917-8022 Fax: (02) 2911-0053
地址：新北市231新店區寶橋路235巷6弄6號2樓

■2018年10月11日初版　　　　Printed in Taiwan
定價380元

城邦讀書花園
www.cite.com.tw

 ISBN 978-986-477-537-8

商周出版

廣　告　回　函
北區郵政管理登記證
北臺字第000791號
郵資已付，免貼郵票

104　台北市民生東路二段141號2樓

英屬蓋曼群島商家庭傳媒股份有限公司城邦分公司　收

請沿虛線對摺，謝謝！

商周出版

書號：BCL717　　書名：茵夢湖　　編碼：

請於此處用膠水黏貼

商周出版

讀者回函卡

感謝您購買我們出版的書籍！請費心填寫此回函卡，我們將不定期寄上城邦集團最新的出版訊息。

不定期好禮相贈！
立即加入：商周出版 Facebook 粉絲團

姓名：＿＿＿＿＿＿＿＿＿＿ 性別：□男 □女

生日：西元＿＿＿＿年＿＿＿＿月＿＿＿＿日

地址：＿＿＿＿＿＿＿＿＿＿

聯絡電話：＿＿＿＿＿＿＿＿ 傳真：＿＿＿＿＿＿＿＿

E-mail ：

學歷：□ 1. 小學 □ 2. 國中 □ 3. 高中 □ 4. 大學 □ 5. 研究所以上

職業：□ 1. 學生 □ 2. 軍公教 □ 3. 服務 □ 4. 金融 □ 5. 製造 □ 6. 資訊
□ 7. 傳播 □ 8. 自由業 □ 9. 農漁牧 □ 10. 家管 □ 11. 退休
□ 12. 其他＿＿＿＿＿＿＿＿

您從何種方式得知本書消息？

□ 1. 書店 □ 2. 網路 □ 3. 報紙 □ 4. 雜誌 □ 5. 廣播 □ 6. 電視
□ 7. 親友推薦 □ 8. 其他＿＿＿＿＿＿＿＿

您通常以何種方式購書？

□ 1. 書店 □ 2. 網路 □ 3. 傳真訂購 □ 4. 郵局劃撥 □ 5. 其他＿＿＿＿

您喜歡閱讀那些類別的書籍？

□ 1. 財經商業 □ 2. 自然科學 □ 3. 歷史 □ 4. 法律 □ 5. 文學
□ 6. 休閒旅遊 □ 7. 小說 □ 8. 人物傳記 □ 9. 生活、勵志 □ 10. 其他

對我們的建議：＿＿＿＿＿＿＿＿＿＿

請於此處用膠水黏貼